秘曲《ひきょく》金色姫《こんじきひめ》

Hikyoku Konjikihime

柴田勝家

katsuie shibata

中央公論新社

目次

秘曲金色姫《ひきょくこんじきひめ》

鼠浄土・一

ネズミが走っている。

新宿歌舞伎町《しんじゅくかぶきちょう》、夜の中央通り。左右には飲み屋が並んでいるが、往時のにぎわいはない。世間は新型コロナウイルスの猛威にさらされ、人々は「外出自粛」という標語を守っている。

通りを走るこのネズミは、ほんの数年前の歌舞伎町を知らない。人間という生物は自分たちより数も少なく、夜になれば姿を消す、なんとも劣った動物だ、と思い上がっている。もしかすると真実を知らないままに、このネズミは寿命を迎えるだろう。だが、ネズミにも最低限の知恵はある。

人間の気配を察知し、それまで我が物顔で走っていたネズミは、焦ったように茂みに姿を隠した。

「ようやく、今日、会えるんだ」

そう呟《つぶや》き、東宝ビルの前を走る者がいる。

顔の半分は黒いマスクに隠れているが、目元はあどけなく、まだ十五、六といった年頃だろう。青く染めていた髪は色落ちし、今はくすんだ白さを見せつける。手足は病的に細く、そのシルエットを大きめのTシャツで隠している。シャツの柄はガンズ・アンド・ローゼズだが、これは古着屋で適当に見繕《みつくろ》ったもので、着ている当人は往年の人気バンドを知らない。

「ずっと、会いたかった」

やがて東宝ビルの横にある広場――つまり、トー横だ――へと足を踏み入れる。

かつてはコマ劇場前広場と呼ばれた場所。高層ビルの狭間《はざま》に生まれた空間。そこが今は一部の者たちの憩いの場となっている。コロナ禍の歌舞伎町で、最も騒がしい場所だ。

「どこ、どこにいるの？」

人通りの少なくなった歌舞伎町で、このトー横だけが以前と変わらず、むしろそれ以上の活気を保っている。ただし、それは薄暗く、不健康で、かつ甘美な活気だ。

多くの少年少女がたむろしている。手軽に飲める缶チューハイを啜《すす》り、無気力にタバコをふかしている。また市販薬を大量に含む者もいれば、その横で少女が踊り、動画を撮る者がいる。彼ら、彼女らは、ただ愉快に笑い、大声を上げ、あるいは静かに泣き、はたまた虚《うつ》ろに夜空を見上げている。生命の浪費は大人の目から見れば異様で、その逸脱した行いに眉をひそめたくなる。しかし、ここで生きる者たちにとっては、優しく、穏やかな過ごし方だ。時間は今しかなく、過去も、未来もない。

「今日、ようやく、会いに来れたんだ」

そんな享楽的で、退廃的な空間を、ただ誰かを探し求めて歩く。

「ああ、いた！」

一人の女性の姿が目に入った。街灯の下に座り込み、周囲の者たちと会話を楽しんでいる。

数人の中高生に囲まれた、やや年長の少女だった。艶やかな長髪をツインテールにし、薄桃色のフリルブラウスに黒いサスペンダースカートをまとう。マスク姿だが見間違えるはずがない。これまで何度もスマートフォン越しに見てきた相手だった。

「あれ？　キャイコに会いに来た人？」

声を掛けるより先に、少女の取り巻きだろう少年が笑いながら問いかける。

「はい、あ、うん。えっと、DM送った、ジローです」

そう名乗ると、女性は表情を明るくさせた。

「えー、ジローちゃん？　来てくれたんだぁ」

ケラケラと笑ってから、女性はマスクをずらし、地面に置かれた缶チューハイに手を伸ばす。

「はい、いつもダンス動画見てます。すっごい可愛くて。えっと……」

「キャイコでいいよ。キャワイイ子のキャイコ」

はい、とジローが頷《うなず》く。キャイコは満足した様子で、缶チューハイに差さったストローに口をつけ、チュウチュウと中身を飲んでいく。

「ねぇ、なんでジローって言うの？」

キャイコの隣にいる少女が何気《なにげ》なく尋ねてくる。すると、答えを聞くまでもなく、再び周囲の少年少女が笑い出す。

「ラーメン好きなんだよ。でしょ？」

ジローが答えるより先に、キャイコが自分のことのように話す。いつかSNS上で同じ質問をされ、同じように答えたはずだ。覚えてもらっていたことが、ジローにとっては何よりも嬉《うれ》しかった。だからジローは何も答えず曖昧《あいまい》に笑った。それを見たキャイコは、ふとマスクを外して微笑《ほほえ》んだ。

「ほら、ジローちゃん。来ていいよ」

そう言うと、キャイコは両手を広げる。

どこへ、などと問うことはなかった。ジローは、そうするのが当然のように、汚れた地面に膝をつき、キャイコの胸元に上半身を預けた。

「私に会いに来てくれたんだよね」

ジローはキャイコに抱きしめられる。後頭部が両手で押さえつけられ、顔が柔らかい肉に埋もれていく。絹の感触が頬に触れ、甘ったるい香水の匂いと、キャイコ本人の体臭が、入り混じって鼻の奥に満ちていく。

「ごほーび、あげるからね」

キャイコの手がジローの頬を乱暴につかみ、胸元からその顔を引き上げる。そのままマスクが下げられ、ジローの乾いた唇にキャイコの親指が触れる。

親指はジローの口を広げる。最初は砂埃《すなぼこり》と鉄の味だ。次いでキャイコが顔を近づけ、無防備となった口に舌を入れてくる。口中で逃げ回るジローの舌を追って、キャイコの舌が別の生き物のように絡んでくる。アルコールの臭いにジローは顔をしかめるが、それ以上の恍惚《こうこつ》があった。

「会いたいって言ってくれて、嬉しかったよ」

キャイコは唇を離し、今度はジローの首筋から耳まで、ゆっくりと舌を這《は》わせていく。ジローにとっては未知の感覚で、どうすべきかもわからず、ただ身を固くする。そろそろ誰かが止めるだろうとジローは周囲を見たが、キャイコの取り巻きたちにとっては、この光景は日常なのだろう。どうでもいい出来事というふうに、自分たちのスマートフォンを弄《いじ》っているだけ。

「怖がらなくていいよ」

ようやく顔を離し、キャイコがジローと向き合う。口をすぼませ、赤い舌を伸ばして見せつける。

「別にパキってないし。これが私の挨拶だからさ」

悪戯《いたずら》っぽくキャイコは笑う。だからといって解放してくれることもなく、じゃれつくようにジローの背に腕を回し、二人して路上に転がり込む。

「ねぇ、ジローちゃんはなんで私に会いに来たの？」

「この間の動画で、ストーカーに困ってるって……。おじさんに追いかけられてるヤツ、アップしてた、から」

「もしかして、私のこと助けようとしてくれてる？」

ジローはキャイコの胸の中で頷く。

何よりの真実だ。ジローはキャイコがネットに上げた動画——ダンスを披露するキャイコに向かって、後ろから中年男性が突進してくるものだ——を見たからこそ、一人で歌舞伎町までやってきた。何としても会いに行くべきだと思った。

「えぇ？　嬉しいんだけど。もっと好きになってよ」

薄汚れた地面に寝そべり、キャイコは両脚でジローの下半身をはさみ、そのまま全身を撫《な》でていく。

「ジローちゃん、どこから来たの？　なんで界隈《かいわい》に来たの？」

「茨城《いばらき》から……、来て、父親が今は、家にいるから、家にいたくなくて」

「そっか。じゃ、帰りたくない？」

仰向けのまま、ジローは静かに頷く。ビルの合間から覗く新宿の夜空と、眩《まぶ》しい街灯の光が見える。そこにキャイコの顔が現れ、長い髪が垂れてくる。

「じゃあ、いいよ。ホテル行こ。泊めてあげる」

ああ、と、情けなくジローは答えた。周囲の取り巻きが「俺らは？」とか「一緒に行きたい」といった声を上げる。どうやら安ホテルを複数人で使い、共同の宿泊場所としているようだった。

しかし、キャイコは首を横に振る。

「今日はジローちゃんとだけ」

心臓が跳ね上がる気分だった。だから、ジローが覚えているのはここまでだ。

キャイコに手を引かれ、二人だけで歌舞伎町を歩いたことも、コンビニで夕飯を買い込んだことも、職安通りに向かいつつ家庭環境の話をしたのも、慣れた様子でラブホテルにチェックインしたのも、何もかも記憶にない。

次にジローが自分を取り戻したのは、キャイコの泊まる部屋に入った瞬間だった。

「昔からあるラブホがいいんだよね。厳しいチェックとかされないし。この部屋だって先週からずっと使ってる。お金は先に払ったしね。だから、遠慮しないでいーよ」

何ら不自然なことなどないように、キャイコがリュックをベッドへ放り投げる。

シーツに染み付いた血痕はサイケデリックな図柄で、ドレッサーの鏡に飛び散った血糊《ちのり》も、単に化粧品をぶちまけただけ。漂う死臭と血液の臭いは、鼻腔《びこう》にこびりついた香水で帳消し。だから何も問題はない。

唯一、部屋の中央に転がる中年男性の死体だけが、どう取り繕っても偽物には見えなかった。

「それ」

ジローが死体を指差す。

中年男性が仰向けで倒れている。その喉元はパックリと裂かれ、白いシャツは赤黒い血に汚れていた。男性は解剖されたカエルのごとく、四肢を広げたまま硬直させ、虚ろな目を真上に向けていた。

「あ、うん。死んでるおじさん。ほら、ジローちゃんが言ってた、私のストーカーだよ」

「殺した、の?」

あはは、とキャイコが笑う。体をひねり、つまらなさそうにベッドへ腰掛ける。

「この人ね、実はストーカーじゃなくてさ、私のパパだよ。パパ活のじゃなくて、本当の父親。ずっと嫌いだった人」

ウッ、と呻《うめ》くだけでジローは吐き気をこらえる。あまりに現実離れしていたから、この状況を事実として処理できていない。

「家に帰ってこいって、わざわざ歌舞伎町にまで来た。本当に嫌いだったから、帰り支度するって嘘《うそ》吐《つ》いてさ、ホテルまで連れてきて、護身用のナイフでサクッと殺しちゃった」

それまで超然としていたキャイコが、この時だけは困惑したように、眉を小さく下げていた。

「パパ、首から血を流しながら、怒ったり、叱ったりもしないでさ。最後に私の方を見て、なんか言ってた」

「なんて言われたの？」

「〝こんじきひめ〟を忘れるな、だって。意味わかんないでしょ？」

キャイコの言葉にジローが微笑んだ。無意味なやり取りだが、だからこそ落ち着く余裕ができた。

「ね、ジローちゃんさ」

「うん」

その時、ジローは彼女が何を言うのか理解できた。そうすべき、と自然に思っていたからだ。

「パパの死体を捨てるの、手伝ってくれない？」

キャイコの目を、ジローはようやく真《ま》っ直《す》ぐ見ることができた。

妖しく光る金色の瞳は、ただ好みのカラコンをつけているだけだろう。それでも、その魔術めいた輝きから目をそらすことはできない。

「うん」

だから、ジローは大きく頷いた。

落伍

1

教養だよ、と師藤正伍《しどうしょうご》は言った。

薄暗い店内で、隣に座る女性から「どんな女の子がタイプなんですか？」と問われての答えだ。

「わかるかな、教養」

そう呟く師藤。三十代の後半だが、肥えた部分は下腹だけで、見た目は若々しい。ツーブロックの髪を逆立て、髭《ひげ》の生えた顔でニヤニヤと笑っている。その笑顔には、どこか獣じみた獰猛《どうもう》さがある。

「頭のいい子が好きってことですかぁ？」

先に聞いた女性が、改めて師藤に尋ねる。

「そう思ってくれていいよ」

曖昧に答えつつ、師藤はソファに深く腰掛け、これみよがしに開襟シャツに手をかける。ブランドはフェンディで、指にはめた銀の指輪はダミアーニ。見た目にはラフだが、上半身だけで総額百万円を超す。これでも安いくらいだ、とさえ師藤本人は思っている。

「正直に言ってさ、もうキャバとかガルバの軽い女は嫌いなんだよね。可愛いだけで、頭の中に何も詰まってないでしょ？　だから、こういうトコ来てんだけど」

師藤の言う「こういうトコ」こそ、銀座にある会員制ラウンジ『シルク』だ。

黒を基調としたモダンな内装は鋭角で構成され、それらに挟み込まれた間接照明が店内を淡く照らす。並んだソファには幾人かの男性客が腰掛け、その左右にラウンジ嬢がつく。オーセンティックなジャズが流れる中、静かに談笑し、各々が酒を楽しんでいる。

「別に選民思想じゃないけどさ、やっぱり客層ってのはあるからさ。俺だって別に高級クラブで豪遊できる身分じゃないけど、さすがに安酒飲んで馬鹿笑いはしたくないわけ」

カラカラ、と、師藤はわざとらしくロックグラスを振る。

「で、ラウンジの子ってさ、基本的に頭良いよね。まず稼ぎたいって思って、ラウンジを選ぶ時点でリサーチ力があるっていうか」

そう言って師藤は左右を見回す。ソファに同席する女性たちは、目を引くような美形揃《ぞろ》いではあるが、髪型や服装はいたって日常的で、街中で見かける程度のもの。師藤のそばにいる女性たちこそフェミニンで華美な装いだが、店内にはもっとラフな服装の女性もいる。

「普通にラウンジで飲んでるていでさ、たまたま隣に女の子がいるだけ。上手《うま》い抜け道だよね。ドレスも着なくていいし、接待しなくていい。男に無駄に奉仕しない感じなのがさ、偉いよね」

師藤は女性たちを褒めたつもりだったが、どうにも反応は芳《かんば》しくない。空になったグラスを振り、店員に新たな一杯を注文する。

「さっきも言ったけど、俺ってホテルの経営してるでしょ」

自分のトークがウケていないのを察し、師藤は誤魔化すように内容をスライドさせていく。

「全国で五つ。親の仕事を継いだだけだし、別に大きなグループじゃないけどさ、でもまぁ、それなりのお客さんは来るわけ。だから接客業で何が大事か、そういうのは若い頃から勉強してきたのよ。それが教養ってわけ」

「正伍さんの言う教養って、どんなものですか？　私、あんまり自信ないかも」

隣につく女性からの言葉。若さはあるが、他の女性と比べれば垢抜《あかぬ》けていない。これも師藤の勝手な評価だが。

「最低限、最近のニュースは知ってて欲しいかな。詳しく語れなくてもいいけど、俺が話した内容を聞き返すのはナシね。で、プラスアルファで、その子だけの強みとか欲しいね」

「えー、じゃあ、私なんだろう。本は読むけど」

「まぁね、それ。それラインね、俺の中の最低ライン。文学を語れるのは強いけど、古典は押さえて欲しいね」

夏目漱石とか、と、今度は別の女性が相槌《あいづち》を打つ。それを聞いた師藤は、嘲《あざけ》るような調子で笑った。

「ラインだから、それ。悪くないけど、他にもっと知ってて欲しいね。まず文化ありきだからさ。明治時代の小説を楽しむのだって、それ以前の文化を知らないと本質を捉えられないよ。まず落語や歌舞伎くらいは話せるようにならなきゃ」

師藤は白い歯を見せ、ニヤニヤと笑っている。先に頭がよいと褒めた女性たちが、こうして答えに窮するほど、師藤は楽しくなってくる。

「たとえば君ら、能って知ってる？」

あ、と女性の一人が嬉しそうに反応する。

「知ってます。ほら、そろり、そろり、って」

ハッ、と、師藤からこの日一番の笑い声が出た。

「いやいや、それ狂言だから。ま、知ってるだけ偉いけどさ」

あからさまに答えた女性を馬鹿にしているが、師藤はこれを小粋なコミュニケーションだと信じている。むしろ最後の一言で、彼女のことを褒めたとすら思っていた。

「だからさ、それが教養なの。俺くらいの客層だと、そういうのを知ってるのが当然だから。たとえば、ほら、あそこにヨシ君いるじゃん。今日も寂しく飲んでる」

おおい、と師藤がカウンターに向けて手を振る。その声を聞いて、一人で酒を楽しんでいた男性が振り返る。眼鏡《めがね》をかけた細身の男性で、その染み付いた愛想笑いから、普段の立場が窺《うかが》える。

「師藤さん、どうしました?」

カウンターから離れ、ヨシ君と呼ばれた男性がソファ席へと近づいてくる。

「いや、ちょっと女の子たちに話してもらおうと思ってさ。あ、知らない子もいるか。俺の飲み友達のヨシ君ね。彼、テレビ局の人、それもほら、国営のだから。ちなみに本名は丸木由彦《まるきよしひこ》ね。その名前でスタッフロールに出るから、覚えてあげて」

「入局して七年目なので、まだまだ下っ端ですよ」

男性――丸木由彦は自嘲気味に笑うが、それを聞いた女性たちの反応は上々だった。口々に丸木を褒め称《たた》え、自分たちの好きなテレビ番組を勝手に挙げていく。

「ま、そういうのいいから。ほら、席空けてね」

師藤は楽しげに手を払って左右の女性をどかし、丸木が座る分のスペースを確保する。師藤が不機嫌になっているのは、この場の誰もが理解していたが、あえて言及するようなことはなかった。

「というわけで、ヨシ君さ、今まで俺たち、教養って何かを話してたのよ」

ここで師藤は話の流れを元に戻す。教養をみせつけ、女性たちから称賛されることを望んでいる。そのために丸木を利用したのだ。

「で、能を知ってるかって聞いたら、この子、狂言と間違えてるのよ。ヨシ君は知ってるよね？」

「それは、まぁ、ウチの局で能楽の番組やってるんで、知識としては知ってます」

「じゃあ、この子たちに説明してあげてよ」

そうですね、と、丸木は右手を広げて眼鏡を押し込むように直した。

「そもそも能楽は六百年ほど前に、観阿弥《かんあみ》、世阿弥《ぜあみ》という親子が大成させた古典芸能で、ようは舞台演劇です。で、能と狂言は、どっちも猿楽《さるがく》っていう芸能から生まれたもので、簡単に言うと、悲劇的で能面をつけて演じる方が能で、コメディタッチで素顔のまま演じる方が狂言です」

そうなんだ、と女性陣から感心したような声。丸木は話しつつ、横に座る師藤の様子を窺う。丸木は不安に思ったようだが、師藤は我関せず、堂々とした態度で酒を呷《あお》っていた。

それを確認してから、丸木は一言ずつ話していく。

「狂言は能と能の間に演じることもありますね。難しい演目の内容を観客に説明する解説パートだったり、あとは重くて真面目《まじめ》な能に対して、緊張を解《ほぐ》すための滑稽芝居みたいな役目もあります」

「すごぉい、先生みたい！」と隣の女性からの声。

グイ、と師藤が手を伸ばし、丸木の肩を抱く。

「な、これが教養なんだよ」

丸木の説明を自身の手柄とし、師藤は満足げに息を吐いた。一方の丸木も、女性陣へ余計な反応をすることなく、師藤の方を向いて質問する。

「師藤さん、どうして急に能の話なんかしたんですか？」

「それは教養の話で、って、いやいや、ヨシ君にはわかっちゃうか。うん、実はさ、最近になって俺も能に興味が出てきてさ」

そう言うと、師藤は自身のスマートフォンを取り出し、そのまま保存していた写真を表示させる。

「最近、実家に帰ってさ。そこで死んだジイさんの日記っていうのかな、古い本を見つけたのよ」

師藤は丸木と、左右の女性たちにスマホの画面を見せる。表示された写真には、コーヒーカップと共に古いノートが写されていた。つい前日、師藤がカフェテラスで撮った一枚だった。

「まだ全部は読んでないけど、俺のジイさん、若い頃に偉い学者先生の書生をやってたみたいでさ。あ、書生、知ってる？ 金持ちの家に住み込みで暮らして、雑用しながら勉強する人ね」

「もしかして、その学者先生っていうのが」

「お、さすがヨシ君。察しがいいねぇ。そうなんだよ、その先生ってのが近代日本で初めて能の研究をした人なんだと。で、ジイさんもその人のもとで能を勉強してた」

師藤は自慢気に語り、グラスに残ったウィスキーを呷った。

「へぇ、すごいじゃないですか」

「いや、ま、別にね。ジイさんの話だし」

丸木の感想に師藤はそう答えたが、別に謙遜してはいない。

この一瞬のために師藤は話題を誘導してきたのだった。すべては自分を大きく見せるための材料だ。これまで容姿や資産は十分に見せつけてきたし、話の流れで知識もあると示した。

そして最後に、祖父の代から家柄もよかったと付け加える。どれほどの人物なのか、別に周囲の女性たちに理解されなくても構わない。むしろ知らない方が、勝手に歴史のある家系だと思ってくれるだろう、という打算があった。

「ほら、俺って縁を大事にするからさ、ジイさんが勉強したものを今になって知るのも何かの縁でしょ。だから俺も能とか、そういう伝統文化を勉強しよう、って思ったわけよ」

どうだと言わんばかりに、師藤は左右を見た。これまで適当な相槌を打ってきた女性たちは、ようやく自分の仕事ができると安堵《あんど》し、師藤に向かって精一杯の笑みを向けた。

「もっと話したいけど、ちょっとトイレ」

女性たちから大した反応がないのを確かめてから、師藤はソファから立ち上がった。

「ほら、結局同じだろ」

小用を済ませた師藤が洗面台の前で、ふと語りかけた。相手は鏡に映る自分自身だ。

「ラウンジ嬢とか言って、お高く止まっててもさ、結局は他の女と同じで、頭には何も詰まってないでやんの。ま、しばらくは遊んでやるけどさ」

この場にいない誰かを嘲るように、師藤がクックッと忍び笑いを漏らす。これから席に戻って、どう女性たちを弄《いじ》ってやろうかと、すでに楽しみで仕方がなかった。

しかし、師藤の予期しない相手がそこにいた。

「こんばんは」

ソファに戻ると、これまでついていた女性たちと丸木に加えて、新たに一人の女性が座っていた。

「君は」

女性は何も答えず、柔和な笑みを師藤に向ける。

見た目だけなら二十代前半の女性だ。ウェーブのかかった長い髪に、淡い光に照らされた白い肌。デコルテをレースで覆ったノースリーブの黒いドレス。目立ったアクセサリーはなく、ただ一つ、蝶《ちょう》をかたどったピアスが左耳に揺れている。

「はじめまして、マユです」

魅力的な笑顔だった。湿った唇が動き、眉が悩ましげな角度を作る。フルートを奏でるような、寂しくも色気のある声を伴い、どこか挑発的な瞳で師藤を見上げてくる。

つい笑みを返しそうになったが、師藤はそれを堪《こら》えた。このマユと名乗った女性に対し、不意に嗜《し》虐心《ぎゃくしん》が芽生えた。

「マユって言うんだ。それ、俺の嫌いな名前だから」

あ、とソファに座る丸木がまず反応し、次いで左右の女性たちも怒りに頰を赤く染める。

「ひっどーい、マユちゃん可哀想。師藤さん、なんでそんなこと言うのぉ？」

場の不和を感じ、女性たちの中でも年長の一人が、冗談めかして抗議の声を上げてくる。さすがに師藤も分が悪いと思ったのか、その冗談に乗って笑ってみせた。

「いやいや、昔ね、俺のことフッた女がマユだったから。うっ、トラウマが……」

「あは、それ私怨だってぇ」

さすがに全員が弁《わきま》えている空間だから、これも些細《ささい》な冗談として処理される。師藤にとって意外だったのは、攻撃されたマユ本人が何ら反応しなかったこと。その笑みを崩すことなく、優しく師藤のことを見つめていた。

「で、俺がいない間に何か話してたの？」

誤魔化《ごまか》すように笑いつつ、師藤が再びソファへと座る。ちょうどマユと隣り合ったが、あえて師藤は顔をそむけ、場を取り持った年長の女性の方を向く。

「さっきの続きですよぉ、能のことをヨシ君から教えてもらってました」

「いいねぇ、さすが国営放送」

恐縮する丸木の背を叩《たた》きつつ、師藤は「それで」とマユの方に向き直る。意地の悪い笑みを浮かべ、舐《な》め回すようにマユを見た。

「俺の直感だけど、マユちゃんは教養あるタイプでしょ？　さっきまで能の話してたんだけど、もちろん知ってるよね」

ここまでマユが平然としているのが、いよいよ師藤の癇《かん》に障った。どうにかマユをやり込めたく思っている。そうして他の女性たちと同様に、この高貴な猫のような女性を貶《おとし》め、自分以下の存在だと確かめようとした。

「ほら、アレ。風姿花伝《ふうしかでん》くらいは知ってるでしょ」

「吉田東伍《よしだとうご》博士が発見した、世阿弥の秘伝書ですよね」

え、と師藤が短く息を吐く。対するマユは特に偉ぶるふうもなく、そう答えるのが当然といった調子で頷く。世間で人気の映画俳優の名を言う程度のニュアンスだ。

「ちょうど、師藤さんが帰ってくる前に話を聞いたんです」

師藤が何も言えないでいると、マユは可愛らしく手を合わせ、慈しむように目を細める。

「お祖父《じい》様が、能楽の研究者の書生さんだったのですね。その研究者が吉田東伍なのですか。あ、そういえば師藤さんのお名前って正伍さんなんですね。伍の漢字が同じですから、もしかしてお祖父様が名付けてくださったのでは？　ほら、恩人の名前を取って」

マユが一息にまくし立てる。その話題こそ、師藤がこれから話すつもりの内容だった。よって師藤は言うべき言葉を見失い、体は硬直する。視線をさまよわせた挙句、逃げるように飲みさしのロックグラスを手にした。

「おいおい、俺のいない間に調べるのはなしだって。そういうのは……」

　グラスを口から離し、師藤は何とか反撃しようと、頭の中で言葉を組み立てていく。さらに味方を求め、反対側に座る丸木へと視線を移す。

　しかし、丸木の困った様子を見て、師藤は自身が誤っていたと気付いた。

「たまたま、本当にたまたま、お能には詳しかっただけです。他の知識は師藤さんに及びません」

　ふと隣のマユが体を寄せてくる。勝ち誇ってなどいない。子供が自慢する知識を楽しげに聞く母親のように、慈愛の表情で師藤を見上げてくる。

　スッ、とマユが自身の口元に人差し指を添える。

「秘すれば花なり、ですよ」

　意味もわからず、師藤は目を瞬《しばた》かせる。

「風姿花伝にある世阿弥の言葉です。お詳しい師藤さんの前で、知識自慢などすべきではありませんでした。見せないからこそ、美しいと思ってもらえます」

　それこそ師藤への当てつけで、これまで小馬鹿にされてきた女性たちを代表しての仕返しだった。だからといって、師藤も苛立《いらだ》ちを表立って出すわけにはいかない。押し黙る師藤に対し、なおもマユは体を近づけてくる。クスクスと笑いながら、挑みかかるような視線をよこす。

「本当に、私は知識なんてないんです。お能についても、お詳しい師藤さんに聞いてみたいことがあって、だから知ったかぶりをしてしまいました」

　飽くまで相手を立てるように、マユは下手に出て、柔らかな声を出す。だから師藤も怒りを抑え込み、何でも答えるつもりで笑ってみせた。

「師藤さんは、お能の演目をご存じですか？　私が、一生に一度でも見てみたいと思っているものなのですが」

「ああ、なんて題名？」

マユが妖しく目を細めた。楽しげに口を開き、その肉の色を見せつける。

「――『金色姫《こんじきひめ》』です」

それは師藤も知らない、あるいは、この世の誰もが知らない演目だった。

2

クスクス、という笑い声が耳から離れなかった。

銀座の『シルク』で飲んだ翌日、師藤は不意の吐き気によって目を覚ました。遮光カーテンを閉めた室内は暗く、今いる場所が自宅かホテルか、それすら判然としないまま、手で探るように闇を搔《か》き、なんとか洗面所までたどり着いた。

かといって吐瀉物《としゃぶつ》が胃を遡《さかのぼ》ってくることはなく、その場で何度もえづき、咳込《せきこ》み、ダラダラと水気のある涎《よだれ》と鼻水を垂らすことしかできなかった。すでに胃の中身は、昨夜の内に自宅近くの路上へ撒き散《まち》らしていた。

「ふざけるなよ」

師藤は一人で毒づき、鏡に映る自身の弱った姿を見た。

昨夜のことは夢にまで見た。マユという女性の、あの挑発的な笑みと、男を小馬鹿にするような態度。師藤を持ち上げるフリをして、その自尊心の最も敏感なところを撫で、かつ傷つけてきた。

「何が『金色姫』だ」

荒く息を吐きながら、ようやく師藤も昨夜からのことを思い出した。

――『金色姫』です。

　マユからの質問に師藤は「俺も見たことない」と曖昧に答え、あとは余計な会話をしないように別の女性たちとだけ話した。ただ最後まで愉快な気持ちにはなれず、普段よりも荒っぽく酒を飲んだ。

「すぐに調べたさ。だが『金色姫』なんて能の演目はなかった」

　まだ酔いが完全に回る前に、師藤は『シルク』のトイレに籠もって調べ物をした。マユの言う『金色姫』をスマートフォンで検索し、内容をきっちりと記憶し、さも最初から知っているように振る舞うつもりだった。

　だが、能の演目に『金色姫』なるものはなかった。

「確かに、そういう名前の伝説はあったが」

　師藤がたどり着いたのは『金色姫伝説』なる話だった。

　それは養蚕にまつわる説話で、金色姫という名の女性が死んだ後にカイコとなり、そこから日本の養蚕業が始まったとするものだった。それこそ数百年も前から語られている古典物語と言えるが、それを題材にした能の演目はない。

「アイツも間違えてやがったんだ。それか、俺が知ってるって言ったら馬鹿にするつもりだったか」

　マユがいつ師藤から離れたのか、それも覚えてはいないが、少なくとも退店時の挨拶はなかった。

「ムカつく女だ。許せない。なにか勘違いしてるんじゃないか？　女の方が偉いとか、そう思い込んで生きてるんだよ」

　そして午前二時過ぎ、店の前までタクシーを呼び、師藤は江東《こうとう》区の自宅に帰った。普段なら契約している愛人をホテルに連れ込んで、朝まで理不尽な怒りをぶつけるところだったが、この日はそんな気分になれなかった。それも「台風が近づいているせい」と、師藤は自分に言い訳していたが。

「自分のこと、頭がいいと思ってやがる。イヤな女だ」

そう吐き捨て、師藤はマユの影を追い払う。

ようやく思考を切り替えられる。まだ頭は痛むが、次第に胸のむかつきも取れてきた。師藤はそのまま洗面所で顔を洗い、リビングへと移動する。

時刻は午前十時で、場所はタワーマンションの十三階だ。普段なら、リビングの大窓から爽やかな青空と東京の街並みが見えるが、今日は薄曇りで、何もかもが陰鬱《いんうつ》に沈んでいる。

「台風、今夜には直撃するとか言ってたけどさ」

朝食を食べる気も起きず、師藤は寝室から持ってきたスマートフォンで簡単にニュースを確認する。猛烈な台風は西日本を襲っていたが、関東には風雨を連れてきた程度だった。

師藤としては読みが外れたことになる。本来なら午後にコンサルタントと打ち合わせし、夕方から自身がオーナーを務めるホテルを回るつもりだった。それが台風を見越して、数日前に予定をキャンセルしていた。

「ま、暇なら暇でいいけど」

それから師藤は仕事部屋まで移動し、デスクトップPCと片手のスマートフォンを使って、午前のうちに溜《た》まっていた業務連絡を済ませた。そうして用事を終わらせると、いよいよ手持ち無沙汰《ぶさた》になってくる。

「何が、能だよ」

だから、それが目に入ったのは偶然だった。もしも別の日だったら、忙しさにかまけて手を伸ばすこともなかったはずだ。

古びた日記帳が仕事部屋の机に置きっぱなしにしてある。

つい先日、師藤が実家から持ってきた祖父の日記だ。それは洋紙を使った大学ノートで、相応に破れた箇所や汚れもあるが、ひと目見ただけでは百年以上前のものとは思えない。表紙には手書きで大きく「日記」と題字され、端には「大正五年から」の文字と「師藤臣太郎《しんたろう》」という名がある。

「ジイさんは勉強してたんだけどな」

ほんの暇つぶしのつもりで、師藤は祖父の日記を手に取った。以前に軽く目を通した箇所から開き、その先を読み進めていく。

＊

大正五年の春、十六歳になった師藤臣太郎は上京を果たした。

臣太郎は故郷を出て、今は大学予科生として勉学に勤《いそ》しむ一方、同じ新潟県出身の吉田東伍博士のもとに居候《いそうろう》し、書生として日々の雑用をこなしている。

この吉田博士については、臣太郎自身が以前から尊敬している人物だった。

「先生は僕と同郷である蒲原《かんばら》郡に生まれ、高等教育を受けておられないながらも、独学で地理学や史学などを修めた御方です。数年前には偉大な発見をされ、まさに日本の歴史を変えた偉人です」

これは臣太郎が常から人に話す、吉田博士の人物評だ。彼の語る「偉大な発見」とは、今から七年前の明治四十二年に、吉田博士が世阿弥の書をまとめ『世阿弥十六部集』として刊行したことだ。

その時の経緯については、吉田博士本人から臣太郎に伝えられている。曰《いわ》く、まず安田財閥《やすだざいばつ》の御曹《おんぞう》司《し》たる安田善之助《ぜんのすけ》が古書収集家であった。その青年が古書肆《こしょし》で買い付けた本が、どうやら世阿弥の秘伝書の写本らしいと聞き、以前から能楽に興味を持っていた吉田博士が交渉に赴いたという。

「かくして先生は、安田氏の松廼舎《まつのや》文庫から数多くの能楽の秘伝書を発見し、それらを一つにまとめました。世阿弥の秘伝書は、これまで一部の武家や能楽師の家だけに伝わっているものでしたが、先生のおかげで、庶民の目に触れることになったのです」

よく回る口でもって、臣太郎は一方的に語っていた。

「秘すれば花なり、なる世阿弥の言葉すら、この時に知れ渡ったのです。なんと愚かな言葉だったのでしょうか。秘したまま死に絶えては、本末転倒ではありませんか」

クス、と、ここで初めて臣太郎の横に立つ和服の女性が笑った。

今、臣太郎は応接間でソファに腰掛けている。場所と言えば隅田川《すみだ》を臨む、本所区《ほんじょ》小網《こあみ》の大豪邸。それこそ先に話に出た安田財閥の長、安田善次郎《ぜんじろう》が所有する屋敷である。

「吉田先生の書生さんが、これほど愉快な方だとは思いませんでした」

女性は安田家に仕える女中で、一人で安田家を訪れた臣太郎を屋敷に案内し、主人が来るまで話し相手となってくれた。使用人らしからぬ対応だが、今の臣太郎には何よりありがたかった。

「それで、今日は文庫の方をお調べに？」

「いかにもです。先生は今、能楽より史学に熱心ですので、僕が代わりに研究のお手伝いをすることになりました」

これも書生としての仕事だ。臣太郎は安田家本邸にある無数の古書を調べ、能楽に関する書物を拾い上げるよう吉田博士から命じられていた。

「まぁ、大変なお仕事ですこと」

「いえいえ、先生のお役に立てるならば」

臣太郎が気安い笑みを向けると、女性もまた柔らかく微笑む。

＊

ふぅ、と一息吐き、師藤が古い日記を閉じた。

これまで脳裏に浮かんでいた光景は消え、師藤の意識は再び、タワーマンションの一室に戻ってくる。時計を見れば午後三時を回っていた。少しだけ読むつもりが、予想外に時間がかかっていた。

「一応は、国文学科を出てるんだけどさ。もっと真面目にやっとけばよかったな」

大正五年と言えば一九一六年で、日記に書かれている内容は百年以上も前のことだ。変体仮名と旧字体の漢字、また知らない単語が頻出し、そのたびに師藤はスマートフォンで検索する羽目になった。

「しかし、ジイさんも面白いことやってるな。この使用人のこと、やけに褒めてやがる」

師藤が再び日記を開く。

安田家本邸で出会った使用人の女性に対し、日記の中では様々な美辞麗句が並んでいる。

「さてはジイさん、一目惚《ひとめぼ》れでもしてたか」

そう思うと、師藤はやけに楽しい気分になってきた。もはや昨夜の失敗も忘れ、あのマユという女性への怒りも薄れた。

――『金色姫』です。

ただ一つ、その言葉だけが脳裏にこびりついていたが。

3

安田家に仕える女中は、名をキヌというらしい。

茨城の出で、実家が養蚕業を営んでいたからキヌと名付けられた、と世間話の中で語られた。年は十八で、臣太郎よりも二つ上だ。それを知ってからは、どこか姉のように接してくることもある。

「キヌさん、今日もお願いします」

春から続いて、夏になっても臣太郎は安田家の屋敷に出入りしていた。

臣太郎は出迎えてくれたキヌに挨拶し、まず鍵を借り受け、共に屋敷内の書庫へと向かう。この書庫こそ、安田家長男である善之助が集めた大量の古書が眠る場所で、かつて吉田博士が世阿弥の秘伝書を見つけた空間だった。

屋敷の廊下を歩く中、横のキヌが臣太郎に声をかける。

「そういえば、善之助様がご夕飯をご一緒したいと仰《おっしゃ》っておりました」

「や、恐縮です。先生に代わって同席させて頂きます」

安田財閥の中にあって、善之助は安田銀行の頭取《とうどり》を務めている。さすがに忙しいらしく、書庫内の調査に立ち会うことはできず、一切を臣太郎に任せている。

こうして安田邸に日頃から出入りし、かの広大な回遊式庭園を自由にめぐり、季節ごとの風情《ふぜい》を感じる。あるいは御曹司に誘われ、夕食のフランス料理に舌鼓を打つなど、どれも単なる書生では味わえない栄誉だ。

ただ、臣太郎が幾度も安田邸を訪れているのは、そうした即物的な楽しみのためだけではない。

「師藤さんは勉強熱心な方ですね」

「これもお世話になっている先生のためです」

薄暗い書庫の中、キヌが重ねた古書を運んでくる。かたや臣太郎は文机《ふづくえ》にかじりつき、開いた和本に目を落としていた。だから、よく見もせずに手を伸ばし、思わずキヌの指先に触れてしまう。

「あっ、失礼」

ニコ、とキヌは気にしない様子で微笑む。

「次の本を取って参ります」

そう言って、キヌは再び書庫の奥へと消える。その背を見送る臣太郎は、すでに自分が和本のどこを読んでいたかを忘れてしまった。

いつからだろうか、ごく自然な流れで、キヌが臣太郎の手伝いをするようになった。おそらくは家の主人から、監視ついでに手伝うよう命じられたのだろう。だが、臣太郎にとって理由は何でもいい。

「能の秘伝書というのは、古くは武家や公家《くげ》の方々が写本として持っていたのです。明治維新でそうした人々が華族となり、資金繰りのため、家に残る本を売りに出したのでしょう」

臣太郎が得意げに語るのを、キヌは背後に控えて静かに聞いていた。

「などと、勝手に講釈を垂れてしまいました。すべて先生の受け売りですが」

はは、と臣太郎が笑う。

一瞬の静寂ののち、遠く庭園より響く蟬時雨《せみしぐれ》。高窓から吹き込む爽やかな風に、パラパラと古書がめくれあがる。饐《す》えた和紙の匂いと、古い木材の匂いが混じる。

「師藤さんは、本当に立派な方ですね」

そこでキヌが膝をつき、臣太郎の真横に座る。着物の袖を押さえつつ、臣太郎の背後から手を伸ばし、古書の一部を指差す。

「私は学がないもので、ほら、ここなんて何と読むのかしら」

「それは交媾《こうこう》と読みます」

「どのような意味ですの？」

無邪気に尋ねるキヌに対し、臣太郎は身を固くした。何も思わず、ただ「男女の睦《むつ》み合《あ》いだ」と答えればよかったが、一度でも意識してしまうと、もう口が開くことはなかった。

「本当に、私ったら物知らずで、いけませんわね」

緊張からか臣太郎の顔が汗ばむ。その少年らしい必死さに、キヌはクスクスと笑っていた。

「冗談ですのよ」

そう言ってキヌは懐紙《かいし》を取り出すと、臣太郎の頬を優しく拭《ぬぐ》った。もはや何も言えず、臣太郎はキヌから顔をそらした。

これが初恋なのだと、若き日の臣太郎は確信した。

＊

やがて初恋は無惨に終わる、と師藤は確信している。

祖父の日記を読めば読むほど、つい鼻で笑いたくなってしまう。行間からはキヌという女性への恋慕の情が滲《にじ》み出し、彼女との出会いがどれほど人生に必要だったかを筆圧で語り、やがて結婚し、家庭を築くことを浮ついた筆跡で夢想していた。

しかし、結果として臣太郎はキヌと結ばれない。

まず師藤の祖母はキヌという名前ではないし、祖父よりも年下だったはずだ。ゆえに臣太郎の初恋は破れる。破れたからこそ、孫の師藤正伍がいる。

「なにが初恋だよ」

ある夜、師藤はその日に読んだ祖父の日記のことを思い出していた。

薄暗いラブホテルの一室、その天井がスクリーンだ。日記の記述を思い出しながら、大正時代の書庫で繰り広げられる、くだらない恋模様を想像した。

「どうしたのぉ？」

ベッドで女性が身じろぎする。気まぐれで呼んだ愛人だ。名前もしっかりと覚えていない相手。

「寝てろよな」

「もっかいする？」

からかうように、女性は師藤の頬に触れてくる。その様に師藤は思わず苦笑する。自身の祖父は、キヌに触れられただけで恋に落ちた。だが今の自分は、この程度の接触で心が動くことはないな、と。

「いいから、寝てろよ」

師藤の言葉に従うこともなく、女性はヘッドボードの照明パネルに手を伸ばす。起きて話をしよう、という意思表示。室内が明るくなれば、師藤も再び寝るのを諦め、体を起こしてベッドに腰掛ける。

「ねぇ、初恋ってなんのこと？」

なおも女性が尋ねてくる。師藤は背を向けたまま、疲れたように溜め息を吐く。

「最近、小説を読んでんだよ」

と、まず小さな嘘を吐いた。わざわざ本当のことを言うほどでもない。

「主人公がガキみたいな恋愛してってさ、読むたびに吐きそうになる」

この答えについては真実だ。

師藤が祖父の日記を読み始めて一週間ほど、そろそろ一年分は読んだところだ。だが日記を読むほどに苛立ちがつのる。時代もあるだろうが、若き日の祖父は純真で、年上の女性との逢瀬《おうせ》に一喜一憂していた。そうした記述を読むたび、師藤は自分との違いを意識してしまう。

「私は、恋愛小説とか好きだけどなぁ。ピュアな恋愛っていいじゃん」

「金目当てでセフレやってる女が、よく言うよ」

「あ、ひどぉい」

女性は不満そうにしながらも、師藤の気を引こうと体を密着させてくる。腕を伸ばし、師藤を背後から抱きしめる。

「ねぇ、正ちゃんの初恋っていつ？　気になるな」

「うるさいな」

「えー、当ててあげよっか。そうだなぁ、正ちゃんみたいなタイプって意外と奥手だし、本気の恋愛とかって大学生くらいになって初めてしたんじゃない？」

師藤が何も答えないのを同意とみたのか、女性は調子に乗り、ことさら冗談めかして語ってくる。

「たとえばぁ、同じサークルに女の先輩がいてさ、色々と教えてもらううちに好きになっちゃって」

「黙ってろ」

「あ、照れてる。当たっちゃった？　絶対そうだよ、正ちゃんって、振り回してくるお姉さんタイプが好きだから――」

次の瞬間、師藤は女性の手を乱暴に摑《つか》んだ。

「帰れよ、もういいからさ」

「え、ちょっと」

手を摑んだまま、師藤は女性をベッドから引きずり下ろす。呆然《ぼうぜん》としたまま倒れている女性に対し、師藤は近くに脱ぎ捨てられていた彼女の衣服を拾い、また投げつけていく。

「待ってって、ごめん。調子乗った。こんな時間だし、もう電車ない」

衣服を抱えて困惑する女性。師藤はソファに掛けられた自身のジャケットから財布を取り出す。

「歌舞伎町だ。朝までやってる店なんていくつもあるだろ。嫌ならタクシーでも呼べ」

そう言い放ち、師藤はクリップで留められた一万円札の束を投げつける。女性は自身のシャツに腕を通しつつ、不機嫌そうに札束を拾い上げていく。

「黙ってたけど、お金持ってるならさ、こんなボロいラブホじゃなくて、いい感じのトコにしてよ」

その言葉を捨《す》て台詞《ぜりふ》に、女性は部屋から出ていった。

残された師藤は先程よりも大きく溜め息を吐き、裸のままベッドに倒れ込む。今まで薄暗闇で見えなかったが、くすんだ電灯や古ぼけた天井のデザインが目に入ってくる。

「ボロいラブホで悪かったな」

自分が見栄を張っていることを、師藤は自覚している。

以前、ラウンジ嬢を相手に「自分は全国に五つあるホテルのオーナー」と名乗った。実際は歌舞伎町にあるラブホテルのオーナーで、所有する物件も五つではなく三つ。

「最初に連れてきた時は、喜んでただろ」

師藤が何気なく天井を見れば、その隅に黒いシミを見つけた。飛び散った液体が染みついたのだろう。血か汚物か愛液か、この部屋で馬鹿げた行為に及んだ者が残していったモノだ。

「どいつも、こいつも」

ほとんど無意識に、師藤は再び祖父の日記を思い出していた。

祖父が恋する様は滑稽で、キヌなる女性に良いように扱われるのを知るほどに腹が立つ。しかし、それが最近は心地よいとすら思えてくる。精神的な自傷行為だ。

「だからムカつくし、だから良いんだ」

師藤は結末を知っている。

やがて祖父は失恋し、キヌを憎く思う日が来るだろう。一方的な恋情は、叶《かな》わなかった時ほど激しい憎悪になるはずだ。その時、どれほど酷《ひど》い言葉を書き連ねているのか、確かめたくて仕方がない。

「ジィさんも、最後には女は馬鹿だって気づくんだ」

いずれ来る破滅を楽しみに、師藤は祖父の日記を読んでいた。

＊

その日、臣太郎は大きな発見をした。

安田家に出入りするようになって一年が経《た》ち、二度目の夏も過ぎ、時まさに大正六年の十一月だ。

「これは凄《すご》いぞ」

臣太郎は自らの発見を知らしめようと書庫を飛び出した。無論、向かうべき場所は一つだ。

「キヌさん、来てください。凄いものを見つけました」

ちょうど台所で茶を淹《い》れていたキヌを見つけると、臣太郎はその手を引き、半ば強引に連れ出した。

「まぁまぁ、痛《いと》うございます。一体どうされたのですか？」

「これは失礼。ですが、是非にキヌさんに立ち会って頂きたく」

興奮して失念していたが、臣太郎はここでキヌの手を握っていたことに思い至る。少年はサッと顔を赤くし、ぎこちない動きで書庫へと向かう。いっそ手を離そうと思ったが、他ならぬキヌが、その手を摑んで離さない。

やがて書庫へと到ると、臣太郎は自身の気持ちを誤魔化すように、努めて冷静に語り始める。

「未整理の古書を調べていたところ、そこに水戸徳川家《みととくがわけ》に伝わっていたものがあったのです」

「水戸徳川家というのは、つまり黄門様の」

「はい。まさに水戸黄門、徳川光圀《みつくに》が集めた書物でした。あの時代の大名家は大体がそうなのですが、特に光圀は能楽に熱心な人だったようで」

晩秋の書庫は冷え冷えとしている。万が一のことを思い、火鉢の類は持ち込んでいない。しかし、臣太郎は走ってきたこともあり、額に汗を掻き、頬を紅潮させている。

「それで、それでですね——」

「師藤さん」

つつ、とキヌの冷たい指が臣太郎の頬を撫でた。いつかしてくれたように、取り出した懐紙で顔を拭ってくる。

「落ち着いてくださいな。本は逃げませんわ」

「いや、それは、確かに」

恥ずかしげに臣太郎がうつむく。そのまま二人して文机の前に座り、肩を寄せ合い、臣太郎が発見した和綴《わと》じの古書を開いていく。

「それで、師藤さんは何を見つけられたのですか?」

息のかかる距離でキヌが尋ねてくるが、これに臣太郎は耐えた。学術的欲求が、少年らしい恋情を上回ったのだ。

「そもそもですが、能には廃絶曲といって、今は演じられていない演目が無数にあるのです。それが水戸光圀の時代には復曲《ふっきょく》、つまり失われた珍しい演目を復活させる動きがありました」

そう切り出し、臣太郎が古書に指を置く。

「この書物には、そうした古い演目の名前が載っているのです。今では演じられておらず、話の筋すら伝わっていない稀曲《ききょく》ばかりです。先生でさえ知らない、まさに世紀の大発見です」

「まぁ、それは。師藤さんの大手柄ですわね」

普段と変わらぬ調子だが、キヌもこれで喜んでいたのだろう。何気なく腕を伸ばし、嬉しさを分かち合うように、臣太郎のことを強く抱き寄せてくる。

この瞬間まで、臣太郎は自らの発見を吉田博士に告げるつもりでいた。そうすべきだった。しかし、そうなると博士自身が調査に来ることになり、臣太郎はお役御免となる。つまり、キヌと会う機会が失われるのだ。

秘すれば花なり。その言葉の意味を臣太郎は実感した。

「ところで」

臣太郎はキヌの胸に顔を埋《うず》めつつ、その声を聞いた。

「これは、なんと読みますの？」

臣太郎は古書の方を見る。キヌは片手を伸ばし、その書物に書かれた文字列を指さしていた。

「ああ、それも今は演じられていない稀曲ですね。題は――」

臣太郎はキヌを見上げ、彼女に呼びかけるように小さく呟く。

金色姫、と。

4

師藤は運命というものを信じている。

今のような立場になったのも、すべては運命によるものだ。

そもそも祖父と祖母の出会いも運命だったはずだ。師藤自身が聞いたところによれば、戦地から帰ってきた祖父は、新宿の連れ込み宿で働くようになり、そこの一人娘である祖母と結婚したという。やがて宿の主人となった祖父は連れ込み宿をラブホテルに改装し、同業者から買い叩いた物件も含めて、全盛期には職安通り沿いに十棟ものビルを持っていたらしい。

結局、多くの物件は新興のグループ企業に売り払ったそうだが、それでも一族経営でやっていくには十分な数が残った。師藤の父は定年退職後に二代目オーナーとなり、また師藤本人も十年ほど前に跡を継いだ。若い頃こそ、もっと自分に見合った仕事があると信じていたが、いざオーナーになってみれば簡単に心変わりした。なにせ歌舞伎町のラブホテルだ。いくら業界が衰退していようが、一般人の稼ぎとは比ぶべくもない。

「そうだ、だから俺は金を持ってるし、金を持ってるからラウンジで飲み歩いてる」

すべては祖父の代から続く運命だった、と。そう確信し、師藤は銀座の路地を歩いている。

「これは、運命なんだ」

祖父がいたからこそ、今の師藤があり、だからこそマユと出会った。そして彼女が口にした『金色姫』は、まさに祖父の日記でも言及されていた。これが運命でないなら、一体何だというのだ。

「あのムカつく女に教えてやろう。俺は知ってる、ってな。百年前から知ってた、って」

目的のビルに到着し、師藤はエレベーターの中でほくそ笑む。

自分を小馬鹿にした女性に知識で勝り、今度こそ立場というものを理解させる。むしろ日記のことを話し、あまりにも運命的だったと驚かせてやりたい。そんな薄暗い遊び方だが、この時、師藤は間違いなくマユと出会うのを楽しみにしていた。

少年じみた期待は、師藤の祖父がキヌに抱いた感情と似ていたが、本人が気づくことはない。

「マユ、いる？」

会員制ラウンジ『シルク』に入店するなり、師藤はボーイに声をかけた。ボーイが店内を示すと、ちょうどマユは接客中だった。ソファに腰掛け、会社員らしき男性グループを相手に、なんとも楽しげに笑っている。

その様子に腹が立ち、師藤はボーイが制止するのも聞かず、荒っぽい足取りでマユの方へと近づく。

「なぁ、VIP席に連れてくから。来るよな」

ソファの横に立ち、師藤がマユを見下ろす。会社員たちは突然の横暴に顔をしかめたが、その内の一人が、ちょうど師藤の知り合いだった。彼は師藤に逆らえないことを悟り、同僚らしい会社員たちをなだめていた。

肝心のマユはといえば、師藤を見ることもなく笑っていた。

「光栄な申し出なのですが、今は少し。また後ほどには――」

「『金色姫』を見つけた」

ナイフを突きつけるつもりで放った一言だ。マユは目を見開き、驚いたように師藤の方を向く。予想以上の反応に、師藤は嬉しさから溜め息を吐く。

「そんな顔、できるんだな」

師藤の言葉に、マユは即座に表情を戻す。悔しそうに小さく唇を嚙《か》むのが、またいじらしく思えた。

「来るよな」

再び師藤が問えば、マユは小さく頷いた。

＊

今にして思えば、と臣太郎は深く後悔した。

もっと早く、キヌに思いを告げるべきだった。あるいは吉田博士に、能の稀曲が見つかったと報告すべきだった。どちらもできなかったから、どちらも失ってしまった。

「お別れを、伝えに参りました」

年も明けた大正七年の一月末、臣太郎は安田家の屋敷に赴いて、これまで援助してくれた安田善之助に頭を下げた。本心では、善之助ではなく、その背後に控えるキヌへ向けた挨拶だった。

「先日、吉田東伍先生が亡くなられました」

一月二十二日、吉田博士は急死した。博士の研究は完成を見ず、書生である臣太郎も行き場を失った。無論、能楽の古書を調べるという研究もご破算となり、臣太郎が安田邸を訪れる理由も失われた。

臣太郎は屋敷を立ち去る最後の時まで、「ならば我が安田家で君の面倒をみよう」などという言葉が出てくるのを期待していた。

しかし、善之助は臣太郎を丁重に送り出してくれたものの、何も持たない学生を家に置くようなことはしなかった。臣太郎は失意のまま、当《あ》て所《ど》なく本所の街を歩いた。

臣太郎は悔しさに涙する。まだ見ぬ能の稀曲を調べられないことよりも、もはやキヌと会えないことを惜しく思った。

＊

薄暗い『シルク』の店内に、なお暗い場所がある。

店の奥にある半個室のスペースだ。ローテーブルが一つと、二人がけのソファが一脚、照明は卓上のＬＥＤキャンドルライトのみ。師藤などの常連客は、この空間をＶＩＰ席と呼ぶが、利用に制限は課されていない。

ただし、安い支払いでラウンジ嬢と二人きり、というわけにもいかないのは確かで。

「乾杯くらい、しましょうか」

マユはシャンパングラスを掲げ、隣に並んで座る師藤に微笑みかける。ＶＩＰ席を利用するために注文したクリュッグだ。師藤としては興味もないシャンパンだったから、二杯分だけ注《つ》ぎ分け、残りは先の会社員グループの席へ譲った。

「それで」

と、早々にシャンパンを飲み干したマユが口を開く。

「師藤さんは、どこで『金色姫』を見つけたんですか？」

「前に話した、俺のジイさんの日記に書かれてた」

「やっぱり、そうなんですね」

奇妙な言葉だ。師藤は思わず顔を上げ、横に座るマユの顔を見た。

「待った、最初から知ってたみたいな言い方だな」

「ある意味では、そうですね。でも、師藤さんから聞くまでは半信半疑でした。あの、その日記にはキヌという女性のことは書かれていませんでしたか？」

一体、何を知っているのか。師藤は探るようにマユを見つつ、その質問に「ああ」と短く答えた。

「その女性が、私の曽祖母です」

あ、と師藤が目を見開く。柔らかく微笑むマユの顔が、これまで日記の中だけに登場していた女性の姿と重なる。

「私自身は、曽祖母と会ったことはありませんが、それこそ師藤さんと同じように、家で古い日記を見つけて」

「それは、キヌの日記」

「そうです。日記には曽祖母が生きていた大正時代のことが書かれてました。私、これでも大正ロマンとかが好きで、大学生の頃に興味本位で読んだことがあって」

そう語るマユからは、いつかの魅力的な、浮世離れした雰囲気を感じられない。自身の好きなものを熱っぽく語る姿は、どこか俗で、それだからこそ親しみやすい。売り物の笑顔ではなく、心からの無邪気な笑みがあった。

「曽祖母の日記に、師藤臣太郎という方の名前がありました。珍しい苗字と、その人が吉田東伍博士の書生だということを、ずっと覚えてました」

「だから、俺の名前のことを聞いた」

「はい、気になる苗字の人が、気になることを話していたもので」

マユが悪戯っぽく笑うのを見て、師藤はどうにも愉快な気持ちになってきた。ネタが割れれば何のことはない。マユにとって師藤は、自身が読んだ日記の登場人物の子孫だっただけだ。

まさに運命だった、と師藤はシャンパングラスに口をつける。

「それにしても、普通に聞けば良かっただろう。なんで『金色姫』なんてものを聞いてきたんだ？」

「あれ、普通に聞きましたよ？　師藤さんのお祖父様が吉田東伍博士の書生さんでしたか、って。そしたら、否定も肯定もしなかったので」

そういえば、と師藤。思い返せば、何日か前にマユと初めて会った際、そんな会話をした覚えがある。その時は怒りが先立って、冷静に答えられなかったはずだ。

「あとは単純に、曽祖母の日記には、それしか書かれてなかったんです。小さな文字で、師藤臣太郎氏が能楽の稀曲を発見、『金色姫』と教わる、って感じで」

「その場面なら、ジイさんの日記にも書いてあったよ」

ははは、と師藤が上機嫌に笑う。一方、隣のマユは少女のように目を輝かせ、身を乗り出してくる。

「師藤さんのお祖父様の日記、もしかして詳しく書いてあるタイプですか？」

「まぁ、そうだったな。小説かって思うくらい、日々の出来事をチマチマと書いてあったよ」

「いいなぁ。曽祖母《ひいばぁ》ちゃんの日記、簡単にしか書いてないから、こっちが想像するしかなくて」

話し始めた頃とは変わり、マユは師藤の方に寄って、まるで友人とのお喋《しゃべ》りを楽しむような調子で話しかけてくる。

「なんだったら、今度持ってきてやるよ」

「え、本当ですか？　読みたい、読みたい！」

なんとも無邪気にマユは師藤の手を握ってくる。まるで好みの漫画が一緒だったのを喜ぶように。

「なんだか、凄いなぁ。これって奇跡みたいですよね。お互いの御先祖様同士が仲良くて、百年後にその子孫たちが出会うって」

「いや、まぁ、あるよ。そういうの。運命ってヤツ」

普段なら鼻で笑うような会話だったが、今の師藤にとってはやけに照れ臭く、また否定する気持ちにもなれなかった。

「ねぇ、師藤さん」

ほんの一杯で酔ったのか、マユは頬を赤く染め、師藤の耳元に顔を近づける。

「今度、外で会いましょうよ。お店には内緒で」

そんな誘い文句は、これまで他の女性たちから何度も聞いてきた。しかし、今回は師藤もうろたえた。マユが純粋な気持ちから会いたがっていると感じたからだ。

「ああ、いいよ」

そう答えるのが精一杯だった。大学生の頃、初めて女性からデートに誘われた時を思い出した。

「約束ですよ」

クスクス、とマユが笑う。その挑発するような声は、今ばかりは師藤にも魅力的に聞こえた。

5

臣太郎がキヌと再会したのは、それから二年後だった。

二十歳になった臣太郎は、高等学校を中途退学していた。かといって郷里に戻るわけでもなく、浅草区の三軒長屋に住して日々を無為に過ごしていた。今や同窓生は帝国大学に進学し、やがては高級官僚になるべく勉学に勤しんでいる。かたや臣太郎はフラフラと遊び歩き、金が尽きれば日雇いの仕事を探すばかり。

いわば人生の落伍者となったのだが、これはなにも吉田博士が死去したせいではない。行く宛のない臣太郎を気遣い、面倒を見ようと言ってくれた人は多くいた。しかし、臣太郎はそういった申し出のすべてを断った。

「いよいよ僕が困窮していると知れば、さすがに安田氏が声をかけてくれるはずだ」

臣太郎はなおも安田善之助に拾われることを期待していた。キヌと近づきたいがため、自ら望んで落ちぶれた。だが、そう上手くいくはずもなく、臣太郎の人生が劇的に変化することなどなかった。

そんなある日、予科時代の友人連中が、わざわざ臣太郎を訪ねて遊びに誘ってくれた。これで人望はあったから、臣太郎もまったくの孤独というわけではなかった。

「どれ、今日は銀座のカフェーに繰り出してみようじゃないか」

友人の一人がそう提案すると、臣太郎を含めた男たちが大いに沸き立った。最近のカフェーといえば、見目麗しい女給たちを多く雇っているという。コーヒーを嗜《たしな》みつつ、そうした女性たちを眺めて楽しもうというのだ。

そうして一行は銀座に到り、目当てとしていた店に入った。すると途端に、臣太郎は冷や水を浴びせかけられたような気分となった。

「なぁ、師藤君。見給《みたま》えよ、あの女給など君好みではないか？」

和服に白いエプロンをかけ、忙《せわ》しなくホールで接客する女給がいる。しなを作り、男性客たちに気安い笑顔を振りまく。

その女給こそ、あのキヌだった。

「ああ、そうだな」

見間違えるはずもない。夢にまで見た相手だ。その女性が、自分だけに見せてくれたはずの笑顔を安売りし、男性たちからの下卑《げび》た視線を集めている。

「すまん、今日は」

そう言うや否や、臣太郎は友人たちをおいて店を出た。

考えれば当然のことだ。安田家の女中であったとはいえ、江戸時代ではあるまいし、死ぬまで奉公を続けるはずもない。より給金の良い、カフェーの女給に転職することもあるだろう。あるいは二年の間に何か問題を起こし、安田家から放逐されたのかもしれない。

いずれにせよ、臣太郎の心にあるのは失望と後悔ばかり。

キヌと再会できると思えばこそ、落ちぶれた自分を許せたし、無為に過ごした日々を肯定できた。

それが、もう取り戻せない時間であり、完全に無意味であったと気づきたくはなかった。

臣太郎はその後、キヌとは二度と会うまいと誓った。

＊

人生の出来事には、相応《ふさわ》しいタイミングがある。

師藤は大学生の頃、初恋を経験した。入学直後に出会った、同じ国文学科の先輩。真由《まゆ》という名の、朗《ほが》らかで誰からも好かれるような女性だった。師藤は彼女に好意を寄せ、また彼女も師藤の思いを受け入れた。

そうして数ヶ月は幸せな思いをしたが、やがて恋人が別の男性とも付き合っていると判明した。彼女が所属するサークルの同級生だった。飲みの席で、友人から軽い冗談のように告げられた。

師藤は恋人を問い詰めたが、どうやら本命は向こうだったらしく、笑って別れ話を切り出された。むしろ、本命の恋人も師藤との関係を知っていて、二人して純真な新入生がいつ事実に気づくか試していたという。

「本当に、最悪な初恋だったが」

それから数年、師藤は女性不信に陥《おちい》っていたが、大学卒業後に性格は一変した。知人に誘われてキャバクラに行ったのをきっかけに、女性たちが取るに足りない、実に愚かで、未来のことなど何も考えていない生物だと思うようになった。

「あの初恋があったから、今の俺があるんだ」

今、師藤は晴れ晴れとした気持ちで両国《りょうごく》駅にいる。九月の夕方は、未《いま》だに蒸し暑いが、数週間前よりもずっと過ごしやすい。

「これもタイミングだ」

結婚することもなく、女性を小馬鹿にして生きてきた。そんな自分が、次第に変わりつつあるのを師藤は実感した。沈みゆく太陽がビルの狭間に溶け、夏が終わるように、ようやく師藤も人生の季節を変える。

これもマユという女性に出会えたからだ。

嫌な思い出のある名前だから不機嫌に接し、だからこそマユも反発し、それに師藤も躍起になった。その結果として、両者は百年も前から縁があったと判明し、こうして今日、会うことになった。

師藤は奇跡という言葉は信じないが、運命というものは信じている。どこが違うのかは、上手く説明できないでいるが。

「師藤さん」

背後からの声に振り返れば、改札から向かってくるマユの姿が見えた。服装は大人しく、夜の店内で見るよりも潑剌《はつらつ》としていて、神秘的な部分は何もない。しかし、普通の女性であることが師藤には魅力的に見えた。

「待ちました？　ごめんなさい」

「いや、別に」

困り顔のマユに、師藤はそっけなく応じる。

もしマユと恋人になれたら、いや結婚すら叶ったなら、実に平凡で中学生のような安っぽいデートだって、きっと満足できるだろう、と。師藤が考えているのは、そんな益体《やくたい》もないことばかり。

「それじゃ、行きましょっか」

マユはそう言って、師藤の手を引いた。

＊

ゴウ、と地鳴りが響いた。

次いで地面が波打つように突き上がり、人家の屋根瓦がカタカタと揺れる。すぐさま地震だと気づいたが、それで終わりだと思った。しかし、揺れが収まる気配はなく、ややあってグヮングヮンと大地がひっくり返るような震動があった。

ちょうど両国の大道を歩いていた時だったが、家屋の中にいたらどうなっていたか。柱が断裂する音があちこちで重なり、メリメリと壁が剝がれていく。周囲の家々は紙細工のように折れ曲がったが、なお揺れは続き、建物は崩れた形のまま上下に飛び跳ねている。

経験したこともない大激震であり、自分はここで死ぬのだと、臣太郎は覚悟した。

地面に這いつくばって揺れが収まるのを待つ。

それが五分間も続いたが、体感的には永遠にも感じられた。ふと顔を上げれば、周囲には瓦礫《がれき》となった建物と、人々の悲鳴、そして火災の萌芽《ほうが》があった。

潰れた人家から抜け出そうともがく者と、それを助けようとする者。また比較的に無事だった家からは、家財道具を引っ張り出し、逃げようとする者たちがいる。母親が子の名を呼び、子が親の名を呼んで泣く。

臣太郎は気力を失いながらも、なんとか前へと歩いた。

別に目的地はない。日雇いの大工仕事に向かう途中だったが、今から仕事があるわけもない。むしろ大工仕事なら、そこらじゅうで必要だろう。

いっそ自宅に戻ろうかと思ったが、歩いている途中で、浅草の方は壊滅的だという話を聞いた。さらに周囲では火の手が上がり始め、これは広場に逃げるべきだと思うようになった。

「大火事になるぞ、被服廠跡《ひふくしょうあと》に避難しろ！」

人々が混乱する中、そうした叫び声が聞こえるようになった。被服廠跡は広大な空き地で、まさに臣太郎が出入りしていた安田家の隣にあったはずだ。

何かに導かれるように、臣太郎は慌てふためく群衆の後に続く。

＊

黄金色の池が、水面にビルを映す。

よく手入れされた木々と、風情ある立石で作られた回遊式庭園。かつて安田家が所有していた庭は、今は旧安田庭園と名付けられ、多くの人々を癒やしている。

祖父が見た景色を、こうして師藤はマユと共に眺めている。

「凄いですね」

池を臨む園路、そのベンチに二人で腰掛けていた。閉園間近の時間帯だから、周囲に人の姿はなく、まったくの二人きり。

ここでマユは手元のノートを閉じ、思いを馳《は》せるように目を閉じた。

「どこまで読んだ？」

「関東大震災のところまでです。師藤さんのお祖父様は、この近くにいたんですね」

マユの手にあるのは、師藤が自宅から持ってきた祖父の日記だ。今日のデートは、マユにそれを見せるためのものだ。

「今から百年前の一九二三年の九月一日、関東大震災が起きました。この辺りは特に大きな被害を受けて、大勢の人が避難したそうです。ちょうど旧安田庭園の隣に被服廠跡といって、陸軍の工場の跡地があって、そこに四万人もの人が逃げてきたんです」

「詳しいな、やっぱり大正時代が好きなんだな」

「歴史は好きです。そこに色んな人が生きてたのが感じられるので」

そう言って笑うマユの横顔は、うら寂しいものに見えた。師藤は今すぐにでもマユを抱きしめたいと思ったが、それを馬鹿らしい、と冷笑する自分もいる。

「少し、歩きましょうか」

マユはベンチから立ち上がり、またも師藤の手を引いた。

*

左右から火の手が迫る中、臣太郎は安田庭園に向かっていた。

避難先として大勢が被服廠跡に向かうのに逆らって、あえて安田庭園を選んだのは、やはり個人的に思い入れがあったからだが、これが命運を分けた。大地震を受け、ちょうど庭園では安田家の者が避難者を受け入れていた。使用人の中には臣太郎のことを覚えている者もおり、その身なりが薄汚れ、みすぼらしいものになっているのも、震災のせいだろうと見過ごしてくれた。

しかし、落ち着けたのは最初の一時間だけだった。

「なんだあれは！」

庭園に避難した人々の間から悲鳴が漏れた。見れば、東の空に巨大な炎の柱があった。ただの火災ではない。猛烈な風が、火を空中へと吸い上げ、ゴウゴウと不気味な音を立てている。

やがて炎は風に巻き付いて火災旋風となる。四方八方から、何本もの火炎の竜巻が出現した。それが隣接する被服廠跡に到ると、聞くに耐えない絶叫がこだました。

そして巨大な炎が人々を飲み込んでいく。

＊

夕景によって、庭園は炎に包まれたように赤く染まっている。

マユは愛《いと》おしそうに日記を抱きながら、悠々とした足取りで短い太鼓橋を渡っていく。師藤は保護者のような気分で、その華奢《きゃしゃ》な背を追った。橋の途中で、ふとマユが振り返る。

「そういえば、師藤さんのお祖父様の日記って、この一冊だけですか？」

「ああ、そうなんだよ。東京に出た頃から書き始めて、関東大震災のところで終わった。気持ちはわかるさ、あまりに衝撃的で、書くもんがなくなったんだろう」

「そうですか」

夕日に照らされたマユの顔は、どこか残念そうで、また何かに安心したような不思議な表情だった。

「じゃあ『金色姫』がどんな演目なのか、そこは書かれてないから、師藤さんも知らないんですね」

マユは非難めいた調子で尋ねてくる。少し前の師藤ならば、それに反発していただろうが、今は素直な気持ちで受け止められる。申し訳なく思い、頬を掻きつつ顔を伏せる。

「すまん。気になってたんだろうが、俺も知らない」

「よかった」

予想外の返答だった。

思わず師藤が顔を上げる。目の前にいるマユは、目を細め、心から嬉しそうに微笑んでいた。

木々の間から漏れる金色の光が、マユの姿を浮かび上がらせる。

＊

まさに地獄の様相だった。

やや距離があるというのに、断末魔の叫びは重なり、命乞いは大合唱となって響く。炎の竜巻は舐めるように大地を焼き、人間を一瞬で炭に変え、焼け爛《ただ》れた死体をグルグルと巻き上げていく。

臣太郎が見たのは、火災旋風によって人間が息絶える瞬間だった。

庭園に近づく竜巻には炎の色など見えなかったが、焦熱の風は触れた人間の水分を蒸発させていた。乾いた皮膚は縮こまり、肉が熱によって変質する。逃げるための足は動かなくなり、息を吸うほどに肺が焼けていく。

どこから襲ってくるかもわからない炎の竜巻を前に、臣太郎は必死に逃げた。周囲の木々は焼け、また逃げ遅れた者は次々と命を落としていく。

「誰か！」

無様に助けを求めた。それまで、どこかで自分だけは生き残るだろうと構えていたものが、まったくの思い違いだったと臣太郎は理解した。

「助けて！」

その刹那《せつな》、走る臣太郎の手が何者かに触れられた。咄嗟《とっさ》に振り返ると、そこに一人の女性がいた。逃げ惑う人々の中で、その女性だけが悠々と火災旋風の方を向いていた。

「キヌさん……」

もしや、と思って名を呼んだ。臣太郎の声に応じ、女性が振り返る。

二度と会うまいと思っていた女性、キヌがそこにいた。

＊

能の演目には、とマユが話し始める。

「夫婦仲や長寿を祝う『高砂《たかさご》』や、おめでたい席を祝う『猩々《しょうじょう》』という曲があります」

唐突に語りだすマユに対し、師藤は何も言えずにいた。一体何を言うつもりなのか。興味があったのではなく、意味がわからないための無言だった。

「これらは祝言曲というのですが、ならきっと『金色姫』もその一つなんでしょうね」

「何を、急に――」

「この演目のもとになった金色姫伝説の中で、金色姫は四回も殺され、四回とも生き返るのです。ですので『金色姫』では、姫の復活を言祝《ことほ》ぐ謡《うたい》があります」

マユは朗々と語る。その様に鬼気迫るものを感じ、師藤は無意識に己の唇を噛んだ。

「師藤さん、この日記の最後の方、読みました？」

「それは、読んだ、が」

「意味不明な部分が、ありませんでした？」

いや、と師藤は答えようとしたが、不意にマユが何を言わんとしているのか理解した。

＊

キヌに手を引かれ、臣太郎は燃え盛る庭園を駆けていた。

「待ってください、キヌさん、どこへ！」

降りかかる火の粉を浴びながらも、キヌは楽しげで、着物の袖をはためかせて走っている。周囲の樹木は赤々と燃え、まるで紅葉の季節が訪れたかのようで、この息苦しさと熱ささえなければ美しくも見えただろう。

やがて庭園の北辺に到ったところで、キヌは急に足を止めた。

「ほら、ほら！　ごらんなさいませ！」

なんとも興奮した様子で、キヌは前方を示した。

今まさに、庭園の北にある屋敷が火にまかれていた。篝火《かがりび》のごとく建材がパチパチと爆《は》ぜ、また邸内に残っている人々の悲鳴が漏れ聞こえてきた。

その屋敷こそ、臣太郎がかつて出入りした安田家の本邸だった。

「あはは、いい気味！　いい気味！」

呆然とする臣太郎の横で、キヌが突如として笑い出す。別の意味があるのかと考えるが、何も思いつかない。キヌは間違いなく、安田邸が焼け落ちるのを見て、心底おかしそうに笑っているのだ。

「キヌさん、何を言うんだ！　今からでも助けに――」

「あら、何を仰るのやら。どれもこれも、師藤さんのせいではございませんか」

は、と臣太郎が息を吐き、またキヌは歯を見せて笑う。

「私ったら、本当に学がないもので。安田家に『金色姫』があると知りながらも、どれがその本かもわからずじまい。それを師藤さんが見つけてくださって、本当に嬉しかったのですよ」

「そんな、何を」

「ですが、師藤さんは研究をおやめになってしまって。結局、どれが『金色姫』だったか、私には見当もつきませんで。仕方なく書庫の本をいっぺんに盗み出そうとしたところ、主人に見つかって、女中の仕事はクビになってしまいましたわ」

あはは、と。業火に包まれる屋敷を背景に、キヌが哄笑《こうしょう》する。

「でも、これで安心。もう全部が燃えてしまいます。書庫は焼け落ちて、あの『金色姫』は今度こそ灰になるのですから！」

「待ってください、何が、なんで『金色姫』を」

「あら、それは――」

キヌは笑いつつ一歩を踏み込み、臣太郎はその分だけ遠ざかる。

＊

後ずさる師藤を追って、マユが一歩分だけ近づく。

「あんなものは、ジイさんの妄想だ……。震災の直後で、気が動転していたんだ」

「いえいえ、そんなことはありません。お祖父様は、とても克明に書き残しておられましたよ」

「だとして、信じられるかよ。そんな――」

薄ら寒いものを感じる。生温《なまぬる》い風が木々を揺らす。

＊

火の粉が散り、キヌの頬を撫でた。

「それは『金色姫』が、復活を祝う曲だからです」

状況にそぐわない、実に奇妙な言葉だった。キヌが何を言っているのか、臣太郎は理解することもできず、ただ後ろへと下がっていく。

「この世で『金色姫』を知っていていいのは、私たちだけなのです。他の誰かが知ってはいけない。

あれは秘曲なのです」

「待ってくれ、何を、急に」

そこで臣太郎は気付く。安田邸を焼いた火災旋風の一つが、キヌの背後に迫っていた。

しかし、キヌはまるで熱がる様子もみせず、ただ笑いながら近づいてくる。炎の風はキヌの髪と着物を乱暴にはためかせ、かつチリチリと焦がしていく。

キヌの白い頬は焦げ、また乾き、引《ひ》き攣《つ》るように皮膚が引っ張られる。歯茎を露《あら》わにし、歯を剝《む》き、凶暴な笑みを向けてくる。

「師藤さんも、知るべきではなかったのです。知ってしまったから、殺さなくてはなりませんの」

ようやく臣太郎も理解した。目の前にいる女性は魔性のもので、関わってはいけない相手だった。

臣太郎はサッと身を翻《ひるがえ》し、一目散に駆け出した。

＊

クス、とマユが笑いながら師藤に抱きついてきた。

「ああ……」

すべて冗談だったと、マユは恥ずかしそうな顔を向け、師藤は騙《だま》された自分を笑い飛ばす。そうして二人で抱き合い、夕飯は何を食べようかなどと話す。

しかし、それこそが妄想だった、と師藤は気付いた。

「なんで」

マユが体を離す。その手には隠し持っていたナイフが握られていて、切っ先からは赤い糸のように血液が伸びている。糸の先を視線でたどれば、師藤は自身の腹部から滴《したた》る血を見た。

「これも、師藤さんが悪いんですよ」

息が詰まり、師藤は背後によろける。太鼓橋の欄干に手を置き、なんとか体を支えようとする。

そんな師藤を嘲笑《あざわら》うように、マユは小さく手を出し、その体を池の方へと押し込んだ。

＊

我知らず、臣太郎は朱色に染まった庭園を駆ける。

逃げているのは炎の熱さからか、それとも背後から近づく彼女からか。ここで眼前に池が見えた。いっそ飛び込もうかと思ったが、そこに蠢《うごめ》くものを見て、ウッ、と息を吐いた。

ここは血の池の地獄だ。すでに炎から逃げようとした者たちが飛び込み、まるで亡者のように体を踊らせている。無事に済んだ者もいるが、あちこちに黒焦げの死体が浮かび、生き残った者も焼け爛れた手足を振るばかり。

「師藤さん」

腰を抜かした臣太郎の背後に、キヌが近づいてくる。

「私が師藤さんを生かしているのは、御恩のある方だからですよ。一時とはいえ、あの書庫から『金色姫』を見つけ出し、私を喜ばせてくれた御恩です」

臣太郎は何も言えず、焦げ臭さの中、ひたすらに身をこわばらせる。

「ですが、約束してくださいな。『金色姫』の秘密は、決して他人に漏らしてはなりません。書き残すことだって許しません」

何かが肩に触れた。臣太郎は短く悲鳴を上げ、弾《はじ》かれたように体を起こす。もはや振り返ることもなく、ひたすらに駆けた。

「もし約束を破ったら、百年後だって追いかけていきますからね」

あはは、と気味の悪い笑い声が響く。

何も聞いていない、何も知らない。臣太郎は耳を塞ぎ、庭園を駆け抜ける。

これが人並みの失恋ならば、どれほど良かっただろうか。

＊

池に沈んでいく師藤は、水に浸《つ》かったまま天を仰ぎ見た。

すると周囲からザブザブと水を搔き分けてくるものがある。力なく視線を横にやれば、黒焦げの亡者たちが炎をまとって近づいてくる。どうやら師藤を地獄へと引きずり込みに来たらしい。

死ぬ間際に見る幻だとしても、あまりに陰鬱で、寒々しい。

「ならさ」

力を振り絞り、師藤は首だけを起こした。

太鼓橋にはマユが立っている。人生の最後に見る相手としては、男か女かもわからない亡者たちより、存分に華がある。

「ああ……」

夕日を反射させた金色の瞳で、マユは師藤のことを愛おしそうに見つめていた。

最後の一瞬、マユは唇に人差し指を当てて微笑む。

秘すれば花なり、と。

鼠浄土・二

ジローがラブホテルの一室に戻ってきた時、キャイコはドレッサーの鏡を丁寧に磨いていた。

中年男性の死体は相変わらず部屋にあるし、天井も壁も、たっぷりの血に汚れている。それでもキャイコの周囲だけはキレイで、あたかもゴア映画の背景にファッション誌の写真をコラージュしたようだった。

「あ、おかえり〜」

タオルで鏡を磨いていたキャイコが振り返る。彼女は額に汗して、化粧台まわりの血を掃除していた。その様はやけに家庭的で、周囲の惨状とのギャップから、ジローは思わず笑ってしまう。

「ちゃんと非常階段から来た？」

「うん。廊下も気をつけた」

ジローからの返答にキャイコも満足そうに頷く。

実の父親を殺した後だというのに、キャイコは至って冷静で、ホテルの防犯カメラに映らずに部屋を出る方法を伝えた。常日頃から、いかに足がつかないように逃げるか考えていたからだ。

「で、ドンキに売ってた？」

「必要なものは全部あったよ。凄いね」

ジローは黄色のビニール袋から、新品のロープとタオル、伸縮式のモップにゴム手袋、そしてオキシドールと一つずつ取り出していく。

「なんかいいよね、こういうの」

キャイコはゴム手袋をつけ、伸縮式モップを手にすると、慣れた様子で、消毒液に浸したダスタークロスを巻き付けていく。そのまま無邪気な調子で死体を跳び越え、ベッドに立ってモップを掲げると、血飛沫《ちしぶき》に汚れた天井を拭き始めた。

「文化祭の準備みたい。男子が買い出しに行って、女子が教室の飾り付けしてるヤツね」

「そうなんだ。学校、行ってないから知らないけど」

「私も高校行ってないけど文化祭の時だけ遊びに行った。中学の友達と遊ぶのは楽しかったから」

やけに嬉しそうなキャイコに、ジローも微笑んだ。部屋に飛び散った血と転がった死体、あとは異臭。それらを気にしなければ、確かにのどかで、淡く、爽やかな時間だったかもしれない。

「あ、掃除の邪魔だから、パパどかそっか」

陽気に提案するキャイコにジローも頷き、まずは二人で死体を浴室へと運び込んだ。中年男性の体は重く、死後硬直で突っ張った手足を持ち上げるのも一苦労だった。作業の途中で、ジローも「舞台の小道具を用意してるようだ」と感じ、キャイコの言う文化祭の喩《たと》えを理解した。

結局、死体は浴室の新たなオブジェとして飾られた。さらにキャイコはシャワーを死体に向け、そのまま熱い湯を浴びせ続けることにしたようだった。

「さっき調べたんだけど、死後硬直っていうの？　お湯で温めるといーんだって」

「天才すぎ」

ジローの言葉にキャイコは無邪気に笑った。

「ねぇ、なんでお父さんを殺しちゃったの？」

再び部屋に戻った後、ジローが何気なく尋ねた。死体のあった箇所を何度も拭きながらの問いかけ。対するキャイコも壁の血を落としつつ、ごく自然な調子で答えてみせる。

「なんでだろ。色んなものが溜まってたからだけど、きっかけはパパに使った後のコンドームを見られた時かな。好きでもないおじさんとセックスしたのを知られたと思って、急に恥ずかしくなった」

「恥ずかしくて、殺した？」

「そう。馬鹿だよね、別におじさん相手だってわかるはずないし、そもそもラブホに連れてこなけりゃ良かったのに」

ケラケラと笑いながら、キャイコが父親を殺した理由を語ってくる。こうして冷静にいられるのは「いつか自分が父親を殺すだろう、と普段から考えていたから」だとも。

「パパね、きっと私のこと愛してなかったと思う」

「そうなんだ」

「絶対そう。この部屋でコンドームを見つけた時だって、怒ったり、呆《あき》れたりしなかった。何も思ってくれなかった。どうでもいい、みたいな感じで」

そこまで話してから、ようやくキャイコも事実を受け止めたのか、しゃくり上げて声を詰まらせた。泣くのを堪え、ただ鼻で荒く息を吸い、胸を何度も上下させる。

「だから、やっちゃった。やっちゃった、けど、私はパパなんかのせいで捕まりたくない」

言葉が止まる。

背後から近づいたジローがキャイコを抱き、二人でベッドへ倒れ込んだ。彼女の小さな唇に、ジローが己の唇を這わせる。

「大丈夫、なんとかするから」

「うん、一緒にしよ」

二人は三度ほど口づけを交わした後、再び清掃作業へと戻っていく。時間をかけ、丁寧に殺人の痕跡を洗い落とし、その合間に語り、笑い、他愛《たわい》ないセックスの真似事《まねごと》を繰り返していく。

「そういえば、さっき言ってた〝こんじきひめ〟って何？」

最後に残った壁の血糊を拭き終えた後、ジローは気になっていたことをキャイコに聞いた。

「ああ、それね。パパが教えてくれたヤツ。なんだろ、日本舞踊って言うの？　よくわかんない古い歌と、踊りで、そのタイトルが〝こんじきひめ〟だって」

「キャイコは、それを覚えてるの？」

そう問われると、キャイコは部屋の中央に立った。消毒液の臭いに満ちた舞台だ。

少女が小さくステップを踏む。背筋を伸ばし、上半身を揺らすことなく、氷上を滑るように最低限の所作で舞っていく。また舞に合わせて彼女は歌う。内容もわからないまま、父親から教わった通りの音を声として出す。

「こんな感じ」

「おー、すごい。完璧じゃん」

ジローは拍手し、無意味な称賛を送った。

「子供の頃からずっと、パパに覚えさせられた」

不意にキャイコは肩を落とし、儚《はかな》げな視線をジローへ向けた。

「でも、変だよね。ウチが昔から、伝統芸能みたいな、そういうのやってる家だったらさ、まだわかるけど。全然違うし、普通の家で。しかも、この〝こんじきひめ〟しか教わってないし」

「カッコいいと思うよ」

「まぁね、踊りは嫌いじゃないし。こういうの昔からやってたから、ダンスにも興味が出て、それでバズって界隈にいるんだから、人生って不思議だよね」

キャイコはフッと短く息を吐く。気持ちを切り替えたらしい。ほんの一言で、今日までの人生を総括してみせた。

「そろそろパパ見に行こ。もうフヤけた頃でしょ」

「言い方」

ケラケラとキャイコが笑う。ジローも愛想笑いではない、心からの笑みで彼女に応じる。

「それで、どうする？」

「パパの死体、私のキャリーケースに入れて運ぼうかな、って。おっきめだし、前に人が入ってる動画見たからイケるっしょ」

「じゃ、それでいこう」

至って普通に、何気なく。キャイコはキャリーケースの中身を抜き出し、ジローは購入したロープを手にする。二人で準備を済ませて浴室へ行き、シャワーを止めて死体を寝かせる。

「まだ硬いかも？」

「じゃあ任せて。こういうの、少しだけ慣れてるから」

そう言うと、ジローは濡《ぬ》れた死体に触れ、まず左の太ももを持ち上げる。股関節と膝関節を折るように、ゆっくりと体重をかけていく。フライドチキンを解体していく時のような、肉が軋《きし》み、骨が外れる感触が続く。

「キャイコ、ちょっと押さえてて」

「やば、エグすぎ」

笑いながらもキャイコは死体の曲がった脚を押さえ、代わって体を離したジローが、用意したロープを死体の膝裏に通していく。続いて右脚も同様の作業を繰り返し、最後に死体の首に伸ばしたロープを回して結ぶ。

「次は腕やるから」

宣言通り、ジローは死体の腕を持ち上げると、先ほどと同じように体重をかけて関節を折っていく。両手で膝を抱えるように形を整え、首にかかるロープのもう一方で結んでいく。

ふぅ、と仕事を終えたジローが息を吐いた。死体は首を曲げ、体育座りの姿勢で硬い床に転がった。

「往生縄って言うんだって。昔の人は、死体を縄でくくって、桶《おけ》に入れて埋めてたから」

「なんだか、赤ちゃんみたい」

死体はシャワーに濡れ、未だ乾ききっていなかった血は淡い桃色。中年男性は温かな浴室の中で、胎児のように手足を丸めて眠っている。

「目とか、閉じさせた方が良かったかな？」

「別にいいよ。どうせ暗いとこに行くんだから」

蔑むような呟きの後、キャイコは「あ」と明るい声を上げた。

「どうかした？」

「いや、急に気づいたけど。パパとお風呂入ったの、十年ぶりかも」

「ギャグセン高すぎっしょ」

二人の笑い声が重なる。

お互いのやり取りを面白く感じ、今の一瞬こそが、人生で最も尊いもののように誤解させた。

小石川

1

月も見えない春の夜。

子供が一人、鬱蒼《うっそう》とした木々の下を歩いている。着物は上等な紬《つむぎ》で、前髪を垂らす姿は元服《げんぷく》前ゆえのもの。幼いながら、暗闇に怯《おび》えることなく、ただ無心に歩いている。

怪鳥《けちょう》の鳴く声もあるが、なおも子供は恐れない。確かに、ここは見ず知らずの森ではなく、自身が暮らす家の広い庭の一角だ。しかし、こうまで無反応でいるのは、異常とすら言える。

「あった」

やがて、子供は木々の下に作られた獄門台を見つけた。

暗闇に薄ぼんやりと輪郭を作る木の台は、斬罪《ざんざい》に処された咎人《とがびと》の首を晒《さら》すためのものだ。ただし、普段から戒めのために設置してあるだけで、行状不良で手打ちとなった家臣や従僕《じゅうぼく》などそうはいない。

それが今日、この時、獄門台は何年かぶりに新鮮な血を吸った。

「ああ、死んでいる」

台には新たな首が置かれていた。髷《まげ》を落とし、ざんばらに散った髪。青黒く変色した唇の両端には、流れ出た血が固まっている。

「若様ですか」

どこからか声がした。

やおら風が吹き、鳥は飛び立ち、暗い林が生き物のように揺れる。

「永野九十郎《ながのくじゅうろう》にございます」

獄門台の首、その弛緩した瞼《まぶた》が半眼に開かれる。

「なんだ、生きているではないか」

「いいえ、こうして首を晒しているからには、死んでいるのです」

首はしかし、唇を震わせることなく、声ではない声で子供に語りかけていた。

「おかしなことを言う。死んだ者は話さん」

「それが話すこともあるのが、幽玄なのです」

ヒョウヒョウ、と再び怪鳥が鳴き始めた。木々がざわめき、パラパラと砂礫《されき》が大地を打つ。夜気に冷やされた空気は霧を生み、辺りを煙らせる。

「あればあり、なければない。若様は未だ幼く、現《うつつ》よりも幽に近いゆえ、こうして幽にある私の声が届くのです」

首は雄弁に語るが、幼い子供は理解しきれぬ様子で目を点にしている。

「まだ難しゅう話でございましたな。ならば今はただ、九十郎が若様をお慕いしているために、死しても声が届くと思ってくだされ」

「おお、そう言われればわかる。お主が見せた、能の『鍾馗《しょうき》』だ」

「いかにも。鍾馗は唐の鬼神にて、死した後に皇帝を守護した忠義の亡霊なれば」

地の底から響くような声に応じ、獄門台の周囲は雰囲気を変える。怪鳥の鳴き声が笛に、舞い散る砂礫が鼓になり、能の囃子《はやし》に似た音色が奏でられていく。

「して、若様はいかな理由で、九十郎が首を見に来られたのでしょうか」

「父上より命じられた。一人で刑場まで行き、お主の首を持ち帰れ、と。世継ぎたるには、そのくらい度胸がなければいけないそうだ」

は、は、と不気味な笑い声が返ってきた。

不意に台にあった首は浮かび上がり、乱れた髪は瞬時に赤く染まる。青ざめた顔も変化し、目は見開かれ、憤怒《ふんぬ》に眉は寄り、力んだ口は一文字に結ぶ。まさに能に用いる小癋見《こべしみ》面の表情だった。

囃子の音が鳴り響く中、首は鬼神の相を作り、空中から子供を見下ろした。

「この九十郎、かつては水戸徳川家に仕えしを、己が望みがために家を出奔《しゅっぽん》し、能役者となり申した。その不義理ゆえにお手打ちとなったは自業自得と心得ましょう。されど、死してなお子供の度胸試しに使われるとは！」

はは、と鬼神が笑う。深くおぼろげな声は、辺りの地獄じみた囃子と反響していく。並の子供であれば、これだけで腰を抜かし、驚き逃げ去っただろう。

しかし、今ここにいる子供は、無表情のままに鬼神の首を見上げた。

「すまぬ、九十郎。千代松《ちよまつ》がお主の芸を見たいなどと言ったから、無理に舞台に立たせた」

千代松と名乗った子供が、ふと頭を下げた。

その様子を見て、鬼神は目を瞑《つむ》った。途端に、周囲を騒がしくしていた囃子は収まった。首もまた死体たる無表情に戻り、元の獄門台に据え置かれていた。

「芸を所望されるのは、能楽師の誉れ。若様のためを思えば、亡者の一念など捨ておきましょう。どうぞ九十郎の首など、いかようにもお使いください」

その言葉を最後に、もはや首が喋ることはなかった。

子供――千代松は、なんら恐れることなく。単なる死体となった首に手を伸ばす。血に汚れるのも気にせず、ただ持ちやすいという理由で髪の毛を摑んだ。

そして獄門台に背を向けると、まるで玩具でも扱うように、千代松は無造作に首を引きずっていく。

徳川千代松。後に元服して光国と名乗る人物の、最初の仕事だった。

＊

カット、という掛け声が響く。

演者たちは表情を緩め、衣装についた汚れを確認する。スタジオ内に作られた雑木林《ぞうきばやし》のセットの中、子役の少年が笑みを見せ、首から下をクロマキースーツで覆った男性は獄門台から体を外す。

「チェックOKでーす」

映像を確認していた助監督からの声。シーンの撮影は終わり、演者たちも安堵の表情を見せた。

ここは大河ドラマ『光圀の記』の撮影現場だ。

その第一回「桜の馬場」は、幼少期の光圀が、父である徳川頼房《よりふさ》から認められるまでの話を描く。もともと望まれた子でなかった光圀は、頼房から「刑場の首を持ってくる」という度胸試しを課されるも、なんら怯えることなく平然とやってのける。初回は光圀の幼いながらも超然とした様を描き、その行く末を印象づけて終わる。

筋としての面白みは、幼い光圀が永野九十郎という流浪の能楽師と出会い、路上で披露された能に惚れ込んで舞台を所望したところだ。

実は九十郎はかつて水戸徳川家に仕えた武士だったが、思うところがあって出奔し、能楽師となっていた。それが裏切った主君の前で能を披露することになったがため、頼房はやむを得ずに九十郎を処刑した。本心では頼房も生かしてやるつもりだったが、周囲に示しをつけるために斬った。武家の厳しさを光圀が知る場面でもある。

とはいえ、これもカメラの中だけの物語だ。次の撮影の準備を始めるスタジオの中、九十郎を演じた男性は快活に笑って、千代松役の子役を労《ねぎら》い、その頭を撫でていた。

「どうでしたか、鷹村《たかむら》さん」

現場の隅で、そうした和やかな光景を眺める鷹村義雲《ぎうん》の横に、制作部の丸木由彦が並んでくる。まだ若手だが、鷹村のキャスティングに一役買ってくれた人物である。とはいえ六十代のベテラン俳優に接するのに、やや緊張しているようだった。

「最近は凄いね」

鷹村は感心したように、撮影現場をあごでしゃくって示す。

まず子役の演技に舌を巻く。未だ無名だが、鷹村は自身のデビュー当初より上手いと思った。加えて鷹村が気になったのは、九十郎を演じた相手役の日影《ひかげ》マコトだ。彼は現役の喜多流《きたりゅう》シテ方《かた》能楽師であり、今回の『光圀の記』では俳優として参加する一方、劇中にある能楽関連の指導も担っている。

「今までと結構違うんじゃない?」

「そうですね、歴史小説家の方が参加して脚本《ほん》書いてますし、江戸前期が舞台なのも珍しいです。あとは美術が頑張ってますね」

丁寧な口調の中に、丸木なりの自信が窺える。

確かに、今のシーンこそ演出のためにスタジオ内で撮影したが、茨城県にあるオープンセットに、新たに小石川藩邸を作ったという。また能を鑑賞するシーンでは埼玉県の野外能楽堂を使うなど、なかなかに凝《こ》った作り方をしていた。

「それで、光圀役の鷹村さんとしては、役を摑めたでしょうか？」

「はは、どうだかな。まだまだかもね」

鷹村は照れ臭そうに笑った。

丸木はこれが名俳優なりの謙遜と見たようだが、事実として、鷹村はまだ徳川光圀という人物について理解が及んでいない。こうして撮影現場を見学しているのも、光圀の幼少期を見て、自身が演じる際のヒントを得ようとしたためだった。

「本当、難しいよ。日本国民は『水戸黄門』を知ってても、歴史上の徳川光圀は知らないからね」

「それは、そうですね。今回の大河は民放とは違う路線ですし、別に諸国漫遊をしたりはしません。メインは光圀が『大日本史』を編纂《へんさん》しようと志《こころざ》すところですから」

鷹村が深く頷く。資料として、鷹村も『光圀の記』の大まかなプロットは渡されていた。

今回のドラマで描かれる徳川光圀は、既存のイメージとはかけ離れた人物像だった。学問を愛する水戸藩二代藩主にして、歴史書の大編纂事業を始めた偉人。好々爺然《こうこうやぜん》とした姿よりも、強《したた》かに政争を乗り切る傑物《けつぶつ》という印象が強い。

それだけならまだしも、ドラマでの光圀は特殊な死生観の持ち主で、生きている人間と、死んでいる人間の区別をつけない。

「あの光圀は難しいよ。最近の言葉だと、ああいうのをサイコパスって言うんだろう？　そういう役はやったことないね。僕なんかがやると、ただのボケ老人になっちゃう」

鷹村の言葉に、丸木が乾いた笑いを返す。その様子に、鷹村は「気を遣われている」と感じ、唐突に寂しさを覚えた。

「本当、イヤになっちゃうね。せっかくこうして、芸能界に復帰させてもらったのにさ」

楽しげな撮影現場の陰で、鷹村が嘆くように息を吐く。鷹村にとって憂鬱なのは、未だに役者としての勘を取り戻せていないことと、こうして現場の若手に気遣われること。

それに加えて、もう一つ。

「おっはようございまーす！」

撮影現場に威勢のいい女性の声が響く。

数人のスタッフは無視を決め込むが、それ以上の数が女性のスタジオ入りを出迎え、口々に挨拶を返している。

「おはようございます！　左近局《さこんのつぼね》役、結城鳩《ゆうきはと》です！」

ミディアムボブの髪型に、どこかタヌキに似た愛嬌《あいきょう》のある顔つき。それでいて、すらりとした肢体を見せるデニムパンツ姿で、弾むように歩く。

その快活そうな女性俳優――結城はニコニコと笑顔を振りまき、無意味にスタッフたちの手を叩いていく。これで計算高いようで、彼女を嫌っている一部のスタッフには結城も近づかない。

ただし、例外がある。

「あ、鷹村さん！」

スタジオの隅で、結城に気づかれないように身を小さくしていた。それでも彼女は目ざとく鷹村を見つけると、すばしっこい動きで近づいてくる。

「おはようございます！　今日もいらしてたんですね」

「ああ、おはようさん」

鷹村は挨拶を返しつつ、結城から視線をそらした。丸木に押し付けようかと思ったが、すでに彼は逃げ出したあとだ。とにかく、結城は鷹村にとって憂鬱の種である。面と向かって苦手だと言ったことはないが、態度ではそれとなく示している。

「あのな、結城さん」

「そうだ、鷹村さん！　今度、徳川光圀を調べに水戸へ行くんですよね」

「ああ、そうだが、いや、それより——」

鷹村の気持ちなど、結城にとってはどうでもいいらしい。どうして近づきたくないのかも、まったく理解されない。

「私、茨城が実家なので鷹村さんを案内しますよ！」

いいや、と鷹村は否定の言葉を即座に返した。言葉を返しただけ、とも言えるが。

2

鷹村義雲という名は、本人が思っているよりも大きい。

父である鷹村義龍《ぎりゅう》は昭和の大俳優で、数多くの映画に出演し、最晩年には文化勲章も授与された。彼の長男である鷹村も、二十代で俳優デビューして以後、その将来を嘱望されてきたし、大きすぎる期待に実力で応えてきた。名を売るためと割り切り、バラエティ番組にも積極的に顔を出し、一時は父の威名に並ぶほどの活躍ぶりを見せた。

あの事件が起こるまでは、間違いなく鷹村は国民的俳優の一人だった。

「もしかして、鷹村義雲さん？」

だから、こうして道端で声をかけられることも多かった。以前は、と付け加えておく必要もあるが。

「ああ、いや」

無意味な否定だ。そう思い直し、鷹村は頷く。

初夏の日差しの下、帽子をかぶった高齢の女性が鷹村の前に立っていた。片田舎《かたいなか》のバス停で、色の剝げたベンチに腰掛ける名俳優に対し、地元の人間だろう彼女は遠慮するように話しかけてきた。

「ああ、やっぱりそうだ。私ね、あなたの出た中だと『ベストシーズン』が好きよ。頑張ってね」

「恐縮です」

つい昔の癖で、鷹村は手を差し出していた。若い頃は誰もが握手を求めてきたからだ。

しかし、その女性は鷹村の横に座って話し始めるでもなく、さっさとバス停裏の農道へと消えていった。ファンでもない。ただテレビで知る人間を見かけ、それが正しいか確かめただけだった。

「頑張ってね、か」

鷹村は、何にも触れなかった自らの手を見た。細かなシワが目につく。筋肉の軋みに敏感になり、皮膚の突っ張るような感覚すらある。

鷹村が小さく顔を上げた。

薄く白んだ空、田植えを待つ水田がある。横の茶色い平屋は駄菓子屋だったのだろう。錆《さ》びた看板の文字はかすれ、軒先の冷蔵庫には砂埃が溜まっている。ただ自販機だけは現役のようだった。

照らされたアスファルトの砂っぽさに、むせ返るような草の匂い。くすんだカーブミラーと、やけに新しい地蔵菩薩《ぼさつ》の像。モンシロチョウが視界の隅を弱々しく舞い飛び、その行方を追えば、遠くに青々とした筑波山《つくばさん》の山容が見える。

ここは旧豊楽《とよら》村、今は茨城県つくば市の一部となっている小さな地区だ。

ちょうど一昨日から、つくばみらい市にあるオープンセットで撮影があった。その中日《なかび》を選び、鷹村は徳川光圀や水戸藩に関する取材を個人的に行っていた。まずは水戸市を巡り、丸木から紹介されたコーディネーターと共に、光圀ゆかりの寺院や博物館に足を運んだ。

すべては役作りのためだが、一つの役にここまで本気で取り組むのは、鷹村にとって初めての経験だった。

「今のところ、単なる気晴らしの旅行だがな」

誰にも聞こえないよう、鷹村は小さく呟いた。もとより周囲に人影はなかったが。

県道を通ってバスが走ってくるのが見えた。とはいえ鷹村はバスに乗るために待っていたのではない。待ち合わせの場所として、バス停を指定されただけだ。

「あ、鷹村さん、おはようございまーす！」

停車したバスから一人の女性が降りてくる。鷹村は他人を装うつもりで、バス停のベンチから離れて背を向けていた。

「おまたせしました、いやぁ、ごめんなさい。一本乗り遅れちゃって。いけませんね、地元の人間なのに」

「別にいいよ」

バスが走り去るのを確かめてから、ようやく鷹村も振り返る。

そこにはラフな恰好《かっこう》の結城がいた。Tシャツにジーパン姿で、頭は実用重視のキャップ帽。芸能人としてのオーラはまったくなく、荷物すら持たない様は、観光客にすら見えない。

「どうですか、鷹村さん。女優らしくお忍び姿です」

「ああ、そうだな」

結局、これまで何度か断ったものの、結城は鷹村に地元を案内すると言って聞かず、一日だけ同行を許した。

「じゃあ、鷹村さん。さっそく案内しますね」

結城は元気そうに腕を振り、人気《ひとけ》のない古い住宅街に向かって歩いていく。

「おいおい、待った。お前さんのマネージャーも来るんだろ？　一緒に来るから同行していいって言ったんだ」

「え、来ませんよ？　病気っぽいので」

はぁ、と鷹村が驚きの声を出す。

不意に思い出したのは『光圀の記』で結城が演じる役だ。水戸藩に仕える左近局は、てきぱきと何でもこなす優秀な女性で、時に悩む光圀の尻を叩いて、発破をかけることもある。

「さぁ、いきましょうか」

今回の役を理解しているという意味では、結城は鷹村よりも、よほど名俳優だった。

＊

光国の青年期は、鬱屈《うっくつ》と放埒《ほうらつ》の日々だった。

仲間と徒党を組んで江戸市中を練り歩き、遊郭では派手に振る舞い、遊び半分で人を斬った。勝手気ままに生き、いつ死んでも構わないような粗暴さが目立った。

「これもすべて、私が兄上を差し置いて、水戸徳川家の世子《せいし》となったからだ」

時経て、小石川の屋敷で光国が静かに過去を語っていた。春の鳥がさえずる中、見上げれば庭の桜が見事に咲き誇っている。

「兄上のような立派な方こそ家を継ぐべきで、弟たる私はそれを支えるべきだった」

なにも無分別に暴れていたわけではない。無論、自暴自棄になっていた面はあるが、それで横死するか、いっそ不行跡で家を追い出されれば良いと考えていた。そうなれば兄である頼重《よりしげ》が家督を継ぐことができた。

「私は藩主の器ではない」

今の光国には、青年期の荒々しい面影はない。

多くの家臣に諫《いさ》められ、また学問に身を入れるようになって、次期藩主に相応しい落ち着きを得た。しかし、それがために自省の心が表出し、ともすると卑屈にすら見える言動が増えた。

「私には、人の気持ちがわからぬからだ」

桜の下、弱々しく呟く光国に、そっと寄り添う女性がいる。

「光国様は、仁徳溢《あふ》れる方にございます」

そう言って女性――泰姫《たいひめ》が微笑む。

泰姫は、先年の春に光国のもとへ嫁いできた。まさに桜花が舞い散る中、彼女を乗せた輿《こし》が藩邸に来たことを光国は思い出す。

泰姫は関白近衛《かんぱくこのえ》家の娘であり、後陽成《ごようぜい》天皇の孫だから、これも徳川家と朝廷の結びつきを強めるための縁談であった。しかし、政治とは関わりなく、光国は泰姫との婚姻を喜んでいた。

「光国様は、忠義と孝悌《こうてい》を兼ね備える、お志の高き方です。それがために、己の心を砕き、他人を遠ざけてしまうのでしょう」

泰姫は儒学の心得を説き、悩める光国を諭《さと》す。

見目麗しいだけでなく、学識に溢れ、和歌や漢詩に親しむ泰姫だ。光国にとって、彼女との語らいほど楽しいものはない。また楽しいだけでなく、こうして今まで誰にも打ち明けられなかった不安を、素直に伝えることができた。

「ああ、そうなのかもしれぬが――」

「立派な藩主となって、水戸の方々を安んじめされませ」

この時、光国は二十八歳で、泰姫は十八だ。年も立場も異なる男女だが、共に学問を重んじる性格で、何より相手を敬うことができた。よって仲睦まじく、今でさえ体を寄せ合い、春の花々に彩られた庭園を慎ましやかに眺めている。

「姫さまぁ」

と、ここで騒がしい声がし、屋敷の庭をパタパタと歩く音がする。玉砂利を踏み荒らして、一人の侍女が姿を現す。

「やや、これは若殿様も。ご無礼仕りました。しかし、姫様をお借りしますよ」

潑剌として、なお恐れ知らずの女性だ。他の侍女ならば、光国を差し置いて、堂々と泰姫の手を引くことなどできない。

「どうかしました？」

「美味《おい》しい上菓子を頂いたので、ご一緒いたしましょう」

「まぁ、でしたら」

泰姫が光国の方を向く。しかし、これに光国は首を横に振った。

「先に読みたい本があるので、二人でいきなさい」

光国が同席を断ると、侍女は「やった」などと失礼に喜び、一方の泰姫は困った様子で顔を下げた。

人の気持ちがわからぬ、と先に漏らした光国だが、この侍女の気持ちばかりは理解できる。侍女――左近局こと村上吉子《むらかみきっこ》は、泰姫個人の侍女として、その婚姻に付き添って京から江戸に来た人物だ。年は泰姫より二つ下で、従者というよりも姉妹のように接することがある。だから、今だって泰姫を光国に取られたと妬《や》いて、無理矢理に引き剝がそうとしているのだ。左近局にも光国を敬う気持ちはあるだろうが、彼女にとって最も優先すべきは泰姫である。

名残《なごり》惜しそうな泰姫と、楽しげに彼女の手を引く左近局。二人を見比べ、光国は静かに言う。

「ただし、私の分の菓子は取っておくように」

背後からの声に泰姫は微笑み、左近局は不満げに眉根を寄せた。

＊

古い住宅と、新しい建物が並ぶ地区だった。

穴の空いたトタン屋根の工場と、真新しい軽トラック。新築だろうモダンな装いの住宅もあれば、昭和から取り残されたような家もあり、または宿場町にあるような二階建ての和風建築もあった。

鷹村と結城の二人は、地区の中心を通る一本道を歩いている。

「この辺に、おばあちゃんの生まれた家があったんです。家族は市内に住んでますけど、小さい頃とかは、よく墓参りで一緒に来たことがあって」

一方的に話しながら、結城は道を先行する。かたや鷹村は不自然にスペースを空け、知り合いとも他人とも言えない、微妙な距離であとを追う。

「でも、こうしてると本当に徳川光圀と左近局みたいですよね」

ふと結城は振り返り、その歩みを止めた。仕方なく鷹村も数歩ほど進んで、彼女の隣に並んだ。

「光圀の若い頃は別の俳優だろう」

「そうですけど、私は晩年まで左近局役ですよ？　ちょっとだけ特殊メイクするみたいですけど」

そう言われれば、鷹村としても頷くしかない。おそらくは、強引な左近局に辟易《へきえき》する場面もあるだろう。今の感情と表情は覚えておこう、と思った。

「鷹村さん、そんなに私と二人きりなのイヤですか？」

再び歩き始めたところで、結城が不思議そうな表情を向けてくる。

「当たり前だろ。お前さんは、こんなのでも売り出し中の人気女優で、僕はロートル俳優とはいえ力ある立場だ。週刊誌なんかに素《す》っ破抜《ぱぬ》かれて、お忍びデートとでも……」

「デート！　ありえないですよ！」

ケラケラと結城が笑い始める。鷹村としては、それが「こんなジジイなんかと」と続くことを願ったが、どうやら違う意味らしい。

「こんな何もない場所ですよ？　どうせデートするなら、もっとオシャレな場所にしますって。この辺は撮影所も近いし、取材に来たって言っちゃえばおしまいです」

「まぁ、そうだな。記者なんか来るはずもないか」

鷹村が確かめるように辺りを見回す。

まだ日は高いが、周囲の人家に気配はない。住民は市内へ働きに出たか、やや離れた田畑の方に行ったのだろう。それこそ、先にバス停で会った女性が自身のことを知っていたから、鷹村も過敏に反応してしまった。

ただの杞憂《きゆう》と割り切ろう、と鷹村が前を向く。

「鷹村さんが週刊誌を怖がってるのって、例の事件のせいですよね？」

その直後、最も触れられたくない話題を、結城が無遠慮に振ってきた。この流れで無視するわけにもいかず、鷹村は「ああ」とだけ返事をした。

「コロナ禍の時に飲み歩いてて、あと元マネージャーの女性を殴ったって。何年か前に週刊誌で記事になって、ずっと裁判してたっていう」

「それを知ってて、よく僕と二人で歩けるね」

「え、だって、無実だったんですよね。向こうの女性が殴られてないって認めて、それで裁判も終わって」

事実を事実として、結城が明るい調子で話してくる。横で聞く鷹村としては、思い出すだけで気が滅入るし、暗澹《あんたん》たる気持ちになる。

「それは、そうなんだが」

五年前、一枚の写真が週刊誌に掲載された。

早朝の路上、飲み屋の前でマネージャーの女性を殴る鷹村を写したもの。ちょうど鷹村の主演映画が公開間近だったのと、以前から鷹村の素行について悪い噂《うわさ》があり、熱心な記者がスクープを狙っていた。

「まぁ、コロナの時に飲み歩いてたのは事実だからね。これは申し開きもできない」

「それだって、コロナ禍で大変だった知り合いのお店に顔を出してただけ、って話だったじゃないですか」

それに、と結城は鷹村のために熱弁を振るってくる。

「あの写真だって、殴った瞬間のものじゃないですよね。尻もちをついた相手に、手を差し伸べてるだけだった、って。記者会見でもそう言ってたはずです」

結城の言葉通り、当時の記者会見で鷹村は必死に弁明した。

しかし、元マネージャーの女性は鷹村の弁明を肯定しなかった。それどころか、暴力事件を訴える記事に同調し、退職したうえで鷹村を非難した。また世間的に鷹村は古い俳優で、昭和じみた男らしさの体現者だった。だからマネージャーへの暴力も「時代遅れの俳優ならば、そういうこともあるだろう」と、単なるイメージだけで真実と断定された。

「ようやく去年、裁判が終わったばかりなんだよ。それまでテレビも映画も、出演を自粛して大人しくしてた。ま、向こうさんも疑惑の俳優なんて使いたくなかっただろうけどね」

無実を信じる知人や芸能関係者が、鷹村本人の気持ちとは関係なく、弁護士を雇って裁判を起こすよう促した。その結果、相手の女性は暴行事件でなかったことを認めた。

時間はかかったが、鷹村の名誉は保たれた。ただし、回復したわけではない。世間の人々は悪事にしか興味はないらしく、すり減った名声を取り戻すには、これまで積み上げてきた以上の労力がいる。

「で、鷹村さんにとって『光図の記』が本格的な復帰作と」

「そういうこと。せっかく僕を抜擢《ばってき》してくれた人たちに、迷惑をかけるわけにはいかない。どんな小さなことでも、ゴシップになっちゃいけない」

そこまで話して、ようやく結城も鷹村の考えを理解したのか、神妙そうに一度だけ頷いた。

「わかりました。私も迷惑をかけないようにします。帰りは鷹村さん一人でバスに乗ってください。私はお父さんに迎えに来てもらうので」

「まぁ、そんな慎重に……、してもらった方がありがたいな。いや、結城さん、恩に着る」

そうして二人は歩いていく。相変わらず絶妙な距離感はあるが、出会った頃よりも警戒感はない。

地区を通る一本道は、もうすぐ終端部になる。道は緩やかな坂となり、先には筑波山から続く峰の一部が見える。もう少しでも行けば森へと入るだろう。

そこで不意に結城が足を止めた。村の東端、山に最も近い場所に、他よりも大きな敷地があった。崩れかけの塀と門があり、その向こうには植物が繁茂《はんも》している。屋敷らしきものはなく、ただ黒い柱が何本か地面に突き立っていた。

「ここが、おばあちゃんの生まれた家ですよ」

「家って、何もないが」

「昔の火事で焼けちゃったらしいです。まぁ、その頃には誰も住んでなくて、屋敷だけ残ってたとか」

鷹村が何もない敷地に視線を向ける。崩れた門構えだけでも、在りし日を想像できた。目を凝らせば石造りの表札があり、そこには「饗庭《あえば》」という文字が刻まれていた。結城の祖母の旧姓だろう。

「君、結構、良い家柄だったのかい？」

「いえいえ、普通の家です。おばあちゃんの家だって、村の金持ちだったってだけで、それも火事でなくなっちゃいましたし」

そう、とだけ答え、鷹村が無意味に頷く。結城もそれ以上は語るつもりもないのか、再び一本道の先を歩いていく。

「話は戻りますけど」

と、結城が大きく一歩を踏む。

「復帰作だからこそ、鷹村さんはいつも以上に本気で、でも役作りが難しくて水戸まで取材に来たんですよね」

「まぁ、そういうことだ。藩主としての光圀は、なんだかんだ摑めたが。ただ、どうにも脚本で意味不明な部分が多くてね」

たとえば、と鷹村が先を続けようとしたところで、前方を行く結城が足を止めた。

一本道が途絶えたのだ。ここから先は、いわば登山口だ。

「鷹村さんが難しく思うのって、光圀が能の演目を探す場面ですよね。物語の中盤で、誰も知らない幻の演目を探すってところ。脚本ももらいましたけど、あの辺りは確かに難しいかなって。でも、私は運命的だな、って思いました」

何かに陶酔するように、結城は風にそよぐ木々に手を向けた。

「幻の演目、それと同じ名前の伝説なら、私もよく知ってます。だって、小さい頃におばあちゃんから聞かされた話だったんですから」

そうだった、と鷹村も頷く。そう説き伏せられたからこそ、地元を案内するという結城の提案を受け入れたのだ。

「ここは『金色姫』の伝説が生まれた土地なんです」

結城が振り返る。彼女の背後には、苔《こけ》むす石階段と、植物に覆われた石灯籠《いしどうろう》が見えた。

3

金色姫、と泰姫がうわ言のように呟いた。

「なんと申したか、それは、一体」

枕元に控える光国が、白い顔をした泰姫のそばに寄る。

光国の必死なさまに、泰姫は弱々しく微笑む。病床に臥《ふ》せった彼女は、息をするのも辛《つら》いのか、次第に呼吸も浅くなっていく。

駒込《こまごめ》に作られた別邸での一幕だ。

先年の明暦《めいれき》三年、江戸市中は大火によって灰燼《かいじん》に帰した。振袖火事とも呼ばれた大火事によって、数万人の町人が死に、数ある大名屋敷も燃え、江戸城の天守すら焼け落ちた。この大火で小石川にある水戸藩邸も全焼し、光国と泰姫は別邸に移り住んだ。別邸と言っても、臨時に建てた草庵《そうあん》のようなものである。小高い台地にある駒込は松林ばかりで、無人の山野に居を構えたような寂しさがあった。

そのような環境のせいか、前年には光国が病に倒れた。これは無事に平癒《へいゆ》したが、今度は泰姫が病魔に冒《おか》された。もとより体が弱かったこともあり、泰姫の病状は深刻だった。

そして今、死に瀕《ひん》する泰姫に向かって、光国が恐る恐る声をかける。

「もう一度言うてくれ。欲しいものでも、見たいものでも、なんでも用意させるゆえ」

夜着をかけ、布団に横たわる泰姫に、光国が身を乗り出して問う。無理をさせてはいけない、と近くに侍《はべ》る左近局が出て、光国を横から押し留める。

泰姫からの返事はなかったが、目を瞑り、一時だけ安らかに息を吐いた。それを最後に二度と目を覚まさないのでは、と光国は焦って声を出す。そんな夫の不安を払拭しようと泰姫は気丈に微笑んだ。

「能に『金色姫』という曲があるそうで」

目を閉じたまま、泰姫は囁《ささや》くように続ける。

「それは、大層美しいものだと、かつて父上より聞きました。幼き頃より、ひと目でも見てみたいと思うておりましたが」

「そうか、わかった。私も知らぬ曲だが、必ずや知っておる者を連れて参るゆえ」

光国は泰姫に寄り添い、その願いを叶えることを約束した。しかし、当の泰姫はそれが叶わないとでもいうように、力なく首を横に振った。

「父によれば、その『金色姫』は、今は絶えた曲とのこと。私の祖父でもある三藐院《さんみゃくいん》様が、名前のみを伝えたのです。古く残っていたものが、太閤《たいこう》様の頃に失われてしまったと」

泰姫の父である近衛信尋《のぶひろ》、その養父が三藐院こと近衛信尹《のぶただ》だ。また豊臣秀吉《とよとみひでよし》の時代というからには、もう五十年以上も前に、世間から『金色姫』という曲は消え去ったのだ。

無理な願いだった、と諦めてしまえばよかった。だが、光国は泰姫のためならば、どんな手立ても使うつもりだった。

「諦めるな。お主のために必ず、『金色姫』を見つけてみせよう」

光国に向けて、泰姫が笑ってみせる。

「では、私の、今生一度きりの、わがままです」

白く細い腕が、光国へ伸ばされた。


この後、閏《うるう》十二月に泰姫は息を引き取った。

享年二十一。わずか四年の婚姻だった。光国との間に子はなく、また光国が新たに妻を娶《めと》ることもなかった。

泰姫を亡くした悲しみを、光国は以下のように書き残している。

「谷の鶯《うぐいす》、百囀《ひゃくてん》すれども、春無しと我は謂《い》う」

これより先、光国は泰姫のことを余人に語らなくなる。もはや、光国にとっての春は失われたのだ。

＊

ひょい、と伸び放題となった雑草をよけて石段を踏む。

「それで、どうなったんでしたっけ？」

「何がよ」

「泰姫が死んだ後です。まだその辺は撮影も始まってませんし」

フラフラと、頼りない足取りで結城が石段を登っていく。古い神社の参道として、小山に沿うように石段が伸びている。だが今や訪れる者もいないのだろう、周囲の森との境界は曖昧だ。

鷹村は石段を確かめるように踏み、溜め息を加えつつ、前方の結城に答えた。

「泰姫が亡くなった後、父親の頼房も亡くなり、光圀は水戸藩主になる。そして駒込の屋敷にあった史局、ようは日本史の研究所を小石川に移して、『大日本史』っていう歴史書を作っていくんだ」

大河ドラマの展開自体は、演出チームと脚本家が作っていくため、必ずしも当初の想定通りにはならないだろう。しかし、『光圀の記』と題するからには、光圀が『大日本史』の編纂を志すというストーリーは欠かせないはずだ。

「光圀にとって『大日本史』は重要な仕事だった。それこそ明暦の大火で、何もかもが一瞬で燃えて、あとに何も残らない、ってのを経験したからな。だから家臣たちを日本全国に派遣して、様々な文献を集めさせた」

「それって、やっぱり『金色姫』を探すためなんですかね」

「さぁね、今のプロットだと『金色姫』の話題は、泰姫が亡くなる場面にしかないからな。それも別に、最後に見つかったりするドラマチックな展開にはならない。本当に、失われたままなんだ」

だからこそ難しい、と鷹村は思った。

物語として、死にゆく者が『金色姫』を見たいと望んだなら、最後には登場させて終わるべきだ。しかし、現在のあらすじでは、ラスト間近で光圀が泰姫を思う場面があっても、そこに『金色姫』の話題はなかった。

「結局、正体不明のままなのさ、『金色姫』ってのは。ゴドーと一緒だ」

「誰ですか、ごとう、って?」

結城からの質問に、鷹村は小さく笑って誤魔化した。演劇馬鹿だった自分の青年時代のことを思い出し、つい恥ずかしくなった。

「とにかく、僕にとっても『金色姫』は謎の存在だ。しかし、脚本に書かれてない部分を理解してこそ、演技に深みが出る」

「そうですよ、だから私も役に立てると思って、こうして案内してるんですから」

「で、ここが『金色姫』の生まれた場所だって?」

左右には鬱蒼と茂る森。石造りの鳥居を越え、鷹村が結城を追う。足腰には自信があったが、さすがに老いた体に石段は辛い。

「そうです。この蚕安《こやす》神社は金色姫伝説の始まった場所です」

小山の中腹あたりで石段が途切れ、前方に二つ目の石鳥居が現れた。この開けた空間で結城が足を止める。鷹村も額の汗を拭い、しばしの休息とする。

「人はいないが、立派な神社じゃないか」

「養蚕の神様なので、明治とかの養蚕業が盛んな頃に整備されたそうですよ。おばあちゃんが言ってました」

周囲を見れば、摩滅した石碑や石像がある。往時はここを通って参拝する者も多くいたのだろう。

「それで金色姫伝説ってのは何だい？　下に案内板もあったが」

「おばあちゃんから聞いたのは、昔話みたいなものです。その昔、天竺《てんじく》に金色姫ってお姫様がいたんですが、でも意地悪な継母《ままはは》に虐《いじ》められるんです」

「シンデレラみたいだな」

クス、と小さく笑ってから、結城は再び歩き始めた。それに鷹村も続く。二人で石鳥居を越え、神社に続く最後の石段を登っていく。

「金色姫は、継母によって獅子《しし》が沢山いる山に捨てられるんです。でも獅子は姫に懐いて、その背に乗せて宮殿まで帰ってくる。ならばと継母は、次は獰猛な鳥がいる山に金色姫を捨てる。すると今度は、鷹狩《たかが》りに来た兵士に助けられる。三回目になると、継母は金色姫を船に乗せて海に流しました。でも、これも漁師によって救われる」

「運が良いんだか、悪いんだか、って話だ」

鷹村の合いの手に、前方を行く結城が笑う。何気なく、かつ自然なやり取り。二人の歩く距離すら、何分か前よりも近づいている。

「で、金色姫はどうなるんだい？」

「最後に、継母は金色姫を宮殿の庭に埋めて殺そうとします。ただ今回も、庭が光っているのを見た王様が助け出すんです。継母が金色姫を殺そうとしているのに気づいた王様は、これ以上は近くにいてはいけないと考えて、うつろ舟に金色姫を乗せて海へ逃がすんです」

結城がそう語るのと同時に、二人は石段を登り終えた。

中央には古い社殿があった。

神社の後方に森が広がり、風が吹けば爽やかな草木の匂いが漂ってくる。社殿こそ無人のようだが、地元の人間によって管理されているらしく、清掃も行き届いていた。

そこで結城が社殿の前に立ち、山裾の途切れた方角を指さした。この距離では見えないが、ちょうど土浦《つちうら》市と霞《かすみ》ヶ《が》浦《うら》がある地点だった。

「そして金色姫を乗せた船は、豊浦《とようら》って名前の浜に流れ着きました。それがこの神社の近くで、豊楽村の名前の由来です。今は山ばかりですけど、昔は霞ヶ浦が大きな海で、この辺は岬だったって、おばあちゃんが教えてくれました」

結城は語るのを止《や》め、社殿の方へ向き直る。

賽銭箱《さいせんばこ》に硬貨が投げ入れられた。結城が流れるような所作で二礼二拍手一礼をする。

「意外とちゃんとしてるんだな」

「おばあちゃんに厳しく言われたもので」

照れ臭そうに笑う結城に、鷹村も労《いたわ》るような視線を送る。どこかで結城のことを軽んじていた自分を恥じ、鷹村も彼女に並んで参拝を済ませた。

「それで、金色姫なんですけど」

のどかな空気の中で、結城が話の続きを語り始めた。

「豊浦に流れ着いた金色姫は、権太夫《ごんだゆう》という人に拾われて、その妻とで面倒を見てもらいました」

「なるほどな。まるで竹取物語か、桃太郎だ」

今度の合いの手には、結城も微笑むだけだった。

「でも、金色姫は病気になって、すぐに亡くなってしまいました。権太夫夫妻は悲しみましたが、金色姫が夢に現れて言うのです。私の死体を入れた箱を開けてくれ、って」

そこで結城は手を広げ、指をワラワラと揺らし、悪戯っぽく微笑んだ。

「箱を開けると、そこには金色姫の死体はなく、代わりに無数の白い虫が蠢《うごめ》いていたそうな！」

「おいおい、急にホラーにするんじゃないよ」

「あはは、冗談ですよ。現代だと怖いかもしれませんけど、その白い虫はカイコだったんです。繭《まゆ》から絹糸を作る、とても高価で、大事な虫です。昔の感覚だと、宝の山が入ってたって感じですかね」

結城の解説に鷹村も納得する。

この伝説は、つまり養蚕技術の始まりを伝えるものだろう。カイコは牛馬と同じく、農家にとって貴重な収入をもたらす生き物だ。他の昔話でたとえれば、金銀財宝を掘り起こしたり、無尽蔵に米が出てくる櫃《ひつ》を手に入れたりする場面と同じだ。

「これが金色姫伝説かい？」

「そうですね。話としては、これで終わりです。あとは筑波山の仙人が絹糸の作り方を教えたり、機《はた》織《お》りのやり方を伝えたとか」

「しかし、なんとも不思議な話だ。まるで能っぽくない」

鷹村が何気なく呟くと、結城は困り顔を浮かべた。

「ですよねぇ。この話は金色姫伝説であって、能の『金色姫』は全然違う話かもしれませんし」

「そうかもね。能の『葵上《あおいのうえ》』は源氏物語がもとになった話だけど、能曲としての中身は別物だ」

陽光に照らされた山々を眺めながら、ほぼ無意識に鷹村が答えた。すると、それまでの元気もどこへやら、いよいよ困り果てた様子で結城が肩を落とした。

「なんだか、情けなくなってきました。地元のことだから、鷹村さんの演技に役立つかと思って、無理にお誘いしたのに」

「いやいや、僕としては助かったよ」

などと、さすがに鷹村もフォローを入れる。出会った頃なら面倒だと思っただろうが、わずかな心境の変化もあった。

「この土地に来たことは大事だ。昨日ちょっと調べたが、この神社が建てられたのも、どうやら徳川光圀が藩主だった頃のようだし」

「え、待ってください。調べたって、じゃあ金色姫伝説も知ってたんですか？」

目を見開いて驚く結城に、鷹村は「しまった」という表情。演技で誤魔化しても良かったが、素直に出た感情を優先した。

「まぁ、その、なんだ。目的地のことくらい知っておきたかったし、こんなジジイでもさ、ネットとかで検索はできるもんでよ」

「うわぁ、最悪だぁ」

そう叫び、結城は頭を抱えてしゃがみ込む。

「それじゃあ、なんの意味もないじゃないですか！　自慢気に解説してた自分が恥ずかしい！」

「馬鹿言うんじゃない。お前さんから聞いた方が、よっぽど真に迫ってた。一聴の価値はあるさ」

しゃがんだままの結城が、恨めしげに鷹村を見上げてくる。どう慰めたものかと鷹村は思案するが、唐突に、そんなことに悩む自分がおかしく感じられた。

これまで鷹村は、結城のことが苦手だった。だが今回の小旅行を経て、彼女を見る目が変わった。たしかに『金色姫』の収穫はなかったかもしれないが、これからは結城とスタジオで顔を合わせても、以前のように不機嫌になることはないだろう。

「本当、価値はあったよ」

演技に資するという意味では、何よりの収穫だ。

4

わずかに太陽が西に傾いた頃、鷹村は元駄菓子屋の前にいた。振り返れば、向かいのベンチに結城が座っている。

「ほらよ」

鷹村は自販機で買ったペットボトルを差し出しつつ、結城の横に並んで座る。

「まぁ、なんだ」

次のバスが来るまで時間がある。無言で過ごすよりは、と思って鷹村が声をかける。隣の結城は、先の一件をまだ引きずっているのか、受け取ったペットボトルを握りしめたまま、いくらか不満そうだった。

「今日は世話になったよ。頭で知ってても、やっぱり体で経験できたのが良かった」

「それなら、はい。こちらこそ、ありがとうございました」

先輩俳優からの気遣いだ。さすがに申し訳なく思ったのか、結城も機嫌を直し、手にした飲み物に口をつける。

ベンチに並ぶ二人の間には、まだ遠慮がちな隙間があるが、それが丁度いいと鷹村は思えるようになった。また、それは結城にとっても同じだったらしい。

「改めて思ったんですけど、左近局と徳川光圀の関係って、今の私たちくらいが良いのかもしれませんね。上下関係はありますけど、どこか近くて、どこか遠いくらいの」

「そうかもね。お互いに気づけたから、演技も楽になるよ」

鷹村が実感を込めて呟けば、結城も何かを確かめるように頷く。

「きっと徳川光圀と左近局は、同じ人を好きなった、ライバルみたいな関係から始まったんですよ。でも、その好きになった人はいなくなっちゃって」

「そういう筋なら、僕にもわかるさ。恋のライバルは、そこから同志になる。光圀も結婚しないし、たしか左近局も生涯未婚だったろう」

「そうです。二人とも、亡くなった泰姫のことを思ってた……。なんてのは、メロドラマになりすぎですかね」

ケラケラと安っぽく笑う結城。それがふと、憂いを帯びた表情をみせると、ゆったりと腰を浮かし、鷹村の方へ小さく距離を詰めてくる。

「鷹村さんにとっての泰姫って、もしかして役者人生だったりします?」

「どうしたの、急に」

「いえ、別に。ただ、鷹村さんもずっとご結婚されてませんし、私の勝手なイメージですけど、役者人生にすべてを捧げてるタイプなのかな、って」

結城からの質問に、鷹村は口角を上げる。

予想外に、結城は自分を理解している、と鷹村は思った。これまで良好な関係にあった女性は何人かいたが、結婚に踏み出すことができなかった。鷹村自身が、その理由に気づいたのは、五十代になってからだった。

「そうだね。僕は演技に人生を捧げてる。役者であることが一番だ。妻を持っても、きっと迷惑をかけちゃう。だから結婚してない。もちろん臆病な性格のせいもあるけどね」

「なら、私と一緒ですね。私も演技することや、舞台に立つことが一番です。結婚のこととか、考えられませんし」

随分と思い切った結城の答えに、鷹村は微笑む。

若い俳優にありがちな、単なる全能感だと笑っても良かった。立派な目標を掲げるが、やがて安泰を選ぶ時も来るだろう。だが一方で、この女性なら、それこそ左近局のように志に殉じることもできるかもしれない、という期待があった。

「なら、もっと演技の勉強するんだな」

「サミュエル・ベケットの戯曲を読むとかですか？」

あ、と鷹村が反応する。それは先に冗談で口にした、不条理劇たる『ゴドーを待ちながら』の作者の名だ。

「お前さん、知ってやがったな」

「これでも演劇馬鹿なもので。神社で知らんぷりして私の話を聞いてくれたことへの、お返しです」

すっかり騙された、と鷹村が大笑いする。それを受けて結城もまた笑う。ベンチに腰掛け、二人が共に笑う。気分のいい時間だった。

折よく、遠くからバスが走ってくるのが見えた。あれに乗れば、今回の小旅行は終わる。

「さて、それじゃ僕は帰るとするよ。ここでお別れだ。あとは撮影現場で」

「はい。今日はありがとうございました」

バスが停まった。まず結城が立ち上がり、鷹村に向かって頭を下げてくる。

「私のわがままに付き合ってもらって感謝してます。おばあちゃんも喜んでると思います」

「どういうことだい？」

バスの扉が開き、地元の人間が降車してくる。鷹村は一瞬だけ振り返り、運転手に乗り込むことを伝えた。

「おばあちゃん、鷹村さんの大ファンだったんです。私も小さい頃から何度も話を聞いてて。だから、いつか共演できたら、おばあちゃんの生まれた場所を見に来てもらおう、って思ってて」

「なんだ、それを先に言ってくれれば」

はにかむ結城の顔を見て、鷹村もそれ以上は何も言わなかった。最後に自然と手を伸ばし、別れの挨拶とした。

結城は驚いたように目を見開いたあと、鷹村から伸ばされた手に握手を返してくる。同業者としての単なる握手だが、結城の手にもう一人分の重みを感じた。

「お前さんのおばあちゃんにも、御礼を言っとくよ」

そうして鷹村は結城に背を向け、バスへと乗り込む。

「鷹村さん、最後に！」

バスの扉が閉まる直前、結城が声をかけてくる。何か気の利いた言葉でも言うのかと思い、鷹村が振り返って笑みを向ける。

しかし、そこに立つ結城の異様な雰囲気に、思わず息を呑《の》む。

「鷹村さんは、どうしてマネージャーの方を殴ったのか。ちゃんと覚えてますか？」

意味のわからない言葉だった。

何故《なぜ》、今になって聞くのか。殴っていないと信じたのではないのか。どうして結城が聞くのか。

その真意を尋ねるより先に、耳障りなブザーが鳴り、バスのドアが閉まった。

＊

時は流れ、徳川光国は水戸藩主として務めを果たしていた。

水戸藩は江戸定府であるため、藩主が参勤交代で自国に戻ることはない。それでも光国は藩内の様子を気にかけ、不便な土地の治水工事を命じ、領内の寺社改革を行い、また学問を奨励した。

さらに江戸にあっては、光国は徳川御三家として幕府を支え、新将軍となった徳川綱吉《つなよし》を補佐する立場となった。あるいは小石川の史局を彰考館《しょうこうかん》と名付け、局員を全国各地へ派遣し、修史事業も進めていった。齢《よわい》五十を数えた頃には、名も光国から、則天文字を用いた光圀に改めた。

泰姫を亡くしてからの二十余年、光圀は何かに追われるように職務に没頭した。傍目《はため》には名君の振る舞いだったかもしれない。しかし、我が春はもはや来ず、という言葉通り、その人生は次第に色褪《いろあ》せていく。

そうした日々にあって、わずかなりに気が休まることがあるとすれば。

「藤井紋太夫《ふじいもんだゆう》にございます」

この日も、光圀の招きに応じて、若い家臣が小石川の屋敷を訪れていた。年は三十そこらで、面長で目は細く、どこかキツネを思わせる面相の男だ。

燈台《とうだい》の明かりに照らされた夜の書院。光圀が一人、書見台に載せた漢籍を読んでいた。

「来たか、紋太夫」

光圀は藤井を一瞥《いちべつ》してから、再び手元の本に目を落とした。

藤井紋太夫こと藤井徳昭《のりあき》は、旗本荒尾《あらお》家の出で、若くして水戸藩に仕えた。小姓として光圀に側仕《そばづか》えし、その寵臣として、わずか二十年で中老となっている。

「紋太夫、何か珍しい話でもしてみせよ」

「では、蝦夷地《えぞち》の風習などを」

光圀の無茶な要求に対し、藤井は当意即妙に応える。彰考館の局員が集めた全国各地の奇談珍説の中から、藤井は光圀の興味を引くようなものを選び、こうして語ってみせる。

これこそ光圀が藤井を重用する理由だ。

まず古文や和歌、漢籍の知識があり、普段から光圀の話し相手となれること。次に、藩主として多忙な光圀に代わり、修史事業の進捗を担っているためだ。この二つによって、藤井は光圀にとって最も重要な家臣となっている。泰姫を失って以来、人と話すことの楽しみを忘れた光圀にとって、この藤井との語らいは大事だった。彼から珍しい話を聞くことが、何よりの気慰みになっていた。

「珍しい話といえば」

会話の最中、ふと藤井が身を正した。

「先般、史局に珍しい来客がありました。松井鶴松《まついつるまつ》と名乗る能楽師で、御公儀に仕える者と」

「ああ、綱吉お抱えの者だろう。気に入った能楽師を、何人も取り立てておると聞いたぞ」

光圀の言う通り、将軍綱吉は能楽に凝るあまり、今では能楽師を士分として登用していた。さらには能楽師を囲い込み、綱吉の私的な催しのみに出演させているという。

「いかにも、そうした能楽師の一人なのですが、この者が言うには、もし常陸《ひたち》国の古い話などあれば、調べさせてくれないか、と」

「結構なことだ。水戸藩の修史が広く役立つのなら、こちらも調べてきた甲斐《かい》がある。しかし、なぜ常陸国の古い話と？」

「なんでも、能の稀曲が残っておるやも、とのことで」

ふむ、と光圀が息を吐く。

昨今、将軍である綱吉は能楽師を集めるだけに飽き足らず、ほうぼうの者に命じて、能の古い曲を復曲させようとしているらしい。光圀自身、江戸城で催能があった際に、綱吉から「何か珍しい曲は知らぬか」と尋ねられたことがある。

「鶴松によれば、いくらか見当はついているようで、その世にも稀《まれ》なる曲の題だけは知っておると」

それは、と光圀が聞くより先に、藤井が得意げに頷いた。

「名を『金色姫』と」

冷たい風が吹き、燈台の火が揺れた。

＊

鷹村は一人、つくばエクスプレスの車内にいた。

乗客はほとんどなかったが、鷹村はドア横に立っている。明日からは再び撮影が始まるから、つくばみらい市のホテルに帰るだけだ。わざわざ座るほどでもない。

夜の車窓からは、まばらな光に照らされた街が見える。

「どうして、殴ったか」

他人には聞こえない音量で鷹村が呟いた。ふと横を向けば、窓に自身の顔が映っている。疲れた老人の顔だ。そこに名俳優の面影はない。ほんの一時間前には楽しく過ごしたのが、急に、そして無意味に憂鬱となる。最近はこの繰り返しだ。

「なんとなく、じゃ伝わらないか」

鷹村が片手で自身の顔を覆った。たるんだ皮膚は、役者人生の重みを備えたからではない。重力に逆らえないほどに衰え、弱り果てたためだ。

「でも、本当に、理由なんてわからないよ。一緒なんだよ。徳川光圀が、自分に尽くしてくれたはずの藤井紋太夫を殺したのと」

別れ際の結城からの問いかけ。その答えを求めるうちに、鷹村は自身が演じる光圀のことを考えていた。大河ドラマの『光圀の記』では、まだ終盤の脚本は上がってないが、歴史上の出来事ならば鷹村も事前に調べている。

忠臣であるはずの藤井紋太夫は、光圀自身の手によって斬殺されている。かねてから準備を整え、計画的に殺害したと言われているが、そこに至る経緯は語られていない。歴史書に残る記述では、光圀は「老人の不調法」とだけ答えたようで、藤井を誅殺《ちゅうさつ》した理由は一切不明だ。

「この年になると、本当に、なんでやっちゃったんだろう、ってことが増える」

ふと鷹村は、自身の右手を見た。かつては若く張りがあった手。何人ものファンと握手した手。そして、元マネージャーを殴った手。

5

元マネージャーは、鷹村の父の代から付き従ってくれた女性だった。

鷹村の所属事務所は父が設立したもので、芸能界全体では弱小ながら、名俳優たる鷹村義龍の名によって独自の地位を得ていた。この現代的な大名家にあって、鷹村は当主の嫡男であり、彼のために奉仕する家臣団たる従業員も数多くいた。

その一人が、元マネージャーの女性で、最初に出会ったのは鷹村が二十代の頃だった。

「僕は父のように優しくないからね」

思えば傲慢だった。自身に媚《こ》びへつらう者を遠ざけるつもりで、今まで何度もマネージャーを交代させてきた。無理難題を言い、失言の一つでもあれば、それを責め立てて辞めさせた。

特に鷹村が気難しくなったのは、マネージャーが自身の演技について何かを言ってきた時だった。

「僕は自分の演技をけなされるのは嫌いだが、褒められるのはもっと嫌いだ。舞台に立つ時は、いつだって殺し合いの気持ちで演じてる。それを簡単な言葉で褒めて欲しくない。最近だって、おべっかを使ってきたマネージャーがいたけど、そいつはクビにしたよ」

まだ鷹村が新進気鋭の役者だった頃、なにかの雑誌のインタビューで答えた内容だ。尖《とが》っていた時期と言い訳できるが、できるなら掘り返されたくない過去だ。

「新しいマネージャーのコは、何も言ってこないから感謝してるよ」

インタビューの続きで、鷹村はこう語っていた。

その言葉通り、新たにマネージャーとなった女性は、鷹村を特別扱いすることなく、ただ要求された仕事をこなしてきた。それから三十年以上、粛々と業務を続け、鷹村を陰ながら支えてきた。

父の威名を追い越そうと、鷹村は精力的に活動した。その間、幾度となく元マネージャーの女性には助けられた。いずれ、どちらかが引退するまでは、二人三脚で芸能界を走っていくつもりだった。

「君には感謝しているんだ」

何かの機会で、そう感謝を伝えたはずだ。だが、一体いつの言葉だったかを鷹村は思い出せない。

それと同じように、どうして彼女を殴ってしまったのかも、鷹村は思い出せない。

＊

元禄《げんろく》七年、藤井紋太夫が『金色姫』の名を聞いてから十年の時が経った。

その間に光圀は隠居し、水戸藩は三代藩主である徳川綱條《つなえだ》に引き継がれた。藤井は光圀から綱條に仕えるようになり、役職も藩を仕切る大老の立場となった。とはいえ、光圀への忠義が変わることはない。水戸領内の西山荘《せいざんそう》に暮らす光圀のもとを訪れれば、今までと同じく、史局が集めた奇談珍談を披露していた。

転機があったのは、その年の早春のことだ。

「もう一度、言うてみよ」

質素な装いの西山荘。茅葺《かやぶ》き平屋建ての屋敷、その小さな書斎で、光圀が藤井に聞き返す。

「この度、かねてより探していた『金色姫』を見つけましてございます」

ウグイスが鳴く。窓から見える梅の枝が揺れた。

驚く光圀に対し、藤井は恭《うやうや》しく頭《こうべ》を垂れる。

「綱吉様に仕える能楽師、あの松井鶴松が筑波の村々をまわり、土地の古老より聞き出したと。そこが旗本である井上殿の知行地であったゆえ、常陸国の諸藩を調べるより後回しになったそうな」

「そこに残っておったと」

光圀が身を乗り出し、藤井に詰め寄る。嬉しさと期待、そして何かへの畏れを抱いた、複雑な表情がそこにあった。

「私も鶴松に同行し、同地へ赴きましてございます。見つかったのは謡本のみですが、これを元に復曲も叶うだろうとのこと」

「して、お主は『金色姫』を見たのか？」

なるべく静かに、興奮しているのを気取られないよう、光圀が藤井に問いかける。

「や、謡のみならば読んだのですが。それが、なんとも。御公儀に献上するのも憚《はばか》られるもので」

藤井は困ったように、庭の方へ視線を向けた。

「稀曲と言えば聞こえは良いものの、ようは人々が忘れる程度の出来のもの。一言で言えば、つまらない、凡作にございました」

それを聞いた光圀は目を見開き、カカ、と短く笑った。

「なんと、それほどにつまらぬ作品か」

「ええ、御老公にお見せするのも躊躇《ためら》うもので」

「そうか、そうか」

光圀は愉快そうに笑う。藤井は一笑を誘ったことに満足し、その裏にある感情など知らぬまま、曖昧に微笑んだ。

この時こそ、光圀が藤井を殺そうと思った瞬間であった。

＊

カット、の声が現場に響く。

能舞台で呆然とする鷹村に向かって、数人のスタッフが駆け寄ってくる。本番の撮影中に、突如として動きを止めた鷹村を心配したものだった。

「ああ、ごめん。大丈夫、セリフ飛んじゃって。いや、大丈夫じゃないよな」

鷹村が誤魔化すように笑うと、集まってきたスタッフも安堵の表情を浮かべる。しかし、夏の日中、それも分厚い能装束をまとっての撮影だから、ここは大事を取って休憩をはさむことになった。

「いや、ほんと、ごめんなさいね」

申し訳なさそうに鷹村は舞台を降り、後方に設けられたテントへと向かう。椅子に腰掛け、能装束も諸肌脱《もろはだぬ》ぎで、スポットクーラーを浴びてくつろぐ。

いよいよ『光圀の記』の撮影も終盤となっていた。

すでに年初からドラマは放映されており、まずまずの評判だ。視聴者からの熱と期待を受け、鷹村たちはクランクアップに向けて撮影に臨んでいる。

そして、現在は野外能楽堂でのロケ中だ。

ちょうど第一回で、能楽師の九十郎が立った舞台でもある。ドラマでは鬼神となった九十郎のシーンをカットアップで使いつつ、光圀自身も何かに取《と》り憑《つ》かれたように、だんだんと忘我の境地に入っていく、という演出プランだ。シナリオでは能を舞った後、光圀は家臣である藤井紋太夫を呼び出して殺害することになっている。これは今回の脚本だが、実際の史実として起こったことだ。

「なんで、殺したか」

誰にも聞こえないよう、鷹村が小さく呟く。

結城から元マネージャーへの暴力事件を問われたのは、もう一年以上も前のことになる。それ以降、現場で何度か彼女と顔を合わせたが、件《くだん》の問いかけについては一回も触れられなかった。鷹村の方も、何かを聞き間違えたのだろう、と自分を納得させていた。

一方、結城からの問いかけによって、鷹村は「どうして光圀が藤井紋太夫を殺したか」を考えるようになった。自らの忠臣を理由なく討った時の感情を知る。それは徳川光圀の役作りのためであり、自身の贖罪《しょくざい》のためでもあった。

「真っ当な理由が必要なんだ。視聴者にも、僕にも」

結局、鷹村自身が脚本家と演出チームとで相談し、光圀が藤井を殺したのは「彼が『金色姫』をつまらないと言ったため」という理由が作られた。

光圀にとって最愛の妻である泰姫、彼女が死に際に見たいと望んだ能曲を、何も知らない藤井が不用意に貶《おと》めてしまう。その結果、理不尽にも殺意を抱かれる。とばっちりと言えばそれまでだが、晩年の光圀が不安定だったことを表現する、という意見で一致した。

「でも、まだ迷ってる」

にわかに震えだした手を、鷹村は必死に押さえつける。光圀役として撮影に臨むようになってから、日増しに飲酒量が増えていた。ここ数年は嗜む程度で済んでいたものが、最近はまったく手放せなくなってきている。

「鷹村さん」

不意に声をかけられ、鷹村は即座に思考を切り替えた。表情を作り、近づいてきた相手の方を向く。

「や、日影さんか」

優美な顔の男性——日影マコトが頭を下げてくる。

あの九十郎を演じた現役の能楽師で、今は能楽指導として現場に入り、鷹村に稽古をつけてくれている。

「どうでしょう、まだ難しいですか？」

「ああ、いや、能の方は日影さんのお陰で何とかだ。とはいえ、まだまだ素人芸だが」

日影が目を細めて微笑む。鷹村の不調を、能を演じるのに困っていると判断し、わざわざ声を掛けに来てくれたようだった。

「先程の舞台を見ていたんですが、鷹村さん、心ここにあらず、って感じでしたね。ずっと別のことを考えているようだ」

心を見透かすように、日影が立ったままに覗《のぞ》き込《こ》んでくる。ここで隠し立てしても無駄だろうと考え、鷹村は弱々しく息を吐く。

「やっぱり、そういうのわかっちゃうんだねぇ」

「ええ、ですが、今回に限ってはそれで良いと思いますよ」

日影からの予想外の答えに、鷹村は訝《いぶか》しげに首をひねった。

「資料で読んだんですが、この時、光圀も藤井紋太夫を殺すことを考えながら能舞台に立ったようです。ただし、そのせいで謡を忘れたと思われたくないからと、意地でやりきったとか」

「いいね。役者としちゃ、それを聞いて逃げられなくなった。迷いがあっても、役は演じ切るよ」

鷹村は自身を奮い立たせ、椅子から立ち上がった。

＊

光圀は小石川の屋敷で、馴染《なじ》みの諸侯や旗本を集めて能を催していた。

夕刻より始めた能会。演目も三番目物たる「千手《せんじゅ》」となった。

これは源平時代、南都焼討《なんとやきうち》の罪咎《ざいきゅう》から処刑されることになった平重衡《たいらのしげひら》に対し、その心を和《やわ》らげんと千手の前という女性が歌い、舞うという筋である。

今、能舞台の上で、華美な着物をまとい、女性らしい小面をつけた者が扇子を手に舞っている。高らかに笛の音が響き、鼓が打たれる。

この時、舞台に立っているのは光圀自身だった。

果たして、いかな思いであったか。小面に隠された光圀の表情を、窺い知ることはできない。

明日には命を落とす平重衡に向け、千手は一時でも心が休まるよう舞い歌う。やがて引き立てられる平重衡。その背を千手が見送る。笛は寂寥《せきりょう》とした響きとなり、謡は悲しげな調子を帯びていく。

何もかも、一時の気晴らしに過ぎなかった。どれほど愉快に過ごそうと、やがては死が訪れる。

「紋太夫をこれへ」

舞台を降り、光圀は鏡の間へ到ると藤井を呼んだ。

この時でさえ、まだ光圀は藤井を殺すかどうか迷っていた。だから呼び立てはしたが「大した用事ではないので、忙しければ別にいい」と付け加えた。

もし藤井が来ないようであれば、殺すほどでもなかったと諦められる。光圀自身、理由のない殺意だと知っているからだ。藤井に天命があれば、わざわざ殺されに来ないだろう、と無責任にも思った。

「御老公、いかなご用事で」

しかし結局、藤井は光圀のために鏡の間へ現れた。

「大した用事ではないが、ちと話をしておきたくてな。そこに直れ」

屏風《びょうぶ》に隠され、舞台からは目の届かない位置だった。藤井は膝をつき、光圀の前で頭を下げる。

「紋太夫、今までよく仕えてくれた」

「御老公に引き立てていただいたがゆえにございます。御恩を忘れることはありません」

「そうか。では、これより手打ちにすると言っても、受け入れてくれるか？」

光圀からの言葉に、一度だけ藤井は頭を上げた。驚愕《きょうがく》の表情があったが、即座にその顔を隠し、再び頭を床に押し付けた。

舞台から笛と鼓の音が聞こえ始めた。次の演目が始まるのだろう。

「最後に言うことはあるか？」

「ございません。これも私の不徳ゆえでしょう。お心を煩わせたこと、深くお詫《わ》び致します」

光圀は鏡の間に隠していた脇差《わきざし》を手にした。囃子に合わせ、ゆったりとした動きで、その鞘《さや》から刀身を引き抜いていく。

「若様」

不意に聞こえた声に、光圀が前方を向く。平伏する藤井の背後で、生首が浮かんでいた。それは鍾馗の衣装をまとい、小癋見面の如《ごと》き、鬼神の顔を作っていく。

「これで、お父上に近づきましたな」

「うむ、なるほど。大事に思う者でも、手打ちにすることはあるのだな」

カッ、と鬼神が口を開いた。

光圀は鬼神に見守られながら、平伏する藤井の後頭部を膝で押さえつける。そのまま池の魚を掬《すく》うような軽い手つきで、白刃を藤井の頸椎へ二度ほど突き立てた。

大きく血を噴くこともなく、藤井の首は転がり落ちた。

＊

撮影現場に悲鳴が上がった。

「鷹村さん！」

誰かの声だ。制作部の丸木の声だったかもしれないが、今の鷹村はそれを判別できない。

ふと見れば、鏡の間で藤井紋太夫が尻もちをつき、苦悶《くもん》の表情を浮かべていた。いや、藤井ではない。藤井紋太夫役の若手俳優だ。彼は肩口を押さえたまま、怯えた視線で鷹村を見上げている。

「鷹村さん、どうしたんです！」

元禄七年の小石川藩邸に、慌てた様子の丸木が入り込んでくる。彼だけではない、他にも数人のスタッフが駆け寄ってきた。すでにカメラは止まっていた。

「ああ、いや」

無意味に否定する鷹村の目の前で、藤井役の俳優がスタッフに助け起こされていた。誰かが持ってきたタオルで肩を押さえる。その白い布に血が滲んでいく。

鷹村はようやく、自身が持つ小道具の脇差から血が滴っているのに気づいた。なるほど、模造刀でも切っ先で強く突けば皮膚は切れるのだ、と今更ながらに納得した。

「そうか、本気で刺しちゃったのか」

徳川光圀として、あの『金色姫』をつまらないと言った藤井を殺すつもりだった。他人には理解されない感情だろう。

「鷹村さん、落ち着いてください。撮影は中止です」

険しい表情を浮かべ、丸木が鷹村にすがってくる。

「とにかく、今は休んでください。あとで謝罪に行きましょう」

丸木は鷹村の背に手を回し、鏡の間から外へと導いていく。孫に背を押される老爺《ろうや》の如くだ。周囲のスタッフたちが、心配そうに成り行きを見守っている。

「はは、そう睨《にら》むな。老人の不調法だ」

乾いた笑い声を残し、鷹村は屋敷の外へ歩いていく。

外はすっかり夜の帳《とばり》が下りている。小石川藩邸、その庭に植わった木々が、無粋な照明器具に照らされていた。

＊

藤井紋太夫を誅殺してから六年の後、光圀も臨終を迎えようとしていた。

江戸を離れ、光圀は一人で西山荘に籠もっていた。それが一年ほど前から食事が喉を通らなくなり、次第に痩せ衰えていった。近侍《きんじ》の者はいなかったが、藩から侍医《じい》と奉公人が遣わされ、病床に臥せる光圀の面倒を見ていた。

時に、この光圀を甲斐甲斐しく世話する女性がいた。

「御老公」

左近局が西山荘を訪れ、光圀の寝所を整えてくれていた。

泰姫の侍女として水戸藩に入って以降、左近局は今も光圀を主君として仕えてくれている。今は藩の奥向きを取り仕切る老女として、他の者たちからの信頼も厚い。

「庭に桜が咲きましたよ」

「こんな冬の日に、桜が咲くわけもなかろう」

左近局の冗談に光圀が微笑んだ。

六十歳を迎えたというのに、左近局は未だに若々しい。性格こそ落ち着いたが、姿ばかりは出会った頃と変わりはない。

時折、光圀はそれを不思議にも思っていた。

＊

鷹村が夜の庭を歩く。

飽くまでもセットだから、角を曲がるだけで別の建物が現れ、風景が次々と入れ替わっていく。まるで夢の中にいるようだ、と鷹村は思った。

「鷹村さん」

ふらふらと歩く中、道端で声を掛けられた。

「結城さんか」

そこには左近局役の結城がいた。今日は撮影が入っていないはずだが、彼女は衣装の着物をまとっていた。

「夜の散歩ですか?」

「ああ、いや、別に、そういうんじゃないんだが」

頭を冷やすつもりで、当て所もなく鷹村は歩いている。だから、その道行きに結城が加わるのを拒否することもない。

「そういえば、あっちに面白いものがありましたよ。見に行きませんか?」

「おいおい、何を急に」

かつてと同じように、結城は勝手気ままに振る舞い、鷹村の先を楽しげに歩いていく。

二人は小石川藩邸の庭を歩く。やがて塀は途切れ、道は鬱蒼とした森へと続いていく。いつしか周囲には霧が立ち込めていた。

「そういえば」

前を行く結城が振り返る。

「鷹村さんの元マネージャーの人、自殺しちゃいましたね」

明日の天気を語るくらいの、なんとも軽い調子だった。だから鷹村は返すべき言葉を持たない。

さも面白そうに、結城は目を細めて笑っていた。

明日にでも自分は死ぬだろう。

＊

その日は、やけに体が軽く、冬だというのに空気は春のような陽気に包まれていた。

「御老公、ほら、桜ですよ」

西山荘の庭で、左近局が微笑んでいた。彼女が指し示す先では、確かに桜の木が一本だけ、見事に咲き誇っていた。

「そういえば」

と、桜の下で左近局が微笑んだ。

「御老公が紋太夫を殺してくださって、本当に感謝しております」

「いきなり、何を言う」

「だって、これで『金色姫』は秘曲のままとなったからです。あの曲は後世に残してはいけません。何と言っても、あれは私と、彼女のための曲なのですから」

左近局の笑みがある。彼女の姿は何十年も変わっていない。もしかすると、何百年だって同じだったかもしれない。

「紋太夫が『金色姫』をつまらないと言ったのは、私がそう答えよと命じたからです」

光圀が倒れたのは、その言葉を聞き終える直前だった。

＊

鷹村は薄暗い森を歩きながら、自身の右手を見る。

「なんで殴ったのか、本当に、今でもわからないんだ」

それは罪の告白だ。

これまで数十年も付き添ってくれていたマネージャーは、つい先日に首を吊《つ》って死んだ。世間から非難され、生活苦に追い込まれた末の自殺だという。

「あの日、僕らは新宿のバーで朝まで飲んでた。よくあることで、俳優仕事の愚痴を彼女に聞いてもらってた。でも、その時は何もなかったはず。泥酔してて、覚えてないのもあるけど」

「それじゃあ、その後に何かあったんですよね？　どうです、覚えてますか？」

クスクス、と結城が笑っている。しかし、その姿は見えない。

「わからない、覚えてないんだ。彼女と二人で、新宿の街を歩いてて、それで……」

「本当に？」

「いや、何かあった。僕が、そう、朝っぱらから道端にいた子供たちを叱って、それを彼女が咎《とが》めたんだ。彼女が僕に意見したのは、それが初めてだった。だから、カッとなって……」

「それで、殴っちゃった」

霧に覆われた森の中を、鷹村はただ直進する。

左右に広がる暗闇からは、なおも結城の声だけが聞こえてくる。

「だから、事件は真実だ。悪いのは僕で、彼女は被害者だ。裁判で裁かれるべきは僕だった」

「だけど、できなかったんですよね？　周りの人が、そうさせなかった。だって鷹村さんは名俳優で、無実でいてもらった方が、色んな人に都合が良かったから」

「ああ、だから、最後には彼女も引いてくれた。本当にあったことなのに、僕のことを思って、記事は嘘だったと証言した」

結局、誰も罪の責任を取らなかった。

鷹村自身、罰は受けるべきだと思っていた。だが周囲の期待に逆らえず、負い目を感じたままに芸能界復帰を果たした。

「今回のドラマが終わったら、きちんと謝罪するつもりだった」

「でも、間に合いませんでしたね？」

クス、と挑発するような笑い声があった。

「だから——」

不意に霧が晴れた。薄暗い森の奥に、木で作られた台があるのが見えた。罪人の首を置くための獄門台だった。

鷹村が獄門台に近づく。ふと見れば、台の上方にロープが垂れ下がっていた。近くの樹木に結わえてあるのだろう、ロープの端は輪を作り、ここで首をくくるのに都合の良い形だった。

「うん、そうだね」

鷹村は、そうするのが当然とでも言うように、獄門台に上り、ぶら下がるロープを手に取った。強度を確かめてから、その輪に首を通す。

「さようなら、鷹村さん」

笑い声が聞こえた時、鷹村は獄門台を強く蹴り出した。

＊

元禄十三年の十二月、徳川光圀は西山荘で静かに息を引き取った。

妻を失って幾十年、もはや人生に春なしという言葉通り、次の春を待たずしての臨終だった。

しかし、光圀の死後も、彼が始めた修史事業は水戸藩に受け継がれ、後に水戸学として体系化した。

幕末の動乱から明治維新に至るまで、この水戸学が果たした役割は大きい。

光圀が『大日本史』を記したからこそ、近代国家という新たな歴史の幕が上がったとも言える。

「御老公、どうぞ安らかに」

左近局は枕元に侍《はべ》り、光圀の最期を看取《みと》った。

その後も左近局は藩に仕えたが、光圀が亡くなってから十年の後、七十余年の生涯を終えた。

生前から光圀を始めとして、多くの者たちから慕われ、頼られてきた女性だった。幾度となく「左近局はいるか」などと呼び立てられ、様々な仕事をこなしていったはずだ。多忙だった人生も、ようやく休めるだろうか。

いや、それとも。

「またも来ん、人を導く縁あらば、八の苦しみ、絶え間なくとも」

辞世の句で、左近局は「必要なら、また来る」と詠《うた》っていた。

＊

大丈夫ですか、と誰かが呼びかけた。

目を開ければ、そこに日影マコトがいた。彼は仰向けに倒れる鷹村の頬を軽く叩いている。

「ああ、良かった。無事ですね」

日影は手にした懐中電灯を振った。薄暗い森に光が揺れ、遠くから人が近づく気配があった。どうやらスタッフを呼んでいたらしい。

もしや夢だったかと鷹村が首元を確かめれば、間違いなくロープの一端がかかっている。首を横に向けると、そこに折れた木の枝が転がっていた。

「間に合って良かった」

日影の話しぶりからすると、どうやら自然に枝が折れたのではなく、駆けつけた彼が首を吊っていた鷹村を引き下ろしたらしい。

ようやく事態を把握できた。そう思った鷹村が半身を起こすが、ここで日影は遠い目をした。

「鷹村さんは『金色姫』に取り憑かれてたんですよ」

なんだって、と鷹村は喋るつもりだった。しかし、喉からは咳が出るばかりで、上手く言葉が出なかった。

「あの呪われた秘曲が、鷹村さんを操っていた、と。そう言って信じてくれますか？」

急に現れ、日影は意味のわからないことを言う。今の方が夢ではないかと、鷹村は冷静に思った。思えたからこそ、頭が冴《さ》えてきた。

「結城鳩は？」

自分の身を案じるでもなく、また助けられたことに礼を述べるのでもなく、鷹村はまず彼女のことを尋ねた。

ただ気になったから聞いただけだ。深い意味などなかった。だが日影は表情を険しくし、誰もいない森の果てを睨んだ。

「彼女の言う通り、か」

輪をかけて意味不明な言葉だった。しかし、鷹村が先を問うことはなかった。彼を探していたスタッフたちが、ここで大声を上げて駆け寄ってきたからだ。

「結城は」

スタッフに囲まれながら鷹村は呟いた。その小さな声は、暗い森を飛ぶ怪鳥の声に掻き消された。

結城は突如として姿を消し、行方知れずとなった。俳優の失踪。それだけが事実だ。大河ドラマ『光圀の記』は、彼女の出番を大きく削ったままにクランクアップした。

鼠浄土・三

ガラガラと音を立てて、少女がキャリーケースを引いていく。

明け方の歌舞伎町は、誰もが他人に無関心だ。女性の悲鳴も、ホストの怒号も、嘔吐《おうと》する大学生も、ふらつき歩く老人も、それぞれが交わり、また無視しながら路地を通っていく。

「今の空気、好きなんだ」

少女――キャイコが隣を歩くジローに向けて話しかける。

「色んな人たちがいて、みんな、真っ黒な何かを抱えてる。朝になったから、それを必死に吐き出してる」

「死体とかね」

「それはそう！　でも、やっぱり誰も気にしないでしょ。人の抱えてるものなんて、どうでもいいんだよね。ここは優しくないから、優しい街だね」

ジローが空を見上げる。数羽のカラスが人間たちを見下しながら、紫色の空を悠々と飛んでいた。

「にしても、ホテル出る時ビビったよね～。あのおじさん、めっちゃ声掛けてくるし」

「だよね。オーナーだっけ？　部屋に何人も連れ込んでるだろって怒ってた」

「ま、本当のコトなんだけど、昨日だけ違ってたのラッキー。パパに感謝しとこ」

ケラケラと笑うキャイコ。ジローにとって彼女の奔放さは魅力的だった。

しかし、黒いものを抱えているという意味なら、ジローもまた吐き出せていないものもある。

「あのさ、また聞いちゃうけど、キャイコはどうしてお父さんを――」

「待って」

先を行くキャイコが立ち止まり、小さく振り返った。金色の瞳でジローを見据える。

「さっき言ったのが全部だよ。それ以上は言わない。でも心配しないで。私が抱えてた黒いモノは全部、今はこの中だから」

トントン、とキャリーケースが叩かれた。

「それに、全部話しちゃったら、ジローちゃんにも背負わせちゃう。それはダメだよ。一緒に吐き出してくれるだけでいいからさ。優しくしないでね」

それこそが優しさだと先にキャイコは述べていた。だからジローも余計なことは聞かず、彼女のために頷くことにした。

「わかった」

「うん、ありがとね。で、コレ、どうしよっか。捨てようと思うけど、山がいいかな、それとも海?」

再びキャイコが歩き始めた。ジローも小走りになり、その横へと並ぶ。

「そうだなぁ、海がいいと思う」

「その心は?」

「海に行く方が、なんか青春っぽいから」

「最高じゃん。じゃ、決定〜」

あはは、と二人で笑い合う。死体入りのキャリーケースを挟み、まがい物の青春を謳歌《おうか》する。

やがてキャイコとジローは東宝ビルの前を通り、一番街の方へと向かっていく。そろそろ始発も動いていることだろう。新宿から電車に乗り、とにかく海のある街へ行くつもりだった。

「おい！」

そんな折、二人を大声で呼び止める者がいた。

「なにやってんだ！」

声に振り返れば、飲み屋の前にいた老人が二人を指さしていた。見れば同年代だろう女性が横にお り、必死に老人をなだめていた。夫婦だろうか、とジローは呑気《のんき》に考えていた。

「お前らだよ、お前ら！　マスクをつけろ、老人を殺したいのか！」

そう言って、老人は自分がつけているマスクを示した。

ああ、とキャイコが反応する。昨夜まで普通にマスクをつけていたが、ホテルで死体を処理し終えた後に、二人とも他の用具と一緒に捨ててしまっていた。

「やば、めっちゃ怒るじゃん」

キャイコが笑う一方、老人の怒りは収まらないようで、つかつかと歩いて近づいてくる。それを見て、同行している女性も焦ったように駆け出す。

「こんな時間に、子供が出歩いていて良いと思ってるのか！」

「いや、おじさんも飲み歩いてたんでしょ？　今だって顔赤いよ。酔ってんじゃない？」

持ち前の反抗心でキャイコが言い返すと、老人はカッと目を見開いた。直後、足元でガッと鈍い音がする。どうやら老人が軽く足を出し、キャリーケースを蹴ったようだった。ジローは思わず冷や汗を掻く。中身が飛び出ることはなかったが、この調子で再び蹴られたらどうなるか。

「キャイコ、もういいよ。行こう」

そう促せば、キャイコも無駄に言い返すこともなく、老人に背を向けた。

「おい、待て、逃げるな！　警察へ行くぞ！」

なおも老人は声を荒らげる。酔っ払いの相手をする暇はない。ジローはキャイコを庇《かば》うように肩に手を回し、背後を振り返ることもなく早足で歩く。

「おい！　ガキ！」

「鷹村さん！」

ふと女性の声が聞こえた。老人の横にいた女性だろう。冷静な彼女は、ひたすらに激昂《げっこう》する老人を制止していたらしい。

不意に、肉を打つ不気味な音が路上に響いた。

ジローが振り返れば、路地に女性が倒れていた。その目の前で、老人が握《にぎ》り拳《こぶし》をさすっている。形だけ見れば、歌舞伎町では一般的な光景でもあった。

「お前——」

老人が何かを言おうとした瞬間、辺りに眩《まばゆ》い光が閃《ひらめ》いた。次いでカメラのシャッター音が続く。

何が起こったのか、光に驚いたジローは僅かに反応が遅れた。一方、老人は顔を険しくし、左右を見回して音の出どころを探っていた。

「ジローちゃん、行こう」

一人、キャイコだけは慌てるふうもなく、小さく笑ってジローの手を引いた。だからジローも後は何も考えず、彼女と共に先を急ぐことにした。

歌舞伎町の路地に二つの音が重なる。キャリーケースを引く音と、何者かへ向けて怒鳴り散らす老人の声。

千穂大夫

1

鏡板には松。

雨音の如くに、強く、弱く、等間隔で小鼓の音が響く。槌《つち》のように乾いた音は大鼓だ。音は時に重なり、時に離れる。ヤ、ハ、の掛け声に、囃子方が各々で調子を合わせていく。

磨かれた能舞台を白足袋《しろたび》が擦る。

装束も絢爛《けんらん》。貴族の女性を表す、緋《ひ》の大口袴《おおくちばかま》に、紫地の長絹《ちょうけん》。金糸摺箔《きんしすりはく》の模様。金糸摺箔に彩られた袖が翻り、紅の露紐《つゆひも》が揺れる。手にした紅入《いろいり》の扇子は平行に、空間を切り開くように動いていく。振られた扇子の向こうに、若女の面と立烏帽子《たてえぼし》が現れる。面に刻まれた微笑みには、慈悲と懊悩《おうのう》、そして諦めの念が入り交じる。

シテが演じる女性は紫式部《むらさきしきぶ》、その亡霊。

演目は「源氏供養《げんじくよう》」。源氏物語という虚構を著したことで、狂言綺語《きご》の罪障を受け、死後に地獄へ堕《お》ちた紫式部。石山寺《いしやまでら》を訪れた僧、安居院法印《あぐいのほういん》は彼女の亡霊の話を聞き、その罪を供養しようとする。

地謡《じうたい》が響く。舞台右方に座す八人が、それぞれ重く、静かに場面を謡《うた》う。声は重なり、空気を震わせ、客席にまで迫ってくる。

ダン、と舞台が踏まれた。

紫式部は扇子を広げ、舞い、ワキとして座す安居院法印に向かう。法印の回向により、罪は清められた。その礼としての舞だった。この演目においては、地獄に堕ちた紫式部の亡霊こそ、観世音《かんぜおん》菩薩であったとする。源氏物語の終巻たる夢浮橋《ゆめのうきはし》の名を引き、全ては夢に過ぎないと伝え、菩薩たる亡霊は消えていく。この世には何もない、ただ一炊の夢でしかなく、栄華も衰亡も無意味である。虚構の物語を楽しむことも、浮世に生きることも、やがて目覚めるまでの夢に過ぎない。

舞は終わった。シテは正確な足運びで舞台を進む。

荒涼とした笛の音、雨音の小鼓、乾いた大鼓。囃子方が寂しげに音を奏でていく。なおも地謡の斉唱が続く。ダン、ダン、とシテが舞台を踏む。ワキは微動だにせず、その様子を見守る。

あらゆる動きがオートマティックに見える。どこか機械的で、しかし生物的な舞台。細胞分裂の機序を見るような、循環的で、刹那的な動きだった。

囃子の音が遠ざかる。トン、トン。カン、カン。

〽夢の間の言葉なり、夢の間の言葉なり。

*

夜の喫茶店で、船戸創《ふなとつくる》は待ち合わせをしている。新たに火をつけたタバコは四本目。銘柄はフィリップモリスで、つい先月にパーラメントから切り替えたばかり。

店の奥まった位置にあるボックス席で、船戸は相手が来るのを待ちながら、スマートフォンで自身の写真を眺めている。別にナルシシズムからではなく、単発のエッセイ記事で使われる著者近影を選んでいるだけだ。

船戸自身に写真のこだわりはないが、自分のような女性作家が——それも賞レースの常連たる歴史小説家として——世間からどう見られるかは重要だと考えている。野暮ったい姿を晒すことで、やはり女性でも作家はズボラなのだろう、とは思われたくない。真面目にやっている同志たちに迷惑をかけてしまう、と。

結局、写真はスタジオで撮ったものを選んだ。地味でもなければ、派手でもない、無難な選択。もう五年も前に撮ったものだが、容姿だってそれほど変化していないはず。

船戸は煙を小さく吐きながら、写真に撮られた自身の姿を見る。

今と変わらず、写真の中の船戸は髪を明るく染め、ややスポーティにまとめている。口を結んだ笑みは歯並びの悪さを誤魔化したもの。見た目には朗らかだが、性格は根暗、人付き合いの悪い女。それが船戸の自己評価だ。

「おまたせ」

急に声を掛けられたことで、船戸は「ワッ」と驚き、咄嗟にスマートフォンを手で隠した。

「いきなり近づいてくるなよ。着いたって連絡しろ」

「いや、どうせ一番奥の席だと思ったから」

待ち合わせ相手が、船戸の抗議を無視して対面に座る。流れるように手を挙げ、店員を呼んでホットコーヒーを注文していた。

相変わらず、マコトは腹が立つくらいにスマートだ、と船戸は思った。

待ち合わせの相手——日影マコト。現役の喜多流シテ方の能楽師たる男性。

船戸と同じくもう四十代だというのに、髪を刈り上げて若者を装っている。顔は青白く、痩《こ》けた頰に突き出た鼻が特徴的。爬虫類《はちゅうるい》に似ていると船戸は思うが、世間一般では美形としてもてはやされている。

そう、日影はテレビでの露出が増えてから「イケメン能楽師」なる称号まで与えられていた。

「どうかした？」

「イケメン能楽師サマにムカついてんだよ」

運ばれてきたコーヒーを手に、日影は意味もなく笑った。タートルネックから伸びた首を傾け、彼は優雅な手つきでカップを口元に近づける。その所作が美しく見えたのを、船戸は何より悔しく思う。

「それにしても、久しぶりだよね。『光圀の記』を撮影してた頃だから、一年ぶり？」

「後半から演出チーム降ろされたから、もう二年前。中盤から評判悪かったし、ざまぁみろだよ」

船戸の暴言に日影は愛想笑いを返す。

一応は名の知れた歴史小説家だ。縁にも恵まれ、船戸は昨年の大河ドラマ『光圀の記』に脚本補佐として参加した。補佐という肩書とはうらはらに、基本的な話の筋は全て船戸が考えたものだった。

「最後の方とか、めちゃくちゃだったよ。誰が考えたんだ。スキャンダルもあったし。なんだよ、新人女優の失踪って」

怒りを込め、船戸が吸い終えたタバコを灰皿に押し付ける。

「それはまぁ、色々とあってね。僕も力になれなくて、申し訳ないところだけど」

日影は笑って誤魔化すが、船戸も彼を責めるつもりはない。船戸が演出チームを抜ける直前まで、日影は撮影現場の様子を伝え、脚本の変更意図も解説してくれていた。

しかし、日影にとってもドラマは良い思い出ではなかったのだろう。あからさまに視線を外し、彼は明るい声で「ところで」と話題を切り替えてくる。

「船ちゃんも『源氏供養』見てくれたんだよね。どうだった？」

「ああ、見たけど」

問われた船戸は、つい数時間前に見た能舞台を思い起こす。暗い能楽堂の中、自分が闇と一体化していくような感覚があった。観客は誰でもない存在で、虚空の視線を能舞台に向ける。舞台の上だけが別世界で、そこに立つ紫式部が日影マコトであることを全く意識しなかった。

そうした感想を表現しようと思ったが、船戸はわざわざ美辞麗句を連ねるのを億劫《おっくう》に思い、言葉を紅茶と一緒に飲み込んだ。

「ぶっちゃけ、生で見たのは初めてだったから、よくわかんない。でも動きは綺麗《きれい》だった。オルゴールと連動して動く人形みたいに正確だった」

「変な褒め方だなぁ」

結局、船戸の適当な表現に満足したのか、日影は今日初めて、本心で笑ってくれたようだった。

「ま、船戸大先生の新作に役立つなら、僕も舞った甲斐があったよ。次は豊臣秀吉を書くんだよね？」

「そのつもり。秀吉を調べてたら、能が大好きだったって知ってさ。前の『光圀の記』は不完全燃焼だったし、もう少し能について書いておきたいって思ってね」

ふぅん、と、日影は頬に手を置いて目を細める。

「それじゃ、今日は何でも聞いてよ。大学の頃みたいに、歴史談義でもしようじゃない」

「助かるわ。じゃ、そもそも能のシテとかワキって何なの？　ある程度はわかるけど、小説にする時にどう伝えようかな、って」

「そうだね、簡単に言えばシテは主役で、ワキは脇役だよね。でも、西洋演劇みたいな関係ではないかな。シテが演じる役の多くは幽霊とかで、ワキは僧侶とか、その話を聞く人物を演じる。クライアントとカウンセラーだよね。だから、どっちも主役」

なるほど、と呟き、船戸はスマートフォンを使ってメモを取っていく。

「他にも登場人物の多い演目だと、ツレとか、ワキツレって言う脇役もいる。あとシテ方って言って、地謡座でコーラスする人たちもシテと同じ流派だよ。地謡はわかる？」

「シテの心情や、場面を説明する歌でしょ。小説の地の文みたいな」

「そういうこと。で、あとはアイっていう狂言方がいる。これは演目の前半と後半の間で、演目の内容を解説してくれる役目。今で言うイヤホンガイドみたいな感じ」

む、と船戸が小さく眉を寄せた。その変化には気づかず、日影はなおも言葉を重ねていく。

「シテ方とワキ方、楽器を演奏する囃子方、そして狂言方。この四つで能舞台は構成されてて、しかも全部に別個の流派がある。流派をまたいで別の役割を担うことはない。シテ方はシテだけを学ぶし、ワキ方はワキだけを学ぶ。まるでオーケストラさ。一つの楽器をマスターするように、能役者は一つの役籍を徹底的に担う」

「ちょいちょい」

船戸が手を伸ばし、日影を制した。

「どうかした？」

「いや、ありがたいんだけど、外来語での説明が多すぎる……。歴史小説で使うって言ってんだろ」

あはは、と日影が笑う。どうやら船戸からのツッコミを待っていたらしい。からかわれているのに気づくのが遅れた。学生時代なら、もう少し早く反応できたはずだ。

懐かしく思いつつも、船戸は寂しい気持ちになった。

「それで、話を少し戻すけど『源氏供養』についても解説しとく？」

「お願いするわ。ぶっちゃけ何度か寝かけたし」

船戸の軽口に日影も肩を竦《すく》めて応じる。上っ面のやり取りだが、船戸も彼との会話の勘所を思い出していく。

「内容は端折《はしょ》るけど、ようは『源氏供養』ってのは地獄に堕ちた紫式部を救うための物語だよ。紫式部は源氏物語という偉大な作品を残したけど、それは仏教的にはNGだった。なぜなら物語というのは、言葉を飾り、妄《みだ》りに嘘を吐き、人々を惑わすものだから」

「仏教の不妄語戒《ふもうごかい》とかいうヤツでしょ。小説家からしたら、耳の痛い話だ」

能の『源氏供養』の元となった風習については船戸も調べている。中世の日本で源氏物語は広く読まれていたが、それは仏教から見れば戒めを破ることに他ならない。かといって禁止するほどの道理もなく、方便として「供養をすれば罪は消える」と説いた。

「そう、いわゆる源氏供養はそこまで。でも能の『源氏供養』は、紫式部こそ観音菩薩の化身であり、源氏物語を通して人々に、この世の全てが夢に過ぎないと教えた、っていうラストになる」

「随分とまぁ壮大な話だね。似たような話なら知ってるよ、邯鄲《かんたん》の夢とか、胡蝶《こちょう》の夢とか」

「邯鄲の夢の話は、能だと『邯鄲』っていう曲になってるよ。で、この『源氏供養』と『邯鄲』をどっちも演じたのが――」

そこで日影が言葉を止め、何かを試すような視線を送ってくる。パスを回してきたな、と船戸は小さく微笑む。

「豊臣秀吉、でしょ」

「その通り」

日影は満足気にコーヒーを啜り、船戸も安堵して自身のカップに手を伸ばす。会話を重ねて、最初に提示した答えにゴールする。学生時代の遊びを、今も続けられたことを船戸は嬉しく感じた。

「難波《なにわ》のことも夢のまた夢」

日影が感慨深げに呟く。

「秀吉は自分の栄華を夢だと表現した。低い身分から成り上がり、天下人となったとしても、全てが消えていく無常を悟ってた。秀吉が能を好んでいたのも最晩年だし、自分が死んだあとのことを考えてたのかもね」

「ま、実際に家康《いえやす》に滅ぼされて、豊臣家はなくなっちゃうし。その辺は、冷静に未来を予測できちゃった、って感じで書こうかな」

ふと会話が途切れた。

日影は何気なく横を向き、窓の外を眺める。船戸は五本目のタバコを咥《くわ》えつつ、彼に合わせて外を見る。駅前の雑踏。街の明かりは残っているが、それよりも近くにある工事現場の暗さが引き立つ。

「船ちゃんは、今回も『金色姫』を書くつもり？」

何の前フリもなしに日影が問う。船戸の方を向くこともなく、喫茶店の外を見たままに。

「つもり、っていうか、多分、書く。だって『光圀の記』で不完全燃焼なのそこだし。結局、ドラマでも別の展開に差し替えられてたし」

「変えた方が良いって演出チームに言ったの、僕ね」

はっ、と船戸から声が漏れた。タバコに火をつけ、威嚇《いかく》するつもりで煙を吐く。儚い煙の向こうに、日影の横顔が見えた。

「あの時、もう主演の鷹村さんが普通の状態じゃなかったし、終盤が不安だったから、使わないように進言した。能の文化としてマズい、って意味不明な理由をつけてね」

「マジで言ってんの？」

「そこそこマジ。だって『金色姫』は呪われた曲なんだから」

冗談めかして日影が笑う。しかし船戸は知っている。彼が冗談のように語る言葉ほど、より本心に近いものだと。

「でも、納得いかない。最初に『金色姫』のこと調べようって言ったのマコトの方でしょ、マジで呪われた曲で、そのせいで命を落としても、どっちかが引き継《つ》ぐって」

ひとしきり喋ってから、船戸は「うっ」と口を噤《つぐ》んだ。

自分が子供じみたことを言っていると、唐突に気付いてしまったから。そもそもが学生時代に交わした約束だ。若者が溢れる熱意で語るならともかく、四十代の小説家が真剣に語るのは馬鹿らしい。

「いや、別に……。本当に呪われた曲とかは、知らないけど、こっちは書いておきたいだけで」

「そこはいいよ。船ちゃんが小説に書くのは止めない。でも、僕は協力できないよ、ってこと」

日影は言うだけ言うと、席から立ち上がった。財布から千円札を抜き出し、自身のコーヒー代としてテーブルに置く。

「そろそろ行くよ。予定があるから」

喧嘩《けんか》別れというほどでもないが、船戸としては納得の行く会話ではなかった。とはいえ、元から無理して時間を作ってもらっている立場だ。人気能楽師たる日影マコトを無目的に拘束できない。

「そうだ。一応ね」

日影が微笑む。次に会う約束でもしてくれるのか、と船戸が僅かに期待を抱いた。

「今度、結婚するんだ」

「は？」

しかし、期待は打ち砕かれ、その残骸から怒りの瘴気《しょうき》が染み出すこととなった。

「この後も、その相手と食事することになってて。だから、長く話せなくてごめんね」

「待って、結婚は別にいいけど。え、マジで、どっちよ？　結婚するから、死ぬかもしれない呪われた曲を調べたくないって意味？　それとも、大人として馬鹿げた話に付き合えないってこと？」

衝撃を受け、どうにも思考が回っていない船戸に対し、日影は優美な笑みを向ける。

「どっちだと思う？」

その笑みが、本心なのかどうか、船戸には判断できなかった。

2

日影マコトとは大学の同級生だった。

同じ国文学科で、同じ歴史研究サークルに所属していた。船戸は歴史など興味もなかったが、最初の講義で知り合った日影から誘われ、曖昧に返事をしている内に会員となっていた。

ただ、その程度の選択だった。

「ほらよ」

サークル棟の一階、階段裏の喫煙所で船戸がタバコを吸っていると、そこに日影がやってきた。彼は「船戸真由」と書かれた学生証を差し出してくる。船戸は預けていた学生証を受け取り、軽く手を振って感謝を伝えた。

「楽単なんだから、自分で出ろよ」

「学生証を預けるだけでいいから、楽単なんだよ。白紙の出席票溜め込むより楽だねぇ」

日影は呆れたように微笑み、喫煙所に設置された自販機で飲み物を買っていた。

「タバコ、また変えたのか？　移り気だな」

「違うね、自分にとって最高のものを探し求めてるんだ」

「一つのことを突き詰める方が、最高に近づけるんじゃないか？」

日影は缶コーヒーを手に、なんとも気軽に言ってくる。

この頃、すでに日影は喜多流のシテ方として修行中だった。祖父の跡を継ぎ、いずれは能楽師として活躍することが約束されていた。将来のことなど何も考えていない船戸にとって、日影の生き方は羨ましくも、敵視すべき不自由さがあった。

「そういえば、さっきの講義、師藤君いたよ」

「へぇ」

「へぇ、って何だよ。恋人でしょ」

一方、日影にとっては船戸の生き方が気に食わないようで。

「恋人なの？」

「知らないよ、船ちゃんが付き合うの決めたんでしょうに」

「いやぁ、付き合ってって言われたから付き合ったし、セックスしたいって言われたからセックスしたけどさ」

からかうつもりで船戸が恋人の話題を出せば、それを聞く日影は面白いように怒ってくる。真面目に生きてきた彼からすれば、船戸のような人間は出会ったこともない人種だろう。

「あの子、可愛いよねぇ。私のこと、明るくて誰からも好かれる人間だって思ってるんだよ。んなワケないっしょ」

「んなワケないよな。船ちゃんは性格も暗くて、上っ面の人付き合いしかしてない」

「せいかい～」

ケラケラと笑う船戸に対し、日影からは溜め息。不機嫌そうなのは変わらないが、出会った頃よりも怒りの閾値《いきち》が上がっているようだった。

船戸にとって日影は大事な友人だ。常から侮《あなど》る一方、話が合い、一緒にいれば面白い。だから好意も寄せている。日影も同じ気持ちでいることを、船戸はいつだって願っている。

「でさ、それは別にいいけど、次の研究発表どうするよ？」

船戸にからかわれるのを嫌ってか、日影は強引に話を切り替えてくる。

「今回は一緒にやるって言ってたけど、船ちゃんは何か調べたいものとかあんの？」

「ない」

と、船戸が即答した。

大学祭の研究発表は、船戸たちの所属する歴史研究サークルにとって、一年に一度だけある見せ場だ。それで何かが変わることもないが、真面目に活動しているとアピールできれば、少なくともサークルを解散させられないで済む。船戸だって、サークル棟の部室を仮眠室として、まだまだ利用したいと思っている。

だが、歴史に興味がないのは相変わらず。船戸は日影に全てを任せつつ、一応は働いていたという実績を作るつもりだった。

「それなら俺が興味あるヤツ、勝手にやっていいよな？」

「いいよ、いいよ。なんでも手伝う」

手を振りながら、軽い調子で船戸はタバコを吸った。

「じゃあ、演じると死ぬっていう呪いの能を調べる」

ゴフ、と船戸が煙にむせる。煙が目に入り、勝手に涙すら溢れてくる。

「待った、え、なにそれ？」

「そういう伝説の能の演目があるんだ。第九の呪いみたいなものだと思う」

日影の言う第九の呪いとは、交響曲第九番を作成すると死ぬという、音楽家にとってのジンクスだ。ベートーヴェンを始めとした名だたる作曲家たちが、十番目の交響曲を完成させられずに亡くなっていることから生まれた伝説と言われている。

「俺だって本気にしてないけど、なんか気になるだろ。歴史研究としても目新しいし」

「いやぁ、戦国武将の最後の晩餐《ばんさん》を調べるとかより、よっぽど面白そうだけど、そんなのどこで知ったのさ？」

船戸が興味を示したことに気を良くしたのか、日影は自信たっぷりに笑ってみせ、懐から折り畳んだ紙を取り出す。

「これ、ウチの大学が出してる歴史学紀要のコピー。俺自身、能楽の修行中だし、何か能に関係する論文が入ってないか検索して、二十年くらい前の記事を見つけた」

差し出された紙を船戸が受け取る。几帳面《きちょうめん》に四つ折りされた数枚の紙を開けば、まず「常陸国筑波郡における郷土芸能」という堅苦しい題が目に入った。

「書いたのは敷広道《しきひろみち》博士。もう鬼籍に入ってるけど、かなり奇抜《きばつ》な研究者みたい」

「能を研究してた人？」

「いや、専門は徐福《じょふく》伝説とＵＦＯだってさ」

ブッ、と船戸が再びむせた。

「ちょっとさぁ」

「いや、冗談。東洋史が専門らしいけど、八〇年代のオカルトブームの頃に何冊かそれっぽい本を出してるだけ。その紀要にある論文だって、真面目に茨城県に残る古い郷土芸能を調べてる」

日影の言葉を確かめるべく、船戸はパラパラと紙をめくっていく。どれほど意味不明な記述がされているかと思ったが、内容は至って真面目。まず旧筑波郡にある豊楽村という地区の概要を説明し、その地に残る民間芸能を丁寧に解説するものだった。

「この民間芸能ってヤツの中に、呪われた能があるって？」

「そう、最後の方で少しだけ触れてる。演じると死ぬっていう触れ込みで、現地だと秘曲にされた演目があるってヤツ。でも、どんな内容なのか、詳細は一切不明」

船戸は該当箇所を見るため、さらに紙をめくる。論文の終盤に「秘曲について」という章が設けられていた。

「ただ、演目の名前だけは知られてる」

日影の声と、船戸の見る文字が重なる。

――『金色姫』。

*

「名こやへ女のふつかまつり候ちほ大夫めしくたされ候」

これは豊臣秀吉の正室、北政所《きたのまんどころ》が赤間関《あかまがせき》奉行に宛てた書状の一節だ。時は文禄《ぶんろく》二年の二月十二日。

唐入りを企図《きと》した秀吉が、並み居る諸将を朝鮮半島へと送り込み、同地で血なまぐさい戦争が行われていた、その最中のことである。秀吉は玄界灘《げんかいなだ》を望む肥前名護屋《ひぜんなごや》の地を広大な前線基地と定め、短い間で城を築き、十万規模の将兵が暮らし、数多《あまた》の商人と職工、芸能者、宣教師が流入する大都市を生み出した。以前は松浦党《まつらとう》の小さな港があるほどの、うら寂しい海沿いの土地に、秀吉は自身が見た遠大な夢を描いたのだ。天下一統を成した秀吉は、名護屋に全国から諸将を集めた。それはまず派兵のためだが、同時に自らの支配力を、この地へ集まった者たちへ知らしめるためでもあった。

よって、名護屋城は絢爛にして強固。五重の天守には金箔瓦を葺き、本丸御殿には茶室と能舞台も備えてある。また二の丸、三の丸、さらに外郭にも諸将が暮らす陣所が置かれている。陣城という意味では、あの大坂城すら凌駕《りょうが》する万邦無比たる城であった。

さて、ここで先の一文に戻る。

「名護屋へ、女能《おんなのう》をやっています、ちほ大夫を呼び出されました」

書状には北政所の印があるが、これは当時、秀吉が名護屋に在陣していたため、彼女が大坂方の臨時責任者となっていたからだ。大坂からの物資を名護屋へ送る際は、北政所からの認可が必要だった。

この書状から語るべきことは二つ。

まず名護屋城には能舞台が築かれており、京大坂から能役者が招集され、同地で幾度も能会が開かれていたこと。それは秀吉個人の趣味であり、また諸将をもてなす遊興の機会となっていた。

次いで女能なる言葉だ。女房能とも言われるそれは、女性によって演じられた能である。後には武家社会に相応しい式楽として、能楽は完全な男性社会となる。この時代こそ、女性が能を自由に演じていた最後の瞬間であった。

やがて太陽は沈む。

残照は玄界灘の波に輝き、揺れる大船の群れに影を作る。その様を小高い丘で見守る女性が一人。

「千穂大夫《ちほだゆう》」

名を呼ばれ、女性が振り返る。夕日と金色の海を背に、千穂大夫が歯抜け顔で笑った。

＊

自宅の仕事部屋で、ＰＣを前に船戸が伸びをする。

「いや、やっぱ重いわ」

独り言を呟いてから、船戸は書いたばかりの原稿を直す。手癖で書いた歴史部分は、改めて見ると堅苦しく、主役に据えた千穂大夫の軽やかさとは釣り合わない。

「歴史小説だけど、もっと今風にした方がいいって、絶対。若い子読んでくれないよぉ」

長ったらしい文章を手直ししたところで、船戸はひと仕事終えた気になる。つい五分前にタバコ休憩を挟んだはずだが、早くも次の一本を求めて仕事部屋を出る。

自宅は神田《かんだ》にある十二階建てのマンション、その六階にある一室。築年数は船戸の年齢の半分ほどで、決して安くはないが、一人で暮らすには何ら問題ない。

「いや、自信ないよぉ。自信ないよねぇ、船戸創先生よぉ」

バルコニーに出て、船戸はタバコに火をつける。冬の寒さに身震いしながら自虐を繰り返す。自身への呪詛を夜に放ち、ひたすら次に書くべき文章が降りてくるのを待つ。

煙を吐き出す。白い息もまた、その後に続く。

深夜の街並みが見える。無粋な電柱と、青白い街灯に照らされた路地。周囲はマンションばかりで、風情のある景色とは言えない。だが船戸にとっては、この音のない街が好きだった。

「いや、ふざけんなよ。何が結婚する、だ」

それまで自虐だった独り言が、ここで日影への悪口へ変わった。

「二十年も、一緒に『金色姫』を探してきただろうが。いや、常に調べてたわけじゃないけどさ」

大学生の頃、船戸は日影に誘われて『金色姫』なる能の秘曲を調べることになった。最初はサークルで発表するだけのものだったが、二人で旅行がてら茨城県までフィールドワークに行き、その痕跡をたどったりもした。

研究発表自体は、豊楽村にある蚕安神社の由来を調べるだけで終わった。同じ名前の「金色姫伝説」をまとめたが、それは能の『金色姫』ではないし、すでに例の紀要論文にも書かれていたものだ。

「でもさぁ、無理だったんだよ。そもそも古くから住んでる人がいなかったし、村で能をやってたって、誰も知らなかった」

後で役所の人間にも尋ねたが、豊楽村の古い住民は、どこかのタイミングで――平成の大合併で筑波郡が消えた頃だろう――別の地域へ移住したという。

「そういえば、アイツと二人で旅行したせいか。浮気してるだろ、って恋人から言われたの。面倒だったから、それでフッたけど。マコトの方が本命の彼氏とか言って」

船戸は自分自身の歴史を言葉にする。嘘にまみれた、嘘偽りのない人生譚《じんせいたん》。それを煙と一緒に吐き出していく。これが船戸なりの源氏供養だ。

「結局、『金色姫』なんてものは見つからなかった」

大学在学中、日影は『金色姫』を探し続けていた。

船戸は日影に付き合い、共に日本各地を回り、図書館に通い詰めた。その過程で歴史の面白さに目覚めたことで、今では歴史作家として生計を立てている。だから、決して無駄な時間ではなかった。

「二人とも大学を卒業してさ、アイツは能楽師になって、こっちは小説家デビューして」

卒業式の後、サークル棟の喫煙所で日影と話したのを、船戸は今も覚えている。

「どこかで『金色姫』の手がかりを見つけたら、お互いに報告すること。約束だよ。だってさ」

今に至るまでの二十年、別に『金色姫』の手がかりは見つからなかったが、それを理由に日影と連絡を取り合ってきた。

数年前に大河ドラマの話が来た時もそうだ。先に能楽師として日影がキャスティングされていたから、彼の紹介で船戸が脚本チームに加わった。しかも能の場面もあるから、これは『金色姫』をガジェットとして出すべきだと考え、いくらか強引な筋にしてでも名前を使った。

「ま、それも片思いだったわけだ」

船戸にとって『金色姫』こそ、反りの合わない日影との接点だ。友人という便利な枠を使い潰し、いつまでも一緒にいるための理由。死ぬ間際になったら、思い出話として消費するつもりだった。

しかし、そう思っていたのは船戸だけのようだ。

「置き去りにするなよなぁ」

煙と共に吐かれた溜め息は、無慈悲な寒風によって散っていく。

3

肥前名護屋の大道を一人、粗末な着物で歩く女がいる。

すれ違った二人組の武士、一瞬に見た女の横顔が可憐《かれん》だったため「どれ声を掛けてみよ」と軽口を交わしてから、「そこの」と女を呼び止めた。

「あたしでございますかぁ?」

振り返った女は満面の笑みを浮かべるが、前歯二つがすっぽりと抜け落ちている。顔の作りは美形だが、どうにも可笑《おか》しみが先に来る。

「取るに足らん、端女《はしため》よな」

武士は声をかけたのが過ちだったと、女を小馬鹿にして去っていく。残された女の方は、けっ、と笑みを消して唾を吐く。

「千穂大夫、おのれの悪い癖が出たな」

ふと屋敷の陰から男が現れ、呆れた調子で女に声をかける。月代《さかやき》に剃《そ》った髪に、落ち窪《くぼ》んだ目には野心の光がある、どこか梟《ふくろう》に似た男だった。

「新九郎《しんくろう》じゃないか」

女、つまり千穂大夫は、男を新九郎と呼んだ。

この者こそ暮松《くれまつ》新九郎。大山崎八幡宮《おおやまざきはちまんぐう》の神人《しんじん》にして、手猿楽の名人。そして太閤秀吉から寵愛を受ける猿楽師であり、名護屋に千穂大夫を呼び寄せた張本人であった。

「わざわざ振り返らず、楚々《そそ》と立ち去れば良かったろうに」

「何を言うのサ、そんなことしたら、余計に気を持たせちまう。どれほどの美人かと思われ、後を追いかけられ、腕を摑まれ、ようやく顔を見せ、最後の最後で、醜女《しこめ》が自惚《うぬぼ》れるな、などと言われる。たまったものか」

一口にまくし立てる千穂大夫に、新九郎も返す言葉を失った。

それからは無言のまま、二人は坂となっている曲輪《くるわ》を巡り、名護屋城の本丸へ辿《たど》り着く。番兵に付き添われながら、新たに作られた能屋敷へと入っていく。

この能屋敷は、能舞台のそばに設けられた、猿楽師のための詰め所だ。いわば楽屋である。そんな場所で、新九郎と千穂大夫は鏡の前に横並びで、夕方からの出番のために髪を整えている。

「おのれは、どうして自分を不美人のように振る舞う」

まだ小言を言い足りなかったのか、ぼそりと新九郎が漏らした。それを聞いた千穂大夫は横を向き、ニパッ、と歯抜け顔を見せた。

「それとて、わざとであろう。白木の入れ歯でも何でもつければ良いものを。あえてせぬのは、人から好かれたくないのだろう」

「その通り。あたしは芸を売っても女は売らない。舞手だからって、他のヤッらみたいに、客に媚びたりはしない。顔なんざどうでもいい。顔を見て離れるような客は、あたしの客じゃない」

「ゆえに面をつけての女能かね？」

フン、と千穂大夫が鼻で笑う。

女だからと、勝手に顔の美醜を決められ、舞手としては体を賞翫《しょうがん》される。女衆のやる能も同じで、その若さに媚び、面をつけず直面《ひためん》で演じている。しかし千穂大夫は面と分厚い装束で舞台に臨み、それらを無意味なものに変えている。

能が良い、能だから良い、と千穂大夫は心中に思う。

男女問わず直面で舞う者もいるが、能で重要なのは面だ。それを被《かぶ》るだけで、舞手は自己を消せる。舞台の間だけは、古《いにしえ》の武将にも、悲恋の姫にも、はたまた神や鬼にすらなれる。

「あたしには、芸だけあればいいのサ」

語気を強めて宣言する千穂大夫に、新九郎は寂しげに笑った。横目で見た鏡に、弱った中年男の顔があった。

「そう言っていられるなら、おのれは大丈夫だろう。昔のように、素晴らしい舞を見せてくれ」

千穂大夫は新九郎の声に、言い様のない不安を覚えた。

新九郎とは山崎にいた頃からの仲だった。共に京や大坂に集まった大名相手に芸を披露し、同じ舞台に立ったこともある。それが太閤秀吉の目に留まり、新九郎は今年から直々に能の手ほどきをする立場にまでなった。彼にとって能は政治の道具に成り下がったのだ、と千穂大夫は思っていた。しかし、久々に会い、その様子を見る限り、どうにも新九郎が望んだ結果でないようにも思う。

「太閤殿下は、ことのほか能を気に入っておられる。新しもの好きな御方ゆえ、それは結構だが、代わりに、これまで熱中されていた茶の湯への興味が失せたように思う。言ってしまえば、ちょっとした気まぐれで、我々も飽きられるかもしれん」

「フゥン、そりゃ太閤様に嫌われたら切腹させられるからね。利休居士《りきゅうこじ》みたいにサ」

挑発するような危うい冗談は、新九郎を勇気づけるためのものだ。それに気づいたか、新九郎もまた小さく笑う。

「とにかく、おれなどは珍しさから近くに置いてもらっておる。しかし、能の正統として重用されておるのは金春大夫《こんぱるだゆう》の安照《あんしょう》殿だ。珍しいだけなら……」

そこで言葉を区切り、新九郎は顎でしゃくって能屋敷の外を示した。ちょうど能舞台がある方で、今は何者かが舞台で曲を演じている。

盛んに上がる観衆の褒め声。気になった千穂大夫は、鏡の前を離れ、屋敷の縁側まで出て能舞台の方を確かめる。

すると舞台には、やけに小柄な役者が立っていた。それで演目は『羽衣《はごろも》』だというから、あれは天女のシテを演じているのだ。

「子方じゃないね。立派にやってる」

立ち見の千穂大夫の横に、新九郎が並ぶ。

「堺《さかい》の目医者の子で、七《なな》ツ大夫《だゆう》と呼ばれておる。七歳だからだと」

七歳、と千穂大夫が驚きの声を上げる。

再び能舞台に視線を戻せば、そこには本物の天女の如く、悠々と、軽やかに舞う演者の姿があった。

＊

地謡が響く。

能舞台の上で美しい天女が舞っている。羽衣たる白い長絹に、縫箔《ぬいはく》の腰巻き。少女のごとき小面、天人を象徴する宝冠。緩やかに、たおやかに。足運びは静かに、かつ早く、まるで大地から浮いているかのように。

演目は『羽衣』。古くより語られる、三保《みほ》の松原《まつばら》の天女伝説。松が枝に掛かっていた天女の羽衣を持ち帰った漁師の男。どうか返してくれと、漁師のもとを訪れた天女。返す代わりに舞を見せてくれと頼まれ、天女は見事な舞を披露する。

つまり、こうして能舞台で披露される舞こそ、伝説に謳《うた》われる天女の舞だ。

地謡は終わり、笛の音が静かに響く。波の揺れるように、寄せては返す音。囃子方の声が掛かり、小鼓と大鼓が打ち鳴らされる。太鼓が加わり、四つの音が重なっていく。

天女は四方を巡るように歩き、やがて舞台の正中で前を向く。扇子を広げ、羽衣を見せつけるように袖を広げる。舞台が踏み鳴らされた。囃子方が音を奏でていく。調子はかかり、音の粒子が散らばり、また反射して巨大な旋律となる。鳥が空を翔《かけ》る如く、天女は舞台を回り、その羽衣を翻した。

笛が一際高く吹かれる。これで場面はキリとなり、物語の結末を地謡座が斉唱する。

〽東遊の数々に、東遊の数々に。

＊

能舞台に緋毛氈《ひもうせん》が敷かれ、その上に椅子が置かれている。

舞台後方にある切戸口から登壇者が現れ、観客が拍手で出迎える。白足袋で進むスーツ姿の男性こそ、つい十分ほど前まで『羽衣』を演じていた日影マコトだ。

「いやいや、まだ休憩していたかったんですが」

マイクを手にして開口一番の冗談に、客席から笑い声が起きる。人気能楽師による、演能とトークイベントだ。能楽堂の客席は日影のファンで埋まっている。今なら何をしても笑ってくれるだろう。唯一、舞台から最も離れた、中正面の最後列に座る船戸だけが無表情だった。

「さて、さっき僕が演じた『羽衣』ですが、これこそ僕が学ぶ喜多流にとって大事な曲なんです」

照明を浴びながら、日影はインタビュアーとの対談形式で話を進めていく。

「喜多流の流祖というのが、喜多《きた》七太夫《しちだゆう》長能《ちょうのう》という人物で、彼が七歳の時に豊臣秀吉の前で舞ったのが『羽衣』だと言われています。その後は金剛座《こんごうざ》に加わり、また金春大夫の娘婿になり、能楽師として活躍していくのですが……」

この日のイベントは、日影から招待されたから出席したものだ。そして、今になって彼の意図が伝わってきた。

「そして喜多七太夫は徳川秀忠《ひでただ》に重用され、当代随一の能楽師となりました。この時、それまでの大和四座《やまとしざ》から独立し、新たに喜多流という能の流派ができたんです」

知ってるよ、と船戸が心中で呟く。

トークイベントで日影が話す知識は全て、船戸が新作で使うために、次の取材で尋ねようと思っていたものだ。日影は憎らしいことに、船戸が何を聞いてくるか予想し、先んじて答えているのだ。

このイベントは船戸のために開いてくれたものか、それとも二人きりで会いたくないから、観衆を集めて答えているのか。どちらの解釈を採るかは、船戸に任せられている。

「能のシテ方は五つあるんですね。さっき話した大和四座、つまり観世流、宝生流《ほうしょう》、金春流、金剛流の四つに、江戸時代に作られた喜多流です。でも、豊臣秀吉の時代までは、ここまで厳密に決まってなかったんですよ」

「そうなんですか？」と、男性のインタビュアーが問う。

「ええ、秀吉の頃には手猿楽といって、アマチュアの能楽師が多くいたんです。でも、これは能楽師として俸禄《ほうろく》、給料をもらってないという意味で、立場としてはプロと同等です」

例えば、と日影が次に喋るだろう言葉を、船戸は勝手に推測する。彼なら、ここで秀吉時代のアマチュア能楽師の名前を出すはず。

「例えば、下間少進《しもつましょうじん》という本願寺《ほんがんじ》のお坊さんがいたんですが、この人物なんかは能楽師としてはアマチュアなんです。でも、当時は大スターで、多くの大名が彼の能を見てみたいと言うくらいで。他にも、秀吉の能の先生だったのが暮松新九郎という人物で、彼も本流じゃない能楽師でした」

船戸が小さく息を吐く。この手の会話は学生時代に繰り返していたから、日影が何を言うのか、全てが予測の範囲内だ。

それでも、日影自身から直接に聞きたかった、と船戸は思う。

「そんなこんなで、能に激ハマりした秀吉が、大和四座に給料を出して保護したことで、今に続く能楽の流派が決まったんです。それまで別々の流派にいた能楽師も、お金がもらえる方が良いわけですから、そっちの流派に俺たちも入れてくれー、って、吸収合併が進んだんですね」

こんなものか、と船戸は肩を落とす。

日影のトーク力は立派なもので、多くの観衆にとっては聞いていて飽きないものなのだろう。しかし、船戸にとっては慣れ親しんだものだ。むしろ、一時期であれ、彼のトークを独占していたのは、恵まれていたのだろう。

「とにかく、豊臣秀吉は絶対的な権力者で、好きなことを好きなようにやっちゃうんです。お気に入りの能楽師を集めて、音楽フェスみたいなこともやるし、自分の半生を能の演目にしちゃったり」

これ以上は聞く必要もない、と船戸は席から立ち上がった。

最後列の席とはいえ、他の客の邪魔にならないよう、身を小さくして移動する。狭い座席の間を歩けば、他の親切な観客たちは足を避《よ》けてくれる。

そこでふと、端の席に座る若い女性が船戸の顔を見た。

「つまらなかったですか？」

女性から小声で話しかけられた。思わず船戸は身を固くする。

「あ、いや」

「私もです」

と、女性は笑った。

「一緒に出ましょうか」

唐突な出会いだったが、その女性も席から立ち上がり、船戸に先行して能楽堂から退出していった。

後を追う船戸は、最後にチラと振り返り、舞台上の日影を見た。

出ていくぞ、という船戸なりの挨拶であり、挑発だった。

「豊臣秀吉は、太閤能と呼ばれる自分のための曲を作らせたんです」

かといって日影から反応があるはずもなく、船戸は能楽堂を後にする。

船戸は淡い光に照らされた廊下を通り、エントランス近くまで歩いていく。その道中、先に出た女性の背が見えた。特に声を掛けるつもりもなかったが、どうやら行き先は同じらしく、自然と後を追うことになった。

「もしかして、タバコ、我慢してた？」

女性が喫煙室に入るところで、背後から船戸が声を掛けた。

「お姉さんも」

「まぁね。でもタバコは健康に悪いから止めな。あ、コレ、喫煙者ジョークね」

クスクス、と女性は笑いつつ、ハンドバッグからタバコを取り出し、優雅な手つきで火をつける。

バッグのブランドはフルラで、タバコはピアニッシモ。まだ他人から可愛いと思われたい年頃だ、と船戸は勝手に推測する。船戸もまた自身のタバコに火をつける。フィリップモリス。今はまだ。

煙を吐き出しつつ、船戸は横目で女性を見た。年は二十代の後半ほど。小柄で愛らしいが、服装は白のセレモニースーツで、ベージュのコートとしっかり色を合わせている。髪も丁寧に巻き、大人びた品格を感じる。良家のお嬢様といった風情だ。

「あの」

女性が船戸に声を掛けてくる。見られているのに気づいたせいかと船戸は思ったが、どうやら様子が違う。

「船戸創さん、ですよね？」

「うん？　ああ、はい」

もしかして読者だろうか、と船戸が反応する。彼女のような若い世代にも読まれているなら、作家冥利に尽きる。何より、見てすぐわかってもらえるなら、著者近影にこだわった甲斐もある。

しかし、これも船戸の勝手な想像だったようで。

「私、波多野憧《はたのあこ》って言います」

「うん？」

女性は波多野と名乗った。読者が名乗るものだろうか、と船戸が訝しむ。その様子が可笑しかったのだろうか、波多野はクスクスと笑い出す。

「違うんです、ごめんなさい。別に読者ってわけじゃなくて、前から船戸さんのこと聞いてて」

戸惑《とまど》う船戸に対し、波多野は一歩だけ近づいてくる。少女のような表情で、船戸を見上げてくる。

「私、日影マコトさんの婚約者です」

そう聞かされた船戸は、一度だけ心臓が大きく跳ねたが、それ以外は努めて冷静に、

「お幸せに」

とだけ答えた。

4

文禄二年の夏となった。

海を越えての大戦はようやく講和交渉が始まり、あの壮麗な名護屋の陣も引き払われた。諸将は国元か、京大坂へ帰り、それに伴って出入りの商人や職人も、より稼ぎの良い場へと移っていった。

それは、流れの芸能者たちも同じだ。

千穂大夫は名護屋を離れ、故郷である山崎の地へと戻っていた。しかし、どうにも芸に身が入らず、もう一ヶ月も屋敷から出ていない。

「千穂大夫、おるか」

そんな屋敷の戸を開く者がいた。屋敷と言っても、戸も破れた寄棟造《よせむねづくり》の古い家屋で、かつて千穂大夫のいた一座が共同で使っていたものだ。

「おやおや、新九郎様じゃあございませんか」

薄暗い部屋で千穂大夫が酒を呷っている。無遠慮に部屋へと入ってきた新九郎が、なんとも厭《いや》なものを見るように目を細めた。

「お久しゅうございますね。太閤殿下に付き従って帰った方と違《ちご》うて、あたしは徒歩でございましたから、こうして山崎に帰るのも一苦労でした」

「悪態を吐くより稽古でもしたらどうだ。その様子では、しばらく舞台にも立っておるまい」

「立てるモンなら立ってるサ。大和の方々みたいにね」

千穂大夫の言う「大和」とは、即ち秀吉が公に庇護《ひご》することにした大和四座のことだ。彼らは扶持《ふち》を与えられ、大名らの庇護を受け、まさしく能役者にとっての正統として扱われた。

対して千穂大夫が演ずる女能などは、古く白拍子などが担っていた女の雑芸と見られた。酒席を盛り上げるため、あるいは女房衆を笑わせるための安い芸となった。

「太閤様のおかげで、あたしらの芸に価値が付けられたのサ」

ただ天下人の好みによって、ほんの半年で、能役者たちの格付けが決まった。そこから外れた者たちは流行に迎合するか、あるいは千穂大夫のように芸を捨てるかしかなかった。

「誰だって金を貰《もら》える方が良いさね。より稼げる方が〝正しい〟ってことだろう。名護屋であんたが言ってたことが、今なら身にしみてわかる。珍しいだけの芸なんざ、数度も見れば飽きられる」

芸に生きてきた千穂大夫だが、だからこそ、その芸を取り上げられれば生きてはいけない。

「千穂大夫、おのれの気持ちはわかってやれん。おれは、おれのために、今日ここへ来たのだ」

新九郎は千穂大夫を慰めるようなこともなく、落ち窪んだ目で彼女を見下ろしていた。

「おのれは『金色姫』を知らぬか？」

「なんだって？」

「曲の名だ。何処《どこ》かに『金色姫』と呼ばれる能の秘曲があるらしい」

ふぅん、と千穂大夫が息を吐く。その様子に新九郎は「知らぬなら良い」と告げ、背を向けた。

「待ちなよ。思い出すかもしれないからサ、もっと由来なんかを話してみたらどうだい？」

「無駄だ。誰も知らぬ秘曲なのだ。それこそ安照殿も知らぬというから、金春や観世にも伝わっておらぬのだろう」

「なるほどね。大和の方々が知らないから、あたしみたいな素人芸人に伝わる曲だと思ったわけだ」

それで、と千穂大夫が射抜くような視線を向けた。

「もっと話しなよ。あんたは、その『金色姫』をどうして探す？　どこで知ったんだい？」

彼女は酔いも覚めたか、いつかと同じ挑戦的な態度に戻っていた。だから新九郎も、この古い友人と話してみたいと感じ、再び向き直ってから、板張りの床にどっかと腰を下ろした。

「まだ名護屋にいた頃の話だ。能を催した日の宴席で、太閤殿下が諸将方に珍しい能の曲を知らぬかと尋ねられた。すると佐竹右京大夫《さたけうきょうだゆう》様が、噂話と前置きしてから手を挙げられた」

「佐竹っていうと、常陸水戸の殿様かい？」

「そうだ。佐竹様は能や茶の湯にもお詳しいからな。それで佐竹様は、地元に能の秘曲があるやも、と言う。中身は知らぬが、ただ名を『金色姫』というらしい、と」

へぇ、と千穂大夫。焦《じ》れったい様子で首元の汗を拭い、新九郎の話に耳を傾けている。

「つまるところ、この『金色姫』は誰も何も知らぬのだが、それがかえって太閤様の興味を惹《ひ》いたらしい。佐竹様には国元に帰ったら調べるよう仰せられ、おれや安照殿にも調べよと命じられたのだ」

「そりゃ難儀だね」

千穂大夫がケラケラと笑う。対する新九郎は心底疲れた様子で、深く息を吐いた。

「どうやら太閤様は、この秘曲を自身のものにしたいらしい。誰も知らぬ『金色姫』は太閤様の御物《ごもつ》となり、演ずるのにも許可がいるようになるだろう。まるで貴人にのみ分け与えられる、貴重な香木の一欠片《ひとかけら》のようにな」

「結構じゃないか。ちょっと前までは茶器一つで城が買えるなんて言われてたが、今なら能の珍しい曲で城が買えちまうだろうね」

「それで改めて問うが、おのれは知らぬのだな」

真剣な表情の新九郎を見て、千穂大夫は一度だけ小さく笑った。しかし、続けて何か言うこともなく、いくらか思案するように眉を寄せた。

お互い無言のままに時が過ぎる。

蟬時雨が屋敷の内からでも聞こえる。外は明るく、往来に油売りの声があった。

「あたしは『金色姫』を知ってるよ。いや、知らないが、知ってることにする」

「おい、何を言うか」

「どうせ誰も知らない秘曲なんだろう？　あたしが勝手に作って、誰がニセモノとわかるんだい」

妖しく笑う千穂大夫。新九郎は彼女のたくらみを即座に理解し、思わず腰を浮かした。

「あんたにだって悪い話じゃない。あたしが知ってた秘曲を、あんたが太閤様に教える。そしたらサ、あたしたち二人とも、太閤様から大事にされるんだよ。大和の方々より、ずっとね」

新九郎が唾を飲み込もうとする。喉が渇いていく。

「あんただって不安なんだろう。金春大夫ばっかり大事にされてて、自分がヒョイっと捨てられちまうんじゃないかって」

だから、と千穂大夫が新九郎に体を近づける。

「成り上がろうじゃないか」

千穂大夫がニッと口を開ける。その歯抜け顔が、今ばかりは新九郎にも魅力的に見えた。

＊

そこまで書いたものの、ぱったりと船戸の筆は進まなくなった。

今日もＰＣを前に、パチパチと無意味な文章を打ち込んでは消し、ふと思いついたセリフをメモに残す。メモ代わりのテキストファイルには、使われる時を待つ文章がいくつも溜まっていた。

「いやぁ、わかってるんだよ。全部わかってる」

ほんの三行程度書いたところで先に詰まり、船戸はタバコを手に部屋のベランダへと出た。

作品自体の構想はある。タイトルは未だ決まっていないが、プロットとテーマも船戸の頭の中には存在している。

作中ではこの後、千穂大夫が暮松新九郎と協力し、誰も知らない能の秘曲である『金色姫』を作っていく。それを足がかりに太閤秀吉に取り入り、千穂大夫が自身の芸を認めさせようとする。しかし、最終的には目論見は失敗し、再び『金色姫』は失われ、女能というジャンルも歴史の影に消える。

作品のテーマは明確で、簡単に言えば「失われた美しいもの」だ。現在でこそ男性社会の象徴のように扱われる「能」にも、かつては女性が関わっていたことを示し、しかし、それが歴史的かつ社会的な要求で消えていったことを描くための筋立て。

「でもねぇ、余計な部分があるんだよなぁ」

煙を吐き出しながら、船戸が独りごちる。

船戸自身も理解しているが、彼女は作中の暮松新九郎のモデルに日影マコトを選んでしまった。千穂大夫との掛け合いなどは、大学時代に彼と過ごした他愛ない日々を思い出しながら書いている。

だからこそ、日影の結婚という現実の出来事に足を引っ張られてしまった。

「自己分析は得意だけどさぁ、だから最悪だよねぇ」

作中で千穂大夫と新九郎が仲を深めるほど、船戸はそれが嘘っぽく見えてしまう。

「別に恋愛的に好きとかじゃなくてさ、なんとなく一緒に年食って死ねばいいと思ってた相手がだぜ、家族を持って、そのうち子供なんて作って、立派に社会の一員になるのがフクザツなんだ」

タバコの灰が無様に落ちる。

いつもなら丁寧に灰皿で消していたタバコの火を、船戸は荒っぽくベランダの手すりに押し付けた。

この部屋に次の住民が入ることはないだろう、と。

＊

夏は過ぎ、秋が訪れた。

未だに太閤秀吉の能好きは続き、御所において禁中能を催すまでとなった。帝《みかど》や公家衆、さらに大名を招き、三日三晩にわたって様々な演目を披露したという。舞台に立ったのは能役者だけでなく、太閤の趣味に合わせて能曲を覚えた大名、そして秀吉自らも衆目の前で舞ったらしい。

その時の様子を今、新九郎が面白おかしく伝えている。かたや話を聞く千穂大夫は、薄暗い屋敷の一室で彼に背を向け、何やら書き物に勤しんでいる。

「太閤様も立派なものだったが、やはり急ごしらえで何番も演じるとなると無理もでる。おれなど舞台の端に座らされて、太閤様が謡を忘れた時には添え声で助けることもあった」

へぇ、と千穂大夫が感情を込めずに応じる。新九郎は久々に秀吉から重用されたのが余程嬉しかったのか、口も軽く、どこか余人を軽んずるような言葉を平気で吐く。

「特に公家の近衛様など、殿下の能を見て神変奇特などと仰せられた。これでは褒めているのか、貶《けな》しているのかもわからん」

「はっ、それはお見事。太閤様の能が拙《つたな》いなんてのは、誰だって見ればわかるサ。でも、それを口にしちゃ終わりだからね。お公家さんらしいイヤミだ」

千穂大夫から悪罵が飛ぶ。新九郎はこれを受け流し、膝を擦って千穂大夫の方へと近寄った。

「それはそれとして、だ。近衛様も『金色姫』の噂を耳にしたらしくてな、存在するなら是非に見てみたいと仰せられたぞ。どうだ、千穂大夫、できておるか?」

無遠慮な新九郎の催促に、千穂大夫は振り返り、書き損じた杉原紙《すぎはらがみ》を放った。和紙には『金色姫』の語がいくつも並んでいた。

「ご覧の通り、何も書けちゃいないよ」

「十分にできているように見えるが」

舞い落ちる紙を手に取った新九郎が、そこに記された筋立てを読み取っていた。

「筋だけならね。あたしなりに調べたら、どうも『金色姫』ってのは『戒言《かいこ》』って話に出てくる天竺の姫の名前らしい。だから、その『戒言』を能に仕立ててみたが、どうもしっくりこないんだよ」

「まるで御伽草子《おとぎぞうし》のような話というわけか。そう言われて読めば、ちと説教くさいというか、寺社の縁起のようにも見えるな」

新九郎はやけに神妙そうな表情で、千穂大夫の書いた『金色姫』の習作を読んでいく。

「まるで幽玄じゃない。世阿弥なら、こんな話の筋にはならない」

「ならば作者が別なのだろう。おれの見立てなら、宮増《みやます》の曲が近いように思うが」

宮増、と千穂大夫が繰り返した。

「そうだ。もう百年も前の人だが、この宮増の曲は幽玄というより、もっと俗な筋立てで、神の霊験《れいげん》を物語ることがある。あとは遠国《おんごく》を舞台にすることも多いから、常陸国の話というのも合うな」

「その宮増の曲ってのは、大和の方々には伝わってるのかい？」

「ああ、数曲は伝わっている。だが宮増というのはな、今に残っておる四座とは違う、小さな旅の一座とも伝わっていて、まるで正体がわからんのだ」

それを聞いた千穂大夫が笑う。それまで薄雲に覆われていたような暗い顔が、突然に晴れ晴れしい笑みを浮かべていた。

「なんだい、あたしらのご先達じゃないか。誰にも見てもらえず、どこかへ消えちまったんだ。なら、あたしが『金色姫』を書いても文句は言えないだろうね」

ケラケラと声を上げ、千穂大夫は再び書き物机に向かった。悩みも払拭できたのか、笑い声が激しくなるのと同じく、だんだんと止まっていた筆も滑り出す。

その様子に、新九郎が呆れたように息を吐く。

「上機嫌なのはいいが、今日はもう一つ、おのれに報告があって来たのだぞ」

「ああ、いいサ。なんでも聞いてやるよ」

「では言うが、おのれの芸を見たいと北政所様がご所望だ」

千穂大夫の握る筆が、再びピタリと止まった。

「なんだって？」

「北政所様が、つまり太閤殿下の正室であらせられる御方が、おのれの女能を見たいと仰っている」

千穂大夫が振り返った。

人は笑いの上に笑いを重ねるとどうなるか。新九郎も初めて知ったことだが、それは存外に恐ろしいものだった。

＊

船戸が待ち合わせの喫茶店に入ると、いつも自分が座る席に先んじて一人の女性がいた。

「お疲れ様です、先生」

眼鏡をかけた女性が立ち上がって船戸に挨拶してくる。物腰の柔らかそうな雰囲気と、きっちりと決めた黒のスーツがアンバランスだった。いつものことながら、だが。

「あんまり慣れないな、先生って呼ばれるの。前の担当はさん付けだったから。曽我《そが》さんも先生ってつけなくていいよ」

船戸は女性——曽我と対面で座り、遠慮なくタバコに火をつけた。

曽我は愛想笑いを浮かべている。彼女は出版社の編集者であり、つい先月から船戸の担当を引き継いだ人物だ。

「じゃ、早速ですが」

船戸にコーヒーが運ばれてきた辺りで、曽我がクリアファイルに収まった原稿を取り出す。ありきたりな世間話もなし。年若い女性編集者は、仕事上の曖昧な手続きを雑事として割り切るタイプらしいが、今の船戸にとってはその方がありがたい。針の筵《むしろ》に座る時間は短い方が良い、という意味で。

「以前の打ち合わせから、あまり進んでいない感じですか？」

独特の調子で曽我が尋ねてくる。責めるようなニュアンスはないが、健康診断の内容を告げる医師のような響きがある。

「まぁ、うん、そうなんだよね」

「でも、宮増の言及が増えましたね。いいと思います」

ははは、と船戸が力なく笑う。

褒めてもらった箇所だが、この「宮増」については日影マコトから教えられた知識だった。大学時代、彼が『金色姫』の作者を推測した時の会話を持ち出しただけ。

「あとは北政所を出すっていう、前回の方針も取り入れてくださったんですね」

「曽我さんがアドバイスくれたからね。女の物語にするからには、北政所は外せないかな、って。曽我さんが歴史学専攻で良かったよ」

今度は船戸から曽我を褒めてみたが、彼女は何ら反応せず、パラパラと印刷してきた原稿をめくっている。チラと見るだけでも、赤字で無数の書き込みがあるのがわかった。

トン、と紙束が机を打った。船戸は何か言われるのを覚悟し、タバコを灰皿へと押し付ける。

「大きな筋は問題なさそうですが、やっぱり新九郎との話に詰まってる感じですか？」

「まぁ、そうだね」

ううん、と曽我が唸《うな》る。

「恋愛とも違う、同じ芸を志す者同士の連帯感、そこに出世欲と不安が入り混じって、共依存みたいになるんですよね」

「正確な分析、痛み入ります」

「方針としては問題ないというか、むしろいいので続けて書いて頂ければと思うのですが、書きにくいようでしたらシンプルな恋愛小説の書き方を取り入れるのはどうでしょう？」

曽我の提案に対し、船戸は苦い顔をする。

「恋愛小説、苦手なんだよね」

手元で二本目のタバコに火をつけ、船戸は喫茶店の窓側に視線をやった。窓の外には工事現場の無機質な風景がある。

「でも『宝船《たからぶね》』を書いてますよね？」

ああ、と船戸が恥ずかしげに声を出す。

それは船戸が六年前に書いた短編小説だ。怪談と恋愛をかけ合わせたような内容で、二人の男女が道ならぬ恋をし、最後は心中するという単純なストーリーの作品。コロナ禍の頃に発表し、世間の空気もあって、他の過去作品よりも評判が良かった。

「あれのラスト、男女が小さな船で海に漕《こ》ぎ出すのが良かったです。思い出の品が詰まったトランクを、二人で海に捨てるシーンが特に。私もあの作品が好きです」

「それは、ありがとう。だけど、やっぱり恋愛小説は苦手だよ。だってあれは――」

船戸は言葉を区切り、誤魔化すように自身のスマートフォンを取り出した。

「あれは、何ですか？」

「別に、私が努力して考えたんじゃないよ、って。船のシーンが評判良かったけど、あれも実際に経験したことを書いただけで。といっても、私が恋人と船に乗ったとかじゃないんだけど」

疑問を浮かべる曽我に向けて、船戸はスマートフォンの画面を見せる。表示されていたのは船戸が撮った写真で、そこには紫色に染まる明け方の海が写っている。

「何年か前に、一人旅で真鶴《まなづる》に行ってさ、そこで見かけたんだよね。恋人っぽい二人が小さな船で海に漕ぎ出していくのを」

懐かしむように船戸は過去の写真を見ている。

明け方の海を撮った写真たち。そこには、小さな船から、トランクのようなものを海に落とす二つの人影が映っていた。船上の二人は明るく楽しげで、しかしどこか悲壮感が漂っている。その光景から得た発想を、船戸は小説に落とし込んだだけだ。

「シーンありきの作品だよ。この二人の姿を見たから書けただけ」

「船戸さん」

曽我が何かを言おうとしていた。そのタイミングで、船戸のスマートフォンに通知があった。

「ちょっとゴメン」

普段なら、打ち合わせ中の通知に反応することはない。しかし、今回はメッセージを送ってきた相手の名前が見えた。だから船戸は、その名前を隠すように手早くＳＮＳアプリを開いた。

『階段から落ちて入院中』

発信元の名前は日影マコト。短いメッセージと共に送られてきた写真には、病院の天井とピースサインを作った手が映っている。

「はぁ？」

船戸の叫びに、曽我の方がビクリと反応していた。

5

日影は歩道橋から落下し、左手首を骨折したという。

「滑り落ちる一瞬で考えちゃったよ。手と足、どっちを犠牲にしようかな、って」

やけに豪勢な病院の個室に男女二人。ベッドに半身を横たえる日影と、そんな彼を見舞いに来た船戸の姿がある。念の為の検査入院だというが、当の本人は呑気に構えている。

「足の方が能楽師として致命的かと思って、手で防いだらご覧の通りさ」

まるで他人事《ひとごと》のように笑い、日影はギプスで固められた左腕を持ち上げてみせる。余裕ぶった彼の態度に、船戸は息を吐きながら椅子の背もたれに体を預ける。

「ふざけんなよ。心配させんな。わざわざ連絡までよこしやがって」

「いやぁ、ごめんね。執筆で忙しいだろう、大先生を呼び出せる絶好のチャンスだったからさ」

「は、なにそれ？」

船戸が眉をひそめると、日影もそれまでの笑みに僅かながら真剣さを滲ませた。

「前に話したでしょ。能の『金色姫』は呪われた曲だ、って。ただ船ちゃんが、それを題材に小説に書くのは止めないとも言った。今、僕はそれを翻して、こう言おうと思ってる――」

「『金色姫』は小説にするな、って？」

先回りした船戸の言葉に、日影が重々しく頷く。

「書いたら呪われるとか、そういうオカルトの話をしてるんじゃないんだよ。ただ何か、明確な意志を持って『金色姫』に関する情報を隠そうとしてる……、そんな人間がいる気がするんだ」

「ちょいちょい、マジでどうした？　そんなの陰謀論だろ」

「僕だって、こんな目に遭ってなければ信じなかったよ」

トントン、と日影が右手でギプスを叩いてみせる。

「もう何ヶ月も前から、僕の周囲を見張られてた気がするんだよね。で、今回、僕は歩道橋を降りる時に、何者かから背中を押された。これは誰にも言ってないけど、本当のことだ」

「それ、マジなんだな？」

「大マジ。いつもは冗談言ってるけど、今回はね」

表情こそ変わらないが、日影の言葉には重苦しい響きがあった。何より船戸は知っている。彼は真顔で冗談を言うことはあるが、逆に浮ついた顔で「マジ」と言ったなら、そこに嘘はない。

「これは誰にも言ってないことだけど」

そう前置きし、さらに日影が言葉を重ねていく。

「『光囹の記』の終盤が変わったのも、主演の鷹村さんが自殺未遂したからなんだ。でも、これだって自殺するように誘導されたからだ」

「鷹村さんが精神的にヤバかったってのは聞いてたけど。でも、誘導って、一体誰がそんな……」

「結城鳩。行方不明になった新人女優だよ」

その女性のことなら船戸も知っている。ドラマの脚本を書くにあたって、リモートで出演者と顔合わせをした。その際、誰よりも元気よく自己紹介していたのが結城鳩だった。

「最終回あたりの現場で、僕は鷹村さんと結城さんが連れ立って歩いているのを見かけた。その時、鷹村さんの様子がおかしかったから、いくらか不安に思って後をつけた」

「すると、そこで鷹村さんが自殺しようとしてた？」

船戸の答えに、日影が首肯する。

「直接的な場面は見ていない。でも、直前まで一緒にいたはずの結城さんは、森で首を吊った鷹村さんを放置してどこかへ消えた。それも、その日からずっと、ね」

実際のところは誰にもわからない。

しかし、事実として『光圀の記』は大幅に展開を変え、作中で重要なアイテムとなるはずだった『金色姫』は無意味な単語として処理された。あるいは、だからこそ無事に放映終了したのか。

奇妙な寒気を感じる中、まず船戸が口を開く。

「つまり『金色姫』が呪われた曲って言われてて、現在まで内容が伝わってないのは、それを詳しく調べようとすると誰かに殺されるからってこと？」

「そう言われると、なんだか馬鹿げた話にも思えるよね。まるで都市伝説だ。ほら、宇宙人と政府の関係を調べると、黒いスーツの男がやってきて口封じするっていうヤツ」

ふはっ、と船戸が笑った。

「やっぱ面白いわ。いいこと聞いた」

「ちょっと、船ちゃん」

「別に疑ってないって。マジで『金色姫』はヤバいんだろうね。もしかしたらカルト宗教とか、ヤクザなアレが関わってるのかもしれない。私らの知らない約束事があって、それを破ると命を狙われるのかもしれないよ。でも、それって面白いよ」

船戸は椅子から立ち上がり、日影に背を向けた。

「船ちゃん、書くつもり？」

「書いたら、どうなるかね。脅迫状が来るのか、いきなり殺しに来るのか。楽しみになってきた」

これまで執筆に詰まっていた船戸だが、俄然《がぜん》意欲が湧いてきた。日影との関係で筆が重くなっていたが、当の彼が書くなと警告してきたことで、かえって反逆心から書いてみたく思えた。

「じゃあね、お大事に」

一方的に病室を去ろうとする船戸に、もはや日影が声をかけてくることはない。最後に嫌みを言われることもない。やや拍子抜けのまま船戸が病室の扉を開けようとする。

「あれ?」

すると、ちょうど病室に入ってくる人物と視線が合った。

「船戸先生、いらしてたんですね」

花束を抱えた華奢な体の女性だ。入院した婚約者のために見舞いに来た彼女は、今日も上品な服でまとめている。

「ええと……、波多野、さん」

「はい、波多野憧です」

瞳に光を湛《たた》え、波多野がクスと笑った。

＊

大坂城奥御殿《おくごてん》。その庭に築かれた野天舞台から、千穂大夫がゆっくりと下りていく。

今しも舞った曲は『田村《たむら》』だ。シテは千穂大夫が務め、そのワキを浮雲《うきぐも》なる名の少女が担った。彼女は北政所が別に声を掛けていた女猿楽師だという。

「こっち来て」

ここで庭を見下ろす桟敷《さじき》から声があった。桟敷には色とりどりの打掛《うちかけ》をまとった女性たちが何人も座っている。

千穂大夫が声の主を探せば、それは他ならぬ北政所だった。天下人の正室だが、そこに尊大な物言いはなく、昔馴染みのように千穂大夫たちを呼んでいた。

不安げにする浮雲を見やってから、まず千穂大夫が桟敷へと進む。分厚い能装束を引きずるように、玉砂利の庭を歩いていく。

千穂大夫は今、曲で使った〝童子〟の面をつけている。少年らしい優美な目と、それより小さい面の覗き穴、だから千穂大夫から見えるのは北政所の足元のみ。

「ほら、みんなにも近くで見せてあげて」

北政所の言う皆とは、今日のために奥御殿に集まった女房衆だ。いずれも名だたる大名家の奥方だが、これは太閤秀吉が諸将を掌握するため、人質として大坂城へ住まわせたものだった。

「さすがに奥御殿に殿方を入れることもできんでね。巷《ちまた》で人気の能を見たいと思っても、あれは男の人がやるでしょう。その点、あなたのような人に舞ってもらえて、本当に良かった」

どうやら北政所は、この広くも狭い屋敷に留め置かれた女性たちのため、特別に女能の会を企画したらしい。その場を任された栄誉に、千穂大夫も我知らず、面の内で微笑んでいた。

「ほら、名前を教えてちょうよ。私は知っとるけどね」

周囲の女房衆がクスクスと笑い合う。千穂大夫を軽んじてのものではなく、北政所の稚気あふれる言葉に応じたものだ。

「千穂大夫に」

恭しく答えると、女房衆らから賛辞の声が返ってくる。千穂大夫の名を知らしめようという、北政所なりの心遣いが窺えた。

「良い舞台でした。まるで本物の坂上田村麻呂《さかのうえのたむらまろ》がいたみたいで、ほら、後ろの何人かは惚れてまったようで」

気を良くした千穂大夫が顔を上げる。すると再び女房衆から笑い声が漏れた。一部には恥ずかしさを紛らわすような響きもあった。

「ねぇ」

不意に北政所が桟敷を下り、千穂大夫の眼前まで近づいてくる。華美な打掛が玉砂利に汚れるのも気にせず、彼女は子供のような仕草でしゃがみ、女猿楽師の顔を覆う〝童子〟の面に触れた。

「御方様」

「面を取って、顔を見せて」

北政所から請われれば、千穂大夫でも断れない。彼女は下を向いたままに、その面を取り去った。

「顔を上げて」

言葉と共に、北政所が千穂大夫に顔を寄せる。これほど近くで貴人と見《まみ》えることもないだろう。

思わず千穂大夫は息を呑む。

初めて北政所の顔を見たが、色艶の良い肌は張り、大きな瞳には神々しい輝きがある。何より、千穂大夫より一回りは歳《とし》も上だろうに、ともすれば乙女《おとめ》にも見える若さがあった。

「噂通りの、美しい方ね」

「そのような」

千穂大夫の心からの言葉だ。もちろん彼女とて、北政所が夫である太閤と共に、低い身分から今の地位に上り詰めたことは知っている。しかし、貴人は生まれながらに貴人なのだ。それは容貌から何から、すでに宿命づけられている。

「あたしは、この程度のものです」

あえて千穂大夫は笑った。歯抜けの笑みを見せ、自分が劣っていることを伝える。自尊心が焼け落ちる前に逃げようとしたのだ。

だが、逃げることは許されない。

「いいえ、美しい。そうあって欲しい」

北政所は千穂大夫に顔を寄せ、その耳元で囁く。

「だって、あなたが『金色姫』を作るのでしょう？」

一言ずつ、穏やかな声で。ただし、熱した針を飲み込ませていくような響きを伴って。

「どうぞ書いて。ただし『金色姫』は私のための物語にして。誰にも渡してはいけません」

「御方様、は」

千穂大夫が必死に身を離す。眼前では北政所が白い歯を見せつけて笑っている。

何ら欠けた部分などないと、そう示すように。

6

それじゃあ、と船戸が口を開いた。

「丸木さんも彼女については詳しく知らないんですね」

いつもの打ち合わせで使っている喫茶店とは違う、渋谷のコーヒーチェーンでのこと。船戸の呼び出しに応えてくれた男性が、申し訳なさそうに頭を下げる。

「はい。キャスティングについては、その、僕から推薦したのは確かなんですが」

男性の名は丸木由彦。テレビ局のディレクターであり、以前の『光圀の記』では制作部にいた人物。その時の縁をたどり、船戸は取材と称して彼にコンタクトを取った。

全ては、一人の女性の行方を追うためだ。

「結城鳩、か」

船戸が呟く。この場にいない、そしてどこにもいない彼女を、どこか敵視しての言葉だった。

日影に忠告されてから、船戸は執筆作業の合間に結城鳩について調べるようになった。とはいえ出演作も少ない女優だ。インターネットを使って調べられる範囲では限界があり、彼女と実際に交流のあった人物、つまり丸木を頼ることにした。

「失踪した女優というキャラクターを小説に出したいから、実際に事件にもなった結城鳩について聞かせて」

それが言い訳だ。丸木も船戸の真意に気づくことなく、ただ親切心から、結城についての情報を話してくれていた。

「それで、行方がわからないのはともかく、どういう経緯で彼女を起用したんですか？」

船戸の問いかけに、丸木はいくらか悩むような素振りを見せた。

「結城さんは以前、僕が通っていた会員制ラウンジにいたんです。いわゆるラウンジ嬢ですね」

「その辺はネットに情報がなかったですね」

「そうだと思います。過去を隠すつもりだったんでしょう。俳優デビューする時に整形したとも言ってましたから」

丸木は自身の眼鏡を外し、昔を懐かしむように天井を見上げた。

「その時、彼女は劇団に所属する舞台俳優だって言ってました。ラウンジ嬢はバイトだって。今にして思えば、それも嘘だったのかもしれませんけど、僕は信じてました」

「それで推薦を？」

「いえいえ、さすがに実力もない人は推せません。彼女は芸能事務所に所属して、最初の一年は自分自身の力で仕事を取ってましたよ。ただ、不思議な魅力があって、演技力もあるってことで注目され始めてて。そこで推薦しました。知り合いだってのは伏せましたが」

丸木なりに、結城の失踪に心を痛めているのだろう。寂しげな調子で、彼は手元のコーヒーカップを握りしめていた。

「失踪の理由については、何か？」

「いいえ、全く心当たりはありません。彼女の関わった撮影は順調でしたし、むしろ鷹村さんの方が大変そうで」

「なら、プライベートな部分について問題があったとか、話せることがあれば」

遠慮のない船戸からの質問。さすがに丸木もすぐに答えは出せないようだったが、やがて言葉を選びつつ話し始める。

「それも、心当たりはありません。隠すのでも何でもなく、結城さんってプライベートをほとんど話さなかったんです」

「なるほどね。ちなみに年齢とかは公開されてる通り？」

「ああ。そこは同じです。二〇〇二年生まれらしいので、今は二十六歳だと思います」

何気なく聞いていた船戸は、その年齢に近い人物のことを自然と思い浮かべていた。つい先日も病院で出会った、あの女性だ。

「そういえば」

思考の隙間に丸木の声が入り込んでくる。ふと船戸が顔を上げる。

「結城さん、プロフィールだと東京出身ですけど、生まれは茨城県のはずです。つくば市だったかな」

「へぇ、つくば市」

特に気にする情報ではなかったはずだ。もし直前に、入院中の日影マコトのことを思い浮かべてなければ聞き流していただろう。しかし、船戸にとって大事な思い出の一つが、自然と脳裏をよぎった。

「そうか、筑波郡だ」

大学生の頃、日影と共に茨城県の旧筑波郡へ赴いたことがある。当時の恋人と別れるきっかけになった小旅行だが、その目的はサークル発表のためのフィールドワークだった。

そこが『金色姫』の伝わる土地だったから。

「マジで、マジなんだな」

姿を消した新人女優。彼女と近い場所に『金色姫』が存在する。その事実に船戸は小さく興奮し、また一方で恐怖した。

触れてはならないものを指先でなぞる。その感触。

＊

あの日から、千穂大夫はぱったりと筆が進まなくなった。

北政所に所望されて女能を演じてから、もう二年以上の時が経っている。しかし、千穂大夫は今でも北政所の晴れやかな笑顔を夢に見る。

「あなたが『金色姫』を作るのでしょう？」

最初は自らの目論見が看破されたのだと思い、千穂大夫も気が気でなかった。いつ咎められるかと戦々恐々とし、頭を抱え、ひたすらに嵐が過ぎ去るのを待った。また次に新九郎を疑った。自らに累の及ばぬよう、新九郎が先んじて太閤へ千穂大夫の計画を伝えたのだと勘ぐった。

「馬鹿を言うな。始まってもおらん些事《さじ》を伝えてどうなる」

そう切り返し、新九郎は怯える千穂大夫を一喝した。

事実、一年ほど大人しく過ごしたが、千穂大夫が捕らえられるようなことはなかった。そもそも何ら実現していないのだから、罪咎を負うことはない。能の秘曲を勝手に作り、それでもって太閤秀吉を騙そうというのも、ただ千穂大夫の心の内にあるだけだ。

「ならどうして、北政所様は『金色姫』のことを知ってたんだい。どうして知ってるのに、太閤に伝えてないんだ」

そうして千穂大夫は疑心暗鬼に陥り、いざ『金色姫』を仕上げて献上したところで捕まえるのではないか、と考えるようになった。

「いい加減、忘れてしまったらどうだ」

その日も千穂大夫の屋敷を訪れた新九郎は、なんとも呑気なことを言う。いつかと同じように、千穂大夫は彼に背を向けて酒を呷っていた。

「ばかなこと、いずれ『金色姫』を太閤に高値で売りつけるんだ。その目的は変わってない。ただ今は大人しくしているだけで」

「今更、成り上がってどうなる。北政所様のおかげか、おのれは今も女房衆や公家衆に呼ばれては芸を披露しているだろう。芸人として十分な働きだ」

「違う、あたしが成り上がりたいんじゃない。二人で成り上がるんだ。お互い、いつ捨てられるかも知れない身だから」

千穂大夫が激昂して振り返る。その時になって初めて、新九郎の顔に疲労から来る衰えがあるのに気づいた。今まで若々しく見えていた男は、もはや白髪が増え、頬も青黒くこけていた。

「おれのことは心配するな。此度《こたび》、由己法橋《ゆうこほっきょう》の後を継ぐことになった。おれが太閤様の事蹟を能曲として書き起こす」

新九郎の言う由己とは、太閤秀吉に御伽衆として仕える大村《おおむら》由己のことだ。この人物は謡曲や連歌の才があり、その腕を買われて「太閤能」なる、秀吉の業績を能曲にしたものを作成していた。

「だから、おれのことは心配するな。千穂大夫、おのれはおのれで、女の能を大成してみせよ」

「冗談はやめな。その割には、随分と辛そうじゃないか」

新九郎が力なく笑う。微笑んだ口から覗いた歯は幾本か抜け落ちていた。

千穂大夫と同じ、しかし、全く同じではない悲壮さがあった。

＊

船戸は退院した日影を呼び出した。

いち早く、自身の発見を伝えるつもりだった。以前から自分たちが追っていた『金色姫』が、どうして近づく者に不幸をもたらす呪われた秘曲と扱われていたのか。その謎を語るべきだと思っていた。日影は何者かに階段から突き落とされ、また『光圀の記』においても、主演の鷹村義雲が自殺未遂に追い込まれた。その現場に居合わせ、直後に行方知れずとなった結城鳩。

そして、彼女は『金色姫』の伝わる土地の生まれだという。

「とにかく、早く来て」

日影に向けて、ＳＮＳのメッセージを送る。かくいう船戸も駅を下り、待ち合わせの喫茶店へ向かう途中だった。

「馬鹿げた話になるかもしれないけど」

慎重に言葉を選んでメッセージを送る。気づかれてはいけない。まさかの事態はある。

船戸は日影の婚約者、あの波多野憧のことを怪しんでいる。

作家として様々なフィクションに触れてきた。その勘がある。いわば『金色姫』とは、船戸と日影が共有してきた物語だ。そこへ新たに登場した彼女――波多野こそ、この物語の敵役なのではないか。

つまりは波多野こそが結城鳩であり、今まさに日影の命を狙って、近づいたのではないか。

「本当に、馬鹿げた話で」

船戸自身、これが単なる妄想だと理解している。理解してはいるが、日影に伝えるべき話だと思ってもいる。もちろん、婚約者が犯人扱いされるのだから、優しい彼は怒り出すかもしれないが。

ふと船戸が足を止める。駅前から喫茶店に向かうまでの、古い商店の並ぶ狭い通りだった。

平日の昼下がりだからか、周囲に人の気配はない。近くの商店は開いているが店員の姿もなく、近くの高架を電車が通るたびに不気味な振動が伝わってくる。

カン、カンと、やや離れた工事現場から音が聞こえてきた。

「いや、そうか」

唐突に船戸は気付いた。

日影には大見得《おおみえ》を切ったが、それは本心では「何者かから命を狙われるはずがない」と、どこかで高を括《くく》っていたからだ。波多野を怪しむ気持ちもまた、どこか物語として処理しようと思っていた。

ただし、全てが真実だとしたら。

「なるほど」

路地の前方に、ただ一人で立つ者がいる。

人影を視界に入れながら、やけに間延びした時間で船戸は思考する。つまり結城鳩の経歴を調べ、今まさに『金色姫』に迫っている自分を、相手が見逃すはずがないだろう。

ごく平然と、前方の人物が船戸に向かって近づいてくる。黒いパーカーに細身のスキニーパンツ姿。目深に被ったフード、その下の表情は見えず、男か女かもわからない。

迫りくる人物は、ゆったりと手を振り上げる。

「こういうパターンね」

その手に光るナイフの輝きを船戸は見た。

＊

何もかもが移ろいゆく。

世は文禄から慶長へと改元し、また海を越えての大戦も和平を見ず、太閤秀吉は再び諸将を集めて兵を起こした。かくして外では終わる気配のない戦が繰り広げられ、一方、内では秀吉の甥《おい》である関白秀次《ひでつぐ》が切腹させられ、剣呑《けんのん》な空気が世上を覆っている。

太平と享楽など蜃気楼《しんきろう》に過ぎず、ふと立ち止まって足元を見れば、底の見えない奈落の大穴がぽっかりと開いていたのだ。

「暮松殿は、残念なことに」

化粧台の前に座す千穂大夫に、先に準備を終えた少女が声をかける。いつかの舞台でワキを務めた女猿楽師の浮雲だ。

「仕方ないサ、此度の花見は女人ばかり集めているからね」

この日、千穂大夫たちは醍醐寺《だいごじ》で催された花見会に呼ばれていた。太閤秀吉の心を慰めることを目的とした会であり、寺院裏手の山麓には幾千本の桜が咲き誇っている。太閤は招待された女房衆と共に桜の下を巡り、各所で行われている茶の湯や連歌、滑稽芸を見て回ることになっている。

「まるで天女が歌い踊る極楽浄土サ。年老いた太閤様にとっては何よりの気散じになるだろうね」

そう言いつつ、千穂大夫は鏡に映る自身の顔を見た。目元の小じわも目立ってきたが、どうせ面しか見られないと思えば気も休まる。

「そういう意味ではなく、暮松殿が太閤様より、お役目を解かれ」

「ああ、それこそ結構なことじゃないか。命があって何よりだ。向こうで元気にやってるだろう」

千穂大夫の言うように、この前年、暮松新九郎は能指南役の任を解かれ、江戸下向を命じられていた。実質的な追放処分である。太閤秀吉の勘気を蒙《こうむ》ったためとされているが、その真なる理由を千穂大夫だけが知っている。

「あの男は、太閤様のための能を作ることを辞めたのサ。それしか生きる道がないと思っていたのを、すっぱりと諦めて、太閤様に自分じゃ無理だと言い張った。死ぬ覚悟だったかもしれないけどね、太閤様もあれでお優しかったというわけだ」

浮雲に手伝われ、千穂大夫が能装束をまとう。金糸銀糸で彩られた金地菊水文様の唐織の装束は、余人では着ることもできない逸品。この日のために北政所から贈られたものだった。

「さぁ、行くよ」

千穂大夫は浮雲に声をかける。二人は楽屋を後にし、舞台につながる鏡の間へと赴く。野天舞台では必要のなかった空間だが、こうして巨大な姿見の前に立つと、その意味もわかってくる。

「自分の最期の姿を見ておくんだ。ここで面をつけたら、もう千穂大夫は存在しない。あたしは、ここで小さく死ぬんだよ」

ツレとして共に舞台に立つ浮雲に向けて、千穂大夫は今の気持ちを素直に伝えていく。

鏡を前にすれば、自然と今日までの日々が思い起こされる。京山崎で必死に芸を磨いていた自分。新九郎と出会った自分。名護屋で一旗揚げようとした自分。倦《う》んで疲れて、それでも成り上がろうと模索した自分。そして何もなさぬままに、流されるまま地位を得て、共にいようと誓った新九郎と疎遠になった自分。

全てが過ぎ去っていく。

「新九郎は先に舞台を下りた。あたしも、これ以上の未練はないよ」

舞台の向こうからは女性たちの笑い声が聞こえてくる。もしかすると太閤自らが滑稽芸を披露し、観衆の笑いを誘っているのかも知れない。

「何もかもが夢だったと、あの人も思ってるんだろう」

花見の席で披露された能。その演目は豊臣秀吉という英雄の生涯を描いた「太閤能」だ。まずは『吉野詣《よしのもうで》』で今の治世を讃《たた》え、さらに『高野山参詣《こうやさんさんけい》』では亡母の霊と対面し、太閤秀吉は過去へと思いを馳せていく。山崎での合戦を描いた『明智討《あけちうち》』を演じ、次いで『柴田《しばた》』と『北條《ほうじょう》』で戦の敗者たちを慰撫《いぶ》し、天下統一まで至った業績を語る。

「どんな気持ちなんだろうね、自分の人生を舞台で見るってのは」

その言葉を最後に、千穂大夫は静かに増女《ぞうおんな》の面をつける。

面が象徴するのは天女であり、また太閤の妻である北政所だ。これより演じられるのは新たに作られた「太閤能」の一つ。

千穂大夫は『金色姫』を完成させた。

秘曲としての部分は削り、ただ太閤秀吉と北政所との出会いとして物語を作った。天女であった金色姫は、若き日の秀吉から妻になるよう請われ、人間として生きることを決めた。かくして妻の助けもあり、秀吉は天下人となる。単純な筋書きだが、これこそ北政所が望んだものだろうと解釈した。

囃子が聞こえてくる。いよいよ舞台に立つ時が来た。

千穂大夫はもういない。揚げ幕をくぐり、橋掛かりを歩むのは北政所であり、天女たる金色姫だ。

「ああ」

面の内で一言だけ、千穂大夫が末期《まつご》の声を発する。

舞台に出た時、面を通して外の世界を見た。満開の桜の下、太閤秀吉と北政所が並んで桟敷に座っていた。野心によって成り上がった男と、その妻として横に並ぶ女。

その姿こそ、千穂大夫が手放し、また欲していたものだった。

桜が舞う。何もかもが金色の夢となり、やがて消え失せていく。

＊

刺されたと、そう船戸が覚悟した瞬間だった。

周囲に散った血は自分のものではない。頬は熱かったが、どこにも痛みを感じていない。むしろ、目の前に現れた女性の方が苦痛の声を上げていた。白いドレスシャツが血に染まっていく。

船戸が事態を把握する。自分は庇われたのだ。そして飛び出してきた女性が誰かにも思い至る。

「波多野さん」

名前を呼べば女性が、波多野憧が振り返る。斬られた腕を押さえつつ、気丈に微笑んでみせた。

地面を蹴る音がした。

黒いパーカーの襲撃者は、なおもナイフを振りかざしてくる。今度は船戸が前に出て、波多野のことを庇おうとした。この状況に陥って、呑気にも「意外と自分は善人だな」などと思っていた。

「やめろ！」

男性の声が響いた。パーカー姿の襲撃者は、路地を走ってきた人物に突き飛ばされた。背後へと転がった相手を、駆けつけた男性が取り押さえる。

「マコト、なんで」

把握したと思った事態が目まぐるしく移ろっていく。船戸は波多野に寄り添いつつ、路地に転がる襲撃者と、鬼気迫る表情でそれを組み伏せる日影マコトを交互に見た。

「なんでって、呼んだのそっちでしょ？」

日影は痛々しく左手を三角巾で吊るしたまま、右腕と体重だけで襲撃者を押さえている。とはいえ襲撃者も反抗する気はないのか、大人しく地面に伏せている。

「あと言っただろ。黒いスーツの男が口封じに来るかもって」

「ちょっと、違うでしょ、私が怪しいと思ってたのは――」

船戸が波多野に視線を送る。しかし、彼女は船戸など目に入らないように、襲ってきた人物を泣きそうな顔で見下ろしていた。

「もう、やめてよ」

波多野が進み出て、襲撃者の前でしゃがみ込む。そんな彼女を見上げようとし、襲撃者は首を動かしてフードを取り去る。

その下には船戸のよく知る女性の顔があった。

曽我だ。船戸の担当編集者である曽我が、憐《あわ》れむような表情を浮かべていた。

「曽我、さん」

「って、思うよね。でも彼女には別の名前があるんだってさ」

「は？」

日影が何を言っているのか、船戸の脳が理解を拒む。動けないでいる彼女をよそに、波多野が曽我に手を伸ばした。

「もういいよ、やめて。お願いだから」

波多野の懇願するような声に、曽我が悲しげに笑った。

「私は大丈夫だから。ね、ジローちゃん」

船戸には聞き馴染みのない名前だったが、そう呼ばれた曽我は、ただ何かを諦めたように静かに目を閉じた。

カン、カン、と工事現場の音が寂しく響いている。

鼠浄土・四

海の見える港町をキャイコとジローが歩いている。

新宿から小田急線を使い、小田原で乗り換えて真鶴へ。死体入りのキャリーケースと共に、二人は約二時間の短い旅を終えた。真鶴駅を出た頃には日も昇りきり、抜けるような青い空が広がっていた。

「疲れちゃった。全然運動してないしなぁ」

「少し休む？」

「じゃ、朝ご飯食べよっか。海だし、海鮮丼食べよ」

「それ正解」

二人が意味もなく笑い合う。

今朝方《けさがた》まで光源眩しい歌舞伎町にいたのが、今は陽光に照らされた海を眺めている。まるで異国へ瞬間移動したような気すらする。それが二人にとっては可笑しく思えた。

結局、朝早くだったこともあり、二人は海鮮丼にはありつけず、道を引き返して近くのコンビニに立ち寄ることにした。

「街、静かだね」

「コロナだからね」

「でも、なんかいいね。ちょうどいい感じの観光地だからさ、なんとなく目立ってない感じ。クソガキ二人で旅してても、ギリ許されそうな場所だ」

コンビニの駐車場でサンドイッチを食《は》みながら、キャイコが感慨深げに言う。

「それでジローちゃん、どうする？　もう捨てちゃう？」

ポン、とキャイコがキャリーケースに手を置いた。

「いや、やっぱり昼間は人目につくよ。いくら人がいないったって、海に出れば目立つから。やるなら明け方にしよう」

「そっか。じゃ、ここで一泊だ。でも、あれだよ？　お金ないから野宿かも」

「僕はそれでいいけど」

「じゃ、私も～」

キャイコがジローに頬を寄せる。二人して子猫のようにじゃれ合うが、それを見咎める者はいない。

「それで、さっき調べたけど、半島の南側に貸しボートの船揚げ場があるらしい」

「ふなあげば、ってなに？」

「船を陸に揚げて置いておく場所だよ。船の駐車場みたいなヤツ。だから、海に出るなら、この辺にあるのを借りパクしようかな、って」

「見つかったら怒られちゃうね」

「そしたら、一緒に謝ろうか」

クスクスと一人が笑えば、もう一人も同じように笑う。キャイコとジローは、お互いをかけがえのない相手だと思っている。不安定に立つ棒を、ただ雑に組んだだけの頼りない支えだと、それぞれが理解しながらも。

笑い合い、二人は手をつなぎ、再び街を歩き始める。

それから夜になるまで、二人は海が見える駐車場で過ごした。コロナ禍で観光客もない、静かな場所で二人して地べたに座り、他愛ないお喋りをした。流行《はや》りの歌や、好きなものについて話すだけで、互いの深い場所には踏み込まず、ただ時が移ろうのを楽しんだ。

最後に二人は無言となる。夕焼けに染まる金色の海を眺めながら、相手の手を強く握った。

「そろそろ行こっか」

やがて日も沈み、辺りから人の気配が全く消えた頃、どちらともなく切り出した。

半島の南側は別荘地で旅館の数も多くない。加えて商店もないから、コロナ禍の今では人通りなどない。たまに迷い込んでくる車を避けながら、二人は車道を静かに進んでいく。

そうしてジローが目当てとしていた船揚げ場に近づけば、ちょうど都合よく、使われていない小屋があるのが見えた。別に野宿でも構わないが、誰からも見られないなら、それに越したことはない。

「入れそう？」

「見てくる」

船揚げ場まで下りれば、ジローが率先して小屋を確認しに行く。鍵はかかってないらしく、難なく引き戸を開くことができた。スマートフォンの明かりを頼りに中を見れば、ブルーシートの上に古い漁具やブイが転がっていた。いくらかオイル臭かったが、一晩を明かすには十分に思えた。

「うん、大丈夫。死体は転がってない」

「じゃ、昨日のホテルより立派だ。というわけで、死体を転がしまーす」

ジローが忍び笑いを漏らす中、キャイコはキャリーケースを小屋の中央に寝かせる。そのまま髪をほどき、上着を脱ぐと、疲れたようにブルーシートの上へと寝転んだ。

一方、ジローはスマートフォンを簡易ランプとして小屋の片隅に立てかける。さらにコンビニで買っていた汗拭きシートを取り出すと、その場で服を脱ぎ、シャワー代わりに自らの体を拭いていく。

「キャイコも使う？」

問われたキャイコは半身を起こし、物珍しそうにジローの体を見ていた。

「どうかした？」

「ううん。ホテルでも見たけど、ジローちゃんっていい体してるなぁ、って」

「オジサンっぽい」

急に恥ずかしさを覚え、ジローは膨らみのある胸を手で隠す。

「ジローちゃんってさ、女の子なのに、ジローって呼ばれて変な感じしない？」

「ちょっと変だけど、気に入ってる。好きな人の名前と同じだから」

「元カレ？」

「違うよ」

キャイコに見られながらも、ジローは汗拭きシートで体を拭き終える。そのまま改めて服を着ることなく、全裸のまま、ジローはキャイコに向き直る。

「エッチする？」

「ううん、いい。でも、近くにいて」

静かにジローは頷き、再び服を着るとキャイコの隣に腰を下ろした。

「少しだけ、話を聞いて」

「何でも聞くよ」

拙い光源によって、狭い小屋に影が生まれる。それまで揺れていた二つの影が一つの塊となる。

「私、高校行ってないって言ったじゃん。本当は行きたかったんだけどさ」

「うん」

「私ね、戸籍《こせき》がないんだ。無戸籍児童なんだって」

脈絡もなく、キャイコが唐突に告白する。

ジローはその意味を咀嚼しながら、ただキャイコの肩を抱き寄せた。普段と何ら変わらないように見えた彼女だったが、その時ばかりは、僅かに震えているのがわかった。

「私ってママがいないからさ。パパが、出生届を出さなかったんだって。そういうの、何にも気づかないで、中学までは通えてたんだけど、でも、高校に入る時になって、ないよ、って言われて」

「うん」

「最初はマジかぁ、ってくらいにしか思ってなかったんだけど、どんどん自分の居場所がない感じがして、それで界隈にいるようになって」

それが父親を殺した理由だと、キャイコは最後まで口にしなかった。むしろ、それは単なる理由の一端に過ぎず、そこから生まれた何かが彼女を衝《つ》き動かしたのだと、ジローは一方的に判断した。

「大丈夫」

何も言わないことが優しさだと、キャイコから教えられた。だからジローは無言のまま、ただ彼女を抱いて、その頭を優しく撫でた。

「君がいてくれるだけで、僕は」

いつの間にか寝息が聞こえてきた。前日からの疲れはある。昂《たかぶ》った精神だけが、キャイコの体を無理に動かしていたはずだ。それがようやく、ジローに抱かれて眠ることができた。

「君が『金色姫』を覚えていてくれて良かった」

スマートフォンの光が消え、小屋の中が暗闇に沈む。聞こえてくるのは波の音だけ。それから朝になるまで、ジローは何も言わずにキャイコの頭を撫で続けた。

それから数時間が過ぎ、空は白み始めた。

「キャイコ」

優しく呼びかければ彼女が目を覚ました。小さく身動《みじろ》ぎし、夢の中から現実へと帰ってくる。

「そろそろ海に出よう」

「うん」

二人は立ち上がり、キャリーケースを抱え、小屋の外へと出る。

暁は遠く、空は夜と朝が入り交じる。僅かに昇り始めた太陽によって、海の彼方《かなた》まで赤紫色に染まっていた。ジローとキャイコは何も言わず、船揚げ場に留められている一艘《そう》のボートを選んだ。先にキャリーケースを積み込み、二人で小船を押していく。

斜面の滑り材をまたぎ、ボートの先が海面に触れる。そこでキャイコを先に乗せ、ジローが最後に大きく力を込め、船を海へと押し出した。

「ジローちゃん、乗って」

キャイコが伸ばした手を取り、ジローも小船へと乗り込む。さらに沖へ出ようと、キャイコの方が率先してオールを漕いでいく。二人で協力し、ボートを沖合へと進めていく。

「待って」

一心不乱にオールを漕ぎ、沖へと向かう途中のことだった。すでに陸地を離れて数分が経っていたが、不意にジローが声を上げた。

「あれ見て、こっち見てる人がいる」

ジローが陸地を指差す。何百メートルも先になるが、旅館のベランダに人影があった。男か女かもわからない、豆粒ほどにしか見えないが、確かに二人の乗るボートを眺めているように見えた。

「大丈夫、見てないって。てかジローちゃん、目いいね」

「いや、でも、こっちから見えるってことは」

「じゃ、引き返す？」

トントン、とキャイコがボート中央に置いたキャリーケースを叩く。この場にあっての何よりの重荷。いくつもの意味で。

「ううん。そうだね、終わらせよう」

「だよね」

自分たちを見る者などいない。そう信じ、二人はなおもオールを漕ぐ。穏やかな波を掻き分け、もう数分もかけ、いよいよ誰にも邪魔されないような場所まで出た。

半島が見える地点など、さしたる水深もない。それでも二人にとっては、ここが最も深く、最も遠い位置だと感じられた。少なくとも、小さなボートで辿り着ける限界だと信じた。

「この辺で、いいかな」

「うん、いいと思う」

揺れる船の上で、キャイコとジローが慎重に体勢を変える。ボートが転覆すれば二人とも海へと落ちてしまう。その恐怖を感じつつも、一方で興奮し、感覚を麻痺《まひ》させて作業を進める。

二人でキャリーケースに手をかける。重心を傾けることなく、一気に投げ落とすつもりだった。

「行くよ、ジローちゃん。ギャグなしで」

「いっせーの、って言うタイミングをズラすヤツ？」

「なしで、だってばぁ」

最後の瞬間、二人は笑っていた。

もはや緊張感もなく、ただ笑い声の中、まるで悪戯でもしでかすかのような気軽さで、キャリーケースは海へと投げ落とされる。

どぶん、と、いくらか間の抜けた音をさせ、これまで二人が抱えてきたものは海へと消えた。

「あはは、終わっちゃった」

キャイコは笑いながら、無邪気に海面へ手を振った。

「バイバイ、パパ。あっちで元気でね」

最後の挨拶を終え、キャイコが対面を向く。するとジローの目に涙が溢れているのが見えた。

「待って、ジローちゃん。泣かないで」

「あれ、ああ、本当だ。感情バグっちゃってるかも」

「私だって、同じだから」

そう呟いた直後、キャイコの目にも涙が浮かぶ。今まで堪えてきたものを吐き出し、ジローにすがりついて声を上げる。

ジローもまた彼女の背をさすりながら、こみ上げてくる思いを噛み締めていた。何か、ここではない何処かで果たせなかったものが、今この瞬間に遂げられた。その万感の思いだった。

二人が互いの体に爪を立てる。相手の温もりを自分のものにしたいと強く願い、その身を削り取ってしまおうとさえする。

「帰ろうよ、キャイコ。これで、終わり」

彼方に昇った日が、水面を金色に染めていく。

次郎五郎

1

小鼓を打つ音が響く。

森深く、春には青々とした樹木が風に揺れ、秋には紅く染まった葉が舞い落ちて渓流を渡っていく地だ。いくつもの滝が折り重なる様は、岩肌に薄絹をまとわせているようだ。

「おうい」

山鳥の声と小鼓の音にまぎれて、人の呼び声があった。河原《かわら》の岩に子供が立っている。粗末な着物をまとった十二、三の童女だ。その視線は滔々《とうとう》と流れる滝と、真下にある石舞台に向けられていた。

「おうい、おうい」

呼ばれているのは、石舞台の上にいる、また別の少女だった。少女は声など聞こえないかのように、一心不乱に小鼓を打っていた。髪は下《さ》げ角髪《みずら》、白い童直衣《わらべのうし》に緋袴《ひばかま》といった出《い》で立《た》ちは、どこか貴族の少年を思わせる。

「おうい、返事をしろ。次郎《じろう》五郎《ごろう》」

次郎五郎と呼ばれた少女が、耳元で束ねた黒髪を揺らして振り返る。粗末な服の童女は八重歯を見せ、山犬にも似た獰猛《どうもう》さと純粋さを含んだ笑みを浮かべていた。

「聞いたぞ、お主は女らしいな。女のくせに次郎五郎などと名乗るな。吾《われ》など、お主に会うために山を越えてきたというのに」

「いきなり失礼なことを言う」

次郎五郎は怒りを露わに、小鼓を打つのも止め、粗末な服の少女を睨んだ。

「ああ、失礼だろう。だが吾も恥をかいた。伊勢宮増《みやます》に小鼓の名手たる次郎五郎がいると聞き、さぞ美しい男だろうと勝手に夢想し、また恋い慕っておった」

「なんじゃ。では恋しさに会いに参ったのか。とんだ阿呆《あほう》じゃ」

クスクスと次郎五郎が笑い出す。それまで少年のようにも見えていたが、口を隠して笑う様は少女らしく、小さく可憐な花を思わせた。

粗末な服の童女はムッとしながらも、愉快そうに笑う次郎五郎から目が離せなかった。

「笑うな、次郎五郎。吾の気持ちを弄《もてあそ》びおって」

童女の言葉に、次郎五郎が一度だけ大きく吹き出す。それを最後に、彼女は居住まいを正し、真っ直ぐに童女を見た。

「そなたは、山を越えたというには大和の方から来たのだろう。それに、ここまで来たからには、多《た》気《き》の老人方から案内されたな。では宮増宗家の者か？」

「宮増大夫の孫だ」

「そうか、では失礼した。大爺様には妾《わらわ》も頭が上がらん。その孫娘をからかっては叱られる」

次郎五郎は石舞台を下り、川岸へ向かって飛び石をタッタッと跳んでいく。天狗《てんぐ》のような身のこなして、瞬く間に童女の前まで辿り着いた。

「どれ、多気まで送ってやろう。むしろ、小童《こわっぱ》が一人で山をよう来たと言うべきか」

「侮るでないわ。恋心あらば千里も駆けられる」

「強気なことじゃ。だが、妾が女だと知って、もはや恋心も失せたろう。なれば送ってやらねばな」

笑う次郎五郎に対し、童女は頰を赤くして顔をそらす。

「いらん。お主はここで小鼓でも習うておれ。吾は一人でも帰れる」

「いやな子じゃ。よくも人の厚意を」

「いやなヤツはお主だ。恋心が失せておらんから、吾は一人でも帰れると言うておるのだ」

おや、と次郎五郎が首をひねる。童女は背を向け、川辺の小石を蹴散らして歩き始めた。

「なぁ、そなたよ、名はなんという？」

背後からの呼びかけに、童女は一度だけ振り返った。

「戒言《かいこ》。何も食えず、どこへも飛べない虫の名だ」

童女——戒言が名を告げれば、次郎五郎は景気よく小鼓を打った。

＊

また同じ夢だ、と波多野優成《まさなり》は思った。

ベッドから起き上がり、優成がカーテンを開ける。子供部屋に光が差す。壁には「ＥＸＰＯ'85」のポスター。ブラウン管のテレビの前には、買ってもらったばかりのファミコン。ライト付きの学習机には中学生用の教科書と参考書が積まれている。どれも一人っ子だから手に入れられたもの。

次に優成は机に向かい、教科書たちを乱暴にどける。今日は日曜日だから予習の必要はない。冬休みの宿題だって問題なく終わらせてある。

そのまま、優成は据え置かれていたノートを開き、今さっき夢で見た光景を書き残していく。寝起きの頭は未だに働いていないが、無理にでも使うしかない。もう数分もすれば、夢の記憶は薄れ、平凡な日常に飲み込まれてしまう。

「いせ、みやます。じろう、ごろう。あと何だっけか。そうだ、女の子がいた。カイコ、カイコとか言ってたな」

単語を鉛筆で書きつける間にも、じわじわと夢の風景は溶け落ち、蚕食《さんしょく》し、無意味な断片へと変わっていく。それを恐れて、優成は起きてすぐに夢日記をつけるのが日課となっていた。

「似たような夢を前にも見たはず。そう、もっと大人になってからの風景だった。僕が次郎五郎で、恋人がいたんだ。もしかすると彼女がカイコで、今回の夢は出会いの場面だったのか？」

優成はノートをめくり、以前に見た夢の内容を確かめていく。

確かに、数ヶ月前から同じ風景の夢を見ていたようで、ノートの端々に「みやます」や「やまと」と言った単語が残っていた。

「これは、やっぱりアレだよな」

ようやく頭が働いてきた優成は自室の本棚に視線を向ける。そこに詰まった雑誌は、世間一般ではオカルト雑誌と呼ばれているものたちだ。

七〇年代のオカルトブームは過ぎたが、未だにＵＦＯやら超能力は世間で注目されているし、何よりノストラダムスの大予言は優成にとっても関心事の一つだ。一九九九年に人類が滅亡するかもしれない、という不安に苛《さいな》まれ、助けを求めるつもりで彼はオカルト雑誌を読み漁《あさ》るようになった。

「わかってるんだ。僕にもわかってる」

独り言を口にしながら、優成はオカルト雑誌の一冊を抜き取る。ページをめくり、目当ての記事を探す。やがて読者投稿欄を開くと、そこに書かれている内容を読み上げていく。

「前世の記憶を持っている方を探しています。ヤマト、ミリアム、キルファー、私を覚えていますか。アトランティスでは光の巫女《みこ》でした。どうか覚醒し、私に連絡をください」

読者投稿欄に寄せられた記事は一つではなく、他の雑誌にも似たようなメッセージが並んでいる。本来はペンフレンドを募集するコーナーのはずだが、誰も彼も、前世の記憶を思い出し、この世界でかつての仲間と再会することを望んでいた。例の夢を見るようになるまでは、優成はこうした投稿を読み飛ばしていた。否定も肯定もしなかったが、自分には関係のないものだと切り捨てていた。

「でも、僕も前世の記憶を取り戻しつつある。きっと世界がハルマゲドンに向かっているから、色んな人たちの霊体が少しずつ逆流していて、前世で経験した内容を夢で追体験しているんだ」

誰からも理解されない考えだが、優成は自身の解釈を科学的なものだと信じている。だからこそ夢で見た内容を詳細に書き残し、いつか何かで人に伝えようと思っていた。

「そうだ」

改めて、優成は今日が日曜日であることを思い出した。

だから雑貨屋に便箋を買いに行き、午後いっぱいを使って手紙を書こうと思った。内容はもちろん、自分が夢で見た前世の記憶について。送り先は愛読するオカルト雑誌、その読者投稿欄。

「もし採用されたら面白い話にもなるな。それで、そう、あの人にも話してあげなきゃ」

優成が思い描いた誰かの姿が、夢の中で見た女性と重なる。そこに秘められた気持ちも同じように。

＊

伊勢国多気から西へ、参宮街道を通れば大和国に入る。

あの日の出会いから数年、次郎五郎は伊勢の宮増次郎家を出て、宗家のある大和国服部《はっとり》郷へ移り住んだ。とはいえ神宮やその他の寺院から要請があれば、いつでも伊勢に戻って小鼓を打っている。もとより宮増は流れ流れて芸を披露する一団だから、各地に小さな座か、寄合を持っており、用事があればそれらを頼ればいい。それでも次郎五郎が大和に住したのは、一つに都に近い方が自らの芸を多く試せるからであり、もう一つには戒言という少女に心惹かれたところがあったためだ。

「戒言、いるか」

宮増宗家の棟梁《とうりょう》屋敷、その屋根裏に次郎五郎が現れる。

軋む階段を上れば、薄暗い空間に無数の仕切り板があり、人のものではない小さな生き物たちの息遣いが感じられた。

「おや、次郎五郎ではないか。帰ってきたのか？」

薄っすらと差し込む光の中、剝き出しの梁《はり》の前に戒言が座っていた。彼女は手に白い芋虫を載せ、その頭を愛おしそうに撫でている。

「ああ、帰ってきた。だがまた都へ行く。今度は観世家に請われてな、小鼓方として舞台に立つ」

「それは結構なことで。公方《くぼう》様も、申楽《さるがく》がいたく気に入ったご様子」

公方たる足利義政《あしかがよしまさ》は観世大夫を厚く遇し、連日連夜、彼《か》の人を呼び出しては申楽を催している。都で芸を披露できるのは観世家の者ばかりだが、当の観世大夫が宮増など他家からも芸達者を呼び、一座を組むことがある。これも次郎五郎が大和に出てきたことで手に入れた、その栄華の一端である。

「ところで戒言、また虫を弄ってるな」

「弄っておらん。寝かしつけておるのだ」

戒言が手に乗せた白い芋虫——蚕の幼虫は、彼女に撫でられている内に動きを止めていた。脱皮するための眠りについていたらしい。

「この蚕はな、唐から新たに来たのだ。我が国の蚕は蛹《さなぎ》になるまで三度眠るが、これは四度眠る。育て方を誰も知らぬから、吾の家に任された。なんといっても、吾らが遠祖たる秦河勝《はたのかわかつ》こそ、我が国に蚕を持ち込んだ人だからな」

「ああ、そして河勝公こそ申楽の始祖だ。観世家も金春も、河勝公の子孫だ」

次郎五郎が話を継いだが、それに対して戒言は大きく溜め息を吐いた。

「お主は気楽で良い」

「なんじゃ、いつもながらに失礼な」

「宮増は遠祖から続く、申楽の技と蚕を育てる技を持っておる。しかし、申楽は男子が担い、女子は蚕の世話と機織りを担うことになっている。昔から、そう決まっている」

戒言は立ち上がり、着物の裾を引きずりながら屋根裏に吊り下げられた蔟《まぶし》に手を伸ばす。藁《わら》を編んで作った蔟には無数の仕切りがあり、その一つ一つで蚕が眠り、糸を吐いて繭を作っていた。

「だというに、お主は次郎五郎などと男の名を名乗り、女子《おなご》でありながら申楽の技を披露しているな」

「決まりがあるのは宗家だけだ。妾のいた次郎家では、男子も女子も申楽を習《なろ》うておったぞ」

むぅ、と戒言が不満げに頬を膨らませる。蔟から離れ、仕切り板から別の蚕を捕まえる。桑の葉を食む虫を手に、戒言は再び梁の前までやってくる。

「いやな次郎五郎め、吾の言いたいことを察して言え」

「戒言も申楽をやってみたいのだろう？」

次郎五郎が爽やかに告げれば、戒言はいつかと同じように、恥ずかしそうに顔をそらす。

「本当に、いやなヤツめ」

戒言の手の上で、芋虫が愉快そうに首を振っていた。屋根裏はどこか甘い匂いに満ち、差し込む光に少女が照らされている。

金色の光をまとう彼女を、次郎五郎は優しく見つめていた。

＊

筑波郡豊楽村は筑波山麓に古くからある集落だ。

優成の生まれる以前の筑波といえば、単なる農村地域に過ぎなかった。それが六〇年代後半から学園都市として開発が進み、今では多くの移住者に溢れ、隣接する筑波町の人口も増える一方。

しかし、優成の暮らす豊楽村は、未だに都市部の発展からは取り残されている。

筑波町に向かうバスも増え、生活の手段は便利になったが、だからといって暮らしぶりが変わったわけではない。

山沿いの村は半分が農地で、商店といえばスーパーマーケット代わりの雑貨屋――売れ筋商品は野菜の種だ――があるくらいで、他に金物屋と酒屋、駄菓子屋が一軒ずつある程度。

この内、駄菓子屋は村の子供たちにとって唯一の娯楽場であり、つまりは優成も日常的に訪れる場所だった。

「よう、マサ君」

優成が雑多な駄菓子に彩られた店内に入ると、まず勘定台の方から中年女性が声をかけてきた。

「こんちは、若女将《わかおかみ》」

女性のことを子供たちは若女将と呼ぶ。年齢は四十代に届くかどうかくらいで、今まで駄菓子屋を切り盛りしてきた大女将と比べれば年若い。ただし、今は入院中の大女将に代わって店番をしているだけだから、彼女自身は若女将と呼ばれるのが不本意らしい。

「マサ君、壁を見てごらんよ。映画のポスターを買ったんだよ。こないだ見た『ベストシーズン』ね。息子《むすこ》鷹村が主演のヤツ」

若女将は勘定台の裏に貼られたポスターを示し、得意げに笑っている。優成は「喫茶店じゃあるまいし」と思ったが、それは口に出さず、棚に並んだ駄菓子を物色していた。

「今日も二つずつ買うの？　変な買い方だね。ねぇ、どこかで捨て犬でも育ててるんじゃない？」

台に肘をついて若女将が尋ねてくる。彼女の疑問の通り、優成は数種類の駄菓子を二つずつ選んでいた。合計で六百円になるから、中学生の小遣いで買う分には豪勢だ。

「捨て犬にあげるなら、駄菓子じゃなくて、もっと栄養のあるものをあげてるよ」

「そりゃそうだ。ま、友達と分けてるんだよね。その子にもウチに来るよう言っときなよ」

会計を終え、店を去る優成に若女将が手を振ってくる。彼女は駄菓子屋で店番するのを嫌っている割に、やはり人が来るのを嬉しく思っているようだ。

「友達、ね」

優成は口の中で呟きながら、駄菓子屋横にあるポストの前に立つ。そこでチラと脇を見れば、店先に置かれたガチャガチャを前に三人の小学生男子が騒いでいた。

「あ、マサ兄」

小学生の一人が呼んでくる。優成は男子を無視し、ポケットに入れていた封筒を投函した。

「マサ兄、手紙出してる。ラブレターだろ」

「馬鹿言ってろ」

子供たちの無邪気さに優成は溜め息を吐く。まさか手紙の中身が、前世の記憶について書いたものだとは思わないだろう。まして、それを話したところで理解できるはずもない。

しかし、ラブレターという洞察については当たらずとも遠からず、だ。手紙の内容ではなく、浮かれ気分になっているという意味で。

「じゃあな。早く帰れよ」

いつの間にか夕方が近づいていた。筑波町の中学校からバスで帰宅し、急いで駄菓子屋に寄ったが、それでも時間が過ぎるのは早い。もう少しでも時間があればいいのに、と優成は思う。

「あの人と話せるのは、どれくらいかな」

はやる気持ちを抑え、優成は民家の並ぶ通りを速歩きで進む。駄菓子の入った包みを抱え、右へ左へと、細い路地を辿っていく。

何より、この道順でなければいけない。家々の間を抜け、道とも言えないような側溝の上を渡り、時に民家の裏庭を突っ切って目的地を目指す。

「ほら、見えてきた」

豊楽村の東端にある、山裾の一軒家だ。

木々に覆われた裏道の向こうに、巨大な屋敷が夕暮れに沈んでいる。家主はなく、優成のいる場所から照明の光などは見えない。もし表から入ろうとすれば、立派な門構えと「饗庭」の表札が見えただろう。

饗庭家は豊楽村の分限者《ぶげんしゃ》で、かつては名主として村を治めていた家だ。ただし先代の当主が亡くなってからは家に人もなく、親戚筋はすでに筑波町へ移り住んでいる。

「さて」

無人となった屋敷へ、優成が裏庭から侵入する。まず見えるのは並の民家よりも大きな蔵だった。

「やぁ、僕だ。来たよ」

夕闇に浮かぶ蔵に向かって、優成が小さく声をかけた。

「心配しないで、他に誰もいないから」

再び優成が呼びかけると、蔵の中からガタガタと物音がする。それに応じて、優成はしゃがみ込み、蔵の下部にぽっかりと空いた穴に顔を近づける。

ぼう、と。穴の向こうで蠟燭《ろうそく》の火が灯《とも》った。

「優ちゃん、来てくれたの?」

柔らかな女性の声が、蔵の内側から聞こえてきた。

優成はその声を聞いただけで、天にも昇る気持ちとなる。彼女の存在が夢でなく、今日も現実として存在していることに安堵した。

「お菓子も買ってきた。食べたいって言ってたヤツだよ。本当は、もっと洒落《しゃれ》たものでもあげられればいいんだけど」

「ううん、大丈夫。私、あれが好き。キャベツ太郎」

言葉と共に、蔵の穴からニュッと白い手が飛び出してくる。いつもながらの光景に、思わず優成も微笑んだ。今では怖さより面白さが勝っている。

「今日も話そうよ、面白いことがあったんだ。夢で見た話だけど、きっと、あれが僕の前世なんだ」

優成は包みから出した駄菓子を、そっと白い手の上に載せる。するとバネ仕掛けの玩具のように、白い手は駄菓子を摑んで穴の向こうへ消えた。

「ね、ヒメコさん」

名前を呼べば、壁の向こうからクスクスという笑い声が聞こえてくる。からかうように「優ちゃん」という言葉が繰り返され、そのたびに優成の心が掻き乱される。

蔵の中にいる姿の見えない女性。彼女へ抱いた好奇心が、今は恋心に変わっているのを、優成は自覚している。

2

優成が彼女と出会ったのは、去年の秋だった。

中学へ上がり、早々に豊楽村出身ということを馬鹿にされ、男子たちと大喧嘩した年だった。幼馴染みの女子などは、村出身であるのを巧妙にはぐらかして多くの友人を作っていた。かたや優成はクラスで孤立し、部活動に勤しむこともなく、授業が終われば誰より早く帰宅するようになっていた。

二学期に入ってから、優成は気まぐれに豊楽村を散策するようになった。家に帰るのが早いと両親に心配されるから、村の路地を隠れるように歩き、誰にも見つからずに時間を潰すことにしたのだ。

「あれ、饗庭《あ　ば》さん家《ち》の蔵か」

そうした日々の中、優成は饗庭家の蔵を発見した。

この饗庭家と波多野家は古くから交流があり、先代当主と優成の祖父は親しかった。ずっと幼い頃には、優成も祖父に連れられて饗庭家の屋敷に入ったことがある。

その時の記憶を懐かしく思い、優成は饗庭家の裏庭に足を踏み入れた。もう饗庭一家は移住していたから、屋敷がまったくの無人であることを少年は知っている。

ふと湧いた好奇心と、あわよくば屋敷に隠れて時間を潰そうという打算的な思い。もし饗庭家の者が帰ってきて、そこで見つかったとしても、波多野の子なら許してくれるだろう、とも。

「お邪魔します」

裏庭に入った優成は、まず蔵へと近づいた。

すると不思議なことに、蔵の中から人の気配を感じられた。優成は早速、自身の判断が誤っていたかも、と思った。それでも逃げたりはせず、息を殺し、蔵の漆喰壁《しっくいかべ》に身を寄せて様子を窺った。

「ん、かゆい」

小さく、蔵から女性の声が聞こえた。

それまで泥棒か浮浪者が蔵に入り込んだと思っていた優成だが、相手が女性であるとわかって気が大きくなったのだろう。いっそ正体を確かめてやろうと思い、夕暮れの闇に目を凝らし、蔵の下部に空いた穴を見つけた。

優成は身をかがめ、穴から蔵の内側を覗いた。薄ぼんやりとした闇の中に、ひときわ輝くものが見えた。すらりと伸びた、剝き出しの白い女性の足だった。

「わっ」

期せずして覗き見を働いてしまった。優成は驚きの声を上げ、即座に立ち上がる。

「誰かいるの？」

声に反応し、蔵の中にいる女性が尋ねてくる。ここで逃げても良かったが、優成は自身がここにいる正当性を訴えることを選んだ。

「ぼ、僕は、波多野の人間です。饗庭さんは、ウチの知り合いで！　ひ、人がいる気配がしたので、心配で確認して！」

叱られたくはない。女性が饗庭家の関係者なら、飽くまで善意で見に来たと言い訳できる。あるいは相手が危険な犯罪者でも、蔵から出てくる間に裏庭を突っ切れば逃げ切れるだろう。

しかし、優成の予想はどれも裏切られた。

「まぁ、波多野の。もしかして優成君？」

「え、あ、はい」

女性の声に嬉しさが滲んでいる。敵意はなく、不意の接触に怒っている様子もない。それに波多野を知っているからには、彼女は饗庭家の人間だろうと優成は考えた。

「もしかして、饗庭さんの家の人ですか？」

「ええ、優成君が小さい頃も私は知ってるよ。覚えてないと思うけど」

なんだ、と優成が息を吐く。泥棒でも何でもなく、饗庭家の人間が蔵の整理にでも訪れたのだ、と思った。

また女性にとっても、優成が知らぬ相手ではなかったことに安心したのだろう。「ねぇ」と、姿の見えぬまま優しく語りかけてくる。

「優成君。せっかく来てくれたんだから、もっと話をしてくれる？」

「ああ、ええ、僕も夜まで暇なので、それは助かります。じゃあ屋敷の方に行った方がいいですか？」

しかし、女性は奇妙なことを言い出した。

「ううん、このままで。私ね、この蔵の外へ出られないの」

「え？」

「でも心配しないで。私は平気。昔から蔵で暮らしてるから。あ、今のダジャレだよ」

クスクスと女性が笑っている。

不思議なことに、優成は彼女の言葉が自然なことだと思うようになっていた。女性の声を聞くほどに、どうにも思考が薄れ、脳の奥がざわざわと雑音にまみれていく。

「色んな話をして。もう蔵の中にある本は全部読んでしまったから」

「ああ、うん」

何も見えない暗闇の向こうで、彼女が唇を動かすのを優成は想像した。

「そうだ、名前も教えないと。私はね――」

ヒメコ、と彼女はそう名乗った。

＊

その年は、次郎五郎と戒言にとって転機の年となった。

春四月、折よりの飢饉《ききん》と水害は京洛《きょうらく》を蝕《むしば》み、市中には流民が溢れ、また多くの死者が出た。足利義政は花の御所にこもり、一向に民を顧みようとしなかった。

一方、だからこそ寺社がこぞって勧進を行った。困窮する庶民を救い、寺院への信仰を厚くさせるためのものだ。この時、勧進演能と称して申楽師が寺社の境内を舞台とし、観衆を集めることが多くあった。これも互いの利益のためだ。寺社側は観衆からの寄進を増やし、申楽師は芸を披露する場と稼ぎを得られる。

つまり、この年は申楽師にとって仕事が多かった、ということ。

「ここにいたか、戒言」

夜更けに棟梁屋敷に戻ってきた次郎五郎は戒言の行方を聞き、その後を追って近くの丘へとやってきた。遠く東雲《しののめ》は茜色《あかねいろ》に染まっているが、未だに日は届かず、吉野の山々は紫色に沈んでいる。

「戒言」

次郎五郎の声など聞こえぬように、一人、絹の着物をまとった戒言が丘の上に立ち、空と山を背景に舞の手振りをしていた。

「聞いたぞ、大乗院の勧進のために曲を作ったらしいな」

「おや、耳が早い」

ようやく手振りを止め、戒言が自慢げに笑ってみせる。次郎五郎はそれにいやな顔もせず、嬉しそうに駆け出し、少女の体を真正面から抱いた。

「ようやく、そなたの申楽が世に出たな」

「そんなに喜ぶものか。次郎五郎、おおかた観世家に親しいお主が口利きをしたのであろう」

「確かに妾がそなたの名を出したが、認めたのはご老人方だ。誇れば良かろう」

次郎五郎に抱かれながら、戒言は身動《みじろ》ぎする。その腕から抜け出し、野辺を駆けて背を向ける。

「戒言、聞いてくれ」

「いやだ。お主は吾の気持ちも知らんくせに」

「知っておる。そなたは妾を好いてくれる。女でありながら、女の妾を恋しく思ってくれる」

それは戒言の偽らざる本心だ。どこかで次郎五郎にも伝わっているだろうと覚悟していたが、こうも軽々に口にされると腹も立つ。だから怒りを込めて戒言は振り返った。

「吾はな――」

「妾もそなたを恋しく思っている」

ちょうど視線が交わった時に、次郎五郎はこともなげに、そう言い放った。

「なぁ、戒言。一つ、新しい曲を作ってみないか。妾とそなただけの秘曲だ。女と女では子は成せんが、その曲を妾たちの子にしよう」

「なにを、勝手な」

口では強く言うが、戒言の目には涙が浮かんでいた。感極まった思いは、もはや自分で御すことはできない。

「筋立ては決まってないが、題だけは決めておる。そなたを愛しく思った日に、その名を思いついた」

山々の影が白く縁取られていく。二人の少女が抱き合うのを見てか、朝日さえ気後れがちに、そろそろと顔を出してくる。曙光《しょこう》は戒言を包み、八重歯を見せて笑う姿を神々しく照らしている。

「題は『金色姫』だ」

次郎五郎の言葉に、戒言は何度も頷いた。

＊

それで、と壁の向こうから声がする。

「二人はどうなったの？」

饗庭家の蔵、その下部にある穴を通して、ヒメコの声が聞こえてくる。優成は背を蔵の壁に預け、地べたに座り込んで駄菓子を口にしている。今日も彼女に所望された通り、まだ食べたことのないだろう新作の駄菓子を持ってきていた。

「えと、それで、次郎五郎って人と戒言って人が『金色姫』ってヤツを作ってく」

この日、優成は夢で見た光景をヒメコに語って聞かせていた。見たこともない風景と、知らない時代の話。それこそが前世の記憶と信じて、少年は無邪気に話している。

「でも、なんだろ、申楽、申楽って」

「申楽はね、今の能のことだよ。面をつけて、キレイな装束をつけて舞台に立つ伝統芸能」

「ああ、社会科見学でちょっとだけ見たかも。わかんなくて寝ちゃってたけど。それに『金色姫』って演目があるの？　ヒメコは知ってる？」

優成から問われて、壁の向こうから悩むような声が聞こえてきた。それが少しして「ああ」と、何かを納得する声に変わった。

「うん、知ってる。私は『金色姫』を知ってる。こんな感じ——」

その言葉に続いて、奇妙な唸り声のようなものが聞こえてきた。能の謡《うたい》を知らない優成には意味もわからなかったが、どことなく幻想的な響きに思えた。祖父の聞く演歌や浪曲に似ていたが、より哀しげで、切実さが感じられる。

やがてヒメコの謡が終われば、優成は素直に拍手を送っていた。

「すごいね」

「昔、ちょっとだけ習ってたから。あ、そうだ。優ちゃんも『金色姫』を覚えてみる？　私が教えてあげるから」

「いや、僕はそういうのは」

優成は恥ずかしそうに頬をかく。それで断れると思ったが、壁の向こうからはヒメコの笑い声が聞こえてくる。

「ダメ。覚えて」

ああ、と優成が頷く。どうにもヒメコに命じられると、何でも言うことを聞きたくなってしまう。

愚かな恋心だと、優成も頭では理解しているが、やはり感情には抗《あらが》えない。

「いい子だね、優ちゃん」

スッと穴から白い手が伸びてくる。優成は野良猫のように背を丸め、自らの頭を穴の方へと下げた。

白い手が髪に触れる。ヒメコも優成の位置を確かめたのか、その手で少年の頭を撫で始める。

いくらか奇妙な体勢で、それも壁の穴を通してだから、他人からは異様に見られるだろう。しかし優成にとっては、たとえば安楽椅子で休む姉に頭を撫でられるような、ごく自然な振る舞いだった。

「じゃあ、優ちゃん、今日から『金色姫』の稽古をしようか」

「うん、やるよ。ヒメコさん」

白い手に頭を撫でられながら、優成は恍惚の表情で答えた。

*

戒言はその男を見た時、まず死人の臭いを感じ取った。

「越前守護代《えちぜんしゅごだい》、朝倉教景《あさくらのりかげ》だ」

そう名乗り、教景が館に集まった一同を見回す。武家の人間らしい葡萄染《ぶどうぞめ》の直垂《ひたたれ》に折烏帽子《おりえぼし》。口髭と不揃いな顎髭。こけた頬に突き出た口、そして小さな目は、どこか鼠《ねずみ》を思わせる。

「此度は良き芸を見せてもらった。亡き叔父《おじ》の菩提《ぼだい》を弔《とむら》うつもりの勧進だったが、申楽というのも趣《おもむ》きがある」

越前国は一乗谷《いちじょうだに》の館で、宮増の一座を招いての宴席だった。この機会もまた、次郎五郎の都での活躍ぶりあってこそ。

そもそも次郎五郎の芸が都で評判となり、まず越前守護たる斯波義廉《しばよしかど》の耳に入った。そこから彼の人に仕える守護代へ話は及び、地元の一乗谷で演能するよう声がかかった。まさしく領内にある西山《せいざん》光照寺《こうしょうじ》を再興するための勧進を行うつもりだったらしく、またとない機会であったらしい。

あるいは呼ばれた次郎五郎にとっても、守護代の前で芸を披露するというのは貴重な機会であった。宮増は彼女を後援するつもりで、宗家と分家から人を選んで一座を組み、はるばる越前国まで旅してきたところだ。

「都では申楽が流行っておるそうだな。このような鄙《ひな》びた地にも風雅《ふうが》の一端を呼び込めたようだ」

「何を仰せられるやら。この一乗谷の町並みと、人々の暮らしの豊かさなど、まこと京洛の風情を感じられました。これも朝倉様の徳と文物への眼識あればこそ」

次郎五郎が流れるように褒め言葉を紡いでいく。気を良くした教景は彼女のそばへ寄った。次郎五郎も恭しく盃を捧げ、権力者が手ずから注いだ酒に唇を湿らす。

「しかし、噂の次郎五郎が女人とはな。ただ、男装ゆえに映える美しさもある。まるで古の白拍子のようだな」

「おや、ならば清盛《きよもり》入道の愛妾《あいしょう》にもなれましょうか」

次郎五郎が忍び笑いを漏らせば、近くに座る教景もクックッと笑う。

傍目には酒席の賑《にぎ》やかさでしかなく、宮増の者たちも守護代が上機嫌であることを喜んでいるようだった。

ただ一人、末席に座す戒言だけが教景を睨んでいた。

むしろ、あの死人の臭いをさせる男に体を預け、女らしく振る舞う次郎五郎の方に怒りが湧く。科《しな》を作り、艶やかに笑う彼女を見るほどに、戒言は言いようのない不安と、胸の奥がつかえる気持ちに苛まれる。

ついに耐えきれなくなった戒言は、何も言わずに宴《うたげ》を抜け出した。その不在を知って、やがて次郎五郎が追ってくることを、いじらしくも期待していた。

しかし、この晩、次郎五郎が戒言のもとに帰ってくることはなかった。

＊

長く伸びた影を引きずって、優成が夕暮れの村を歩く。

二月の寒空に頬を赤くし、吐く息の白さを何度も確かめる。全身の筋肉が張っていたし、酷使した喉に違和感もあったが、優成はそれを心地よいと感じていた。

運動部に励む同級生なども、もしかすると似たような気持ちかもしれない。辛いは辛いが、終わってみれば充実感と達成感があり、明日も頑張ってみようと思える。

ただ優成の場合は、それが能の稽古だということ。

「ヒメコさん、あれで意外と厳しいんだよな」

優成がぼやく。かといって怒りや憎しみの感情は微塵《みじん》もない。むしろ心のどこかでは嬉しさを感じている。

「でも僕を信じてるから、嫌いにならないって知ってるから、ちゃんと叱ってくれる」

正月頃から、まず優成は『金色姫』の謡を覚えさせられた。

声の高低も節回しも、全てヒメコが発する言葉をなぞって覚えていく。間違えれば容赦なく訂正させられたが、上手くできれば我が事のように喜んでくれ、何度も白い手で頭を撫でられた。

それが最近になって、今度は体の動かし方を覚える稽古が始まった。手本となるはずのヒメコは蔵から姿を見せず、ひたすらに口頭で説明された動きを優成が実践していく。壁を隔てて向こうにいるというのに、ヒメコは優成の所作の一つ一つをつぶさに見て取り、どこがどう違うのか、丁寧に教えてくる。

「でも、やっぱりだ。あれは僕の前世の記憶なんだ」

人通りのない路地を歩きながら、そう心中で呟く。

能の稽古を始めるようになって、優成は新たに気づくものがあった。最初こそ謡を覚えるのに苦労したが、いざ身につけてしまえば、まるで昔から知っていたかのように声を出せるようになっていた。所作についても、言葉だけの説明だというのに、自然と体の動かし方がイメージできた。

「そうだよな。僕の前世は能楽師で、それこそ『金色姫』を作った人物だったんだから、魂が覚えてるんだ」

ハハ、と優成は根拠のない万能感に酔い、白い息を吐き出す。それがちょうど、優成の自宅に着いた時でもあった。

表情を改め、優成は玄関先の郵便受けに手を伸ばす。

能の稽古と同様に、自分への便りがないかを確かめるのが、優成の最近の日課だった。

以前にオカルト雑誌へ投稿した手紙は、ちょうど今月号に掲載されていた。それから約十日。誰かが返事をくれないかと日々期待し、また小さく落胆し続けている。

「あれ？」

しかし、この日は落胆しないで済んだ。

郵便受けの中には一通の封筒が入っており、送り先として波多野優成の名がしっかりと書かれていた。離れた地に知り合いはいない。ましてクラスメイトが手紙を送ってくるはずもない。ならば、自分へ向けて手紙を書く理由は一つ。

優成は期待に胸を膨らませ、勢いよく玄関の扉を開いた。靴を脱ぎ捨て、両親への挨拶も忘れ、階段を駆け上がっていく。

「ついに来たんだ」

自室へ向かうまでの短い間でさえ、優成は我慢できずに封筒を乱雑に開き、中にある便箋を取り出していた。

『波多野優成くんへ』

その書き出しから始まる手紙は、あえて子供にも読めるような楷書で記されていた。

『はじめまして、僕は敷広道《しきひろみち》といいます。先日、普段から読んでいる雑誌にあなたの投稿があり、気になったので連絡させていただきました』

自室の扉を開け、手紙を読みながら通学カバンを投げ捨て、そのままベッドへと飛び込む。

『僕はＵＦＯや超能力、そして前世や不老不死といった話題に興味があるのですが、それとは別に、能楽について研究しています。であるので、波多野くんが書いていた単語に覚えがあり、こうして連絡を取った次第です』

手紙を読むほどに、優成は自分が認められているような錯覚に陥る。自分の経験は正しく、その理解者が現れたのだという喜びが溢れてきた。

「敷広道さん、か」

笑いを堪えながら、優成はまだ見ぬ手紙の相手の名を呼んだ。

3

手紙が届いてからすでに一ヶ月が経った。

この一ヶ月で特に変わったことはない。だから手紙への返事は一通のみで、ほとんどが社交辞令のようなものになった。優成は相変わらず、前世の記憶らしき夢を見ている。また人目を忍んでヒメコに会いに行けば、件の夢の話や身近なニュースを話し、必ず『金色姫』の稽古もする。

それが春休みに入ってからの、変わらぬ日常だ。

ただ一つ、優成の周囲で変わったこともある。それは優成だけでなく茨城県民全てにとって、とも言えるが。

「相変わらず凄い人だな」

青空の下、少年が広大な会場を歩いている。その視線の先には大勢の人々と、多種多様な展示が楽しめる奇抜な建物の数々。

この三月より、国際科学技術博覧会——科学万博つくば'85が開幕していた。

「あの辺で待ってるか」

いばらきパビリオンの前で優成が足を止める。入館待ちの行列に飲み込まれないよう、あえて離れ、なおかつ目立つような位置で。

「開催直後にも来たけど、あの時より増えてる」

小さく呟きつつ、優成は眼前のパビリオンを見た。

展示館の特徴的な白い山型の屋根は、この地のシンボルである筑波山を模したもので、入口には袋田《ふくろだ》の滝をイメージした滝がある。まさに茨城を象徴したパビリオンで、それが日本全国、また世界各国から訪れた人々に人気というのは、地元民たる優成にとっても誇らしい。

しかし、優成の目的は見学ではない。飽くまでも、このパビリオンの前を待ち合わせ場所として選んだだけだ。

優成はポケットを探り、あの日に受け取った手紙を取り出す。

『波多野くんが夢で聞いたという言葉に、僕は心当たりがあります』

今また、優成は改めて手紙を読み返す。浮かれ顔の来場者たちを横目に、真剣な表情で内容を確認していく。

『ミヤマスというのは、恐らく宮増という能楽師、あるいは能曲の作者だと思います。世阿弥や観阿弥と比べれば、まだ世間的には知られていないでしょう。失礼ながら、中学生である波多野くんが、普通に勉強していて知る機会はないと思います』

そう、その通り、と優成が心中で呟く。

『だからこそ、波多野くんが意味も知らないまま、そうした言葉を使っているのに興味が湧きました。夢の中で聞いた言葉とのことですが、僕もそれが前世の記憶ではないかと思います。そして僕なら、あなたが夢の中で聞いた言葉などの意味を解釈できるかもしれません』

手紙から顔を上げ、優成が周囲を見回した。そろそろ待ち合わせの時間だが、それらしい人物が近づいてくる気配はない。

『今度、僕も筑波の科学万博へ行くつもりです。予定が合うようでしたら、ぜひ現地で会ってみませんか？』

手紙の最後で敷広道からの誘いがあった。これに優成は一も二もなく応じ、返事で日時を決めて実際に会うことにした。

近場だから、両親に何も言わずに出かけられるのが良い。何より自分の前世について、より詳しいことがわかるかもしれない、と思ったからだ。

「もう来てるかな」

優成は小さく緊張し始めていた。以前に村の子供たちからラブレターを出していると、からかわれたのが今更になって面白く感じられてきた。ペンフレンド、それも同性の年上だろう相手に会うだけだというのに。

「もし」

その時、優成の背後から声がかかった。

振り返れば、目の前に小さな老人がいた。白い眉毛は長く、禿《は》げ上がった頭と鷲鼻《わしばな》が特徴的だった。上品そうなチョッキに杖《つえ》をつく姿は老紳士のようだが、和服でも着れば仙人にも見えるだろう。

「おじいさん、どうしました」

最初、優成は老人が何か困って声をかけてきたのだろうと判断した。しかし、老人は柔らかく微笑み、少年の持つ手紙を指さしてきた。

「波多野優成くんですか？」

「あ」

と、優成が驚きの声を上げる。

「はじめまして、敷広道です。こんな年上だとは思わなかったでしょう」

敷が片眉を上げ、ニヤリと悪戯っぽく笑った。

＊

二人は人混みを避けるように、芝生の広がるぽっかりが丘へと移動してきた。

「僕は今年で八十五になる。人のいるところは疲れるんだ」

そう言って敷が笑う。せっかくの万博だから何か見ないのか、という優成からの質問への答えでもあった。

「それに、僕にとってはどんな出し物より、波多野くんの話の方が興味深いよ」

そう言われては、優成も「もったいない」などとは言えない。この数万人が集まる万博で、自分の話が最も価値があると思われるのは、何とも誇らしい気分だった。

「歩きながら色々と聞いたけど、やはり『金色姫』というのは面白いね」

「そうですか？」

芝生に座り、巨大テレビたるジャンボトロンを眺めながらの会話だった。ここに来るまでの間、優成は近況として夢で見た『金色姫』についての物語と、自分がその曲を学んでいることを伝えた。ただし、誰から教わっているかは隠していたが。

「能曲に『金色姫』というのはないからね。名前から言えば、この近くにある蚕安神社の縁起を元にしてるとは思うけど」

「初耳です」

「養蚕にまつわる地域の伝承だよ。金色姫というお姫様が、何度も苦難に遭い、最後には蚕になるという話だ」

ふむ、と敷が自らの眉毛に触れた。考え事をする際の癖のようだった。

「たとえば、山形県の庄内《しょうない》地方には黒川能といって、地域だけで伝承された能楽があるよ。特定の流派はなく、地元の神社に奉納するためだけに何百年も伝承されてきた。この黒川能には、現行の能では廃絶した古い曲も伝わっている」

「じゃあ、僕の知ってる『金色姫』も、そういう失われた古い曲ってことですか？」

「その可能性があるね。波多野君の住んでる豊楽村にも、郷土芸能としての能楽があって、そこで特別に演じられるのが『金色姫』なのかもしれない」

会話が止まった。優成は何気なく前方に視線を向ける。巨大テレビでは別会場の様子が映し出されており、来場者がコンパニオンと共に餅つきに興じていた。

「どうして波多野君が、中学生が知るはずもない能楽の専門知識を持っているのか」

不意に、隣に座る敷が言葉を発した。

「それについて、僕は二つの可能性を考えているよ」

「何ですか？」

「まず一つは、そもそも豊楽村には古くから能の文化が根付いていて、波多野君は知らずしらずに詳しくなっていた。その『金色姫』の作者こそ、もしかしたら宮増だったのかもしれない。だから波多野君は、無意識に覚えていたことを、夢として見ていたのかもしれない」

敷からの言葉に、優成は不機嫌そうに顔をしかめた。

「待ってください、それじゃ僕の夢は嘘っぱちだってことですか」

「そうじゃない。聞いてほしい。二つ目の可能性があるんだ。波多野君の前世、いや、もしかすると先祖かもしれないが、その人物こそが、遥か昔に豊楽村に辿り着き、能の文化と『金色姫』を残したとしたら」

どこか楽しげに語る敷の姿を見て、優成の心に湧いた怒りもすぐさま鎮まった。優成自身、それが真実だと確信した。

「そう考えたら、波多野という名前も意味がありそうだ。能楽の祖と伝わっているのが、秦河勝という人物だからね。君はその子孫だったりするのかな」

笑う敷に、優成も力強く頷く。

「僕も、そうだと思ってます」

今まで『金色姫』の稽古をする中で、何度も感じてきたことだ。学んだこともなかった能の動きなどが、ごく自然にできる瞬間がある。自分の体が覚えている感触だ。前世でないなら、血脈のなせる技だと、優成は改めて自分を納得させた。

「ところで」

会話も一段落したところで、敷がふと巨大テレビを指さした。画面にはちょうど、万博のマスコットキャラクターであるコスモ星丸が映っていた。

「あのキャラクターはUFOをモチーフにしてるんだってね。なら今まさに話していた内容に、実はUFOが関わってるとしたら、君は驚いてくれるかな？」

まるで子供のように、敷は笑顔で語ってくる。対する優成もオカルト雑誌を読み込むほどだから、こうした話題には自然と顔がほころぶ。

「能と宇宙人って、なんだか変な取り合わせですね」

「それがそうでもないさ。さっき話した秦河勝は、うつろ舟と呼ばれる舟に乗って赤穂《あこう》へ行き、神になったという伝説がある。他ならぬ能の始祖である世阿弥が、その伝説を紹介しているんだ」

うつろ舟、と優成が繰り返す。

「そうだとも。また同じ名前の舟にまつわる伝説はいくつも残っていて、茨城県にも有名な話が伝わっている」

「知ってます。うつろ舟の蛮女《ばんじょ》ですね」

「さすがオカルトに詳しいね。そう、江戸時代の本に書かれていた出来事だよ。常陸国、つまり茨城県に不思議な舟が漂着したという。その舟は丼を二つ重ね合わせたような形で、ガラス製の窓と、解読できない謎の文字が記されていた」

「確か、その中に奇妙な女性がいたんですよね。不思議な箱を抱えていて、あと舟の中には肉を練ったような食べ物があったとか」

優成は以前にオカルト雑誌で読んだ知識を思い出していた。話によれば、うつろ舟こそUFOか未来の宇宙飛行機で、謎の食べ物は宇宙食、乗っていた女性は宇宙飛行士だという。

「そんな人物が、もう一人いる」

老人が片眉を上げ、優成へ視線を向けた。

「さっき話した金色姫の伝説では、うつろ舟に乗って金色姫は常陸国にやってきたという。どうだい、関係ありそうだろう？」

敷から解説されれば、優成も興奮した様子で何度も頷く。敷の含蓄ある言葉は、これまで読んできたオカルト雑誌の記事より、何倍も新鮮に感じられた。

「僕は、うつろ舟がUFOかどうかまでは断言できない。もしかするとタイムマシンかもしれないし、コールドスリープ装置かもしれない。だけど、いずれにせよ今の技術とは違う、全く未知の力を持った存在かもしれないんだ」

「僕もそう思います」

優成が少年らしく快活に笑えば、敷もまた無邪気に笑った。

ふと巨大テレビの内容が切り替わった。画面には芝生に座る優成たちの姿が大写しになっていた。どうやら上方のカメラから、ぽっかりが丘にいる来場者を捉えているらしい。

「今度、僕も波多野君の住む豊楽村に行くとするよ。もっと調べてみたくなった」

「はい、ぜひ」

二人揃って、どこかのカメラに向かってピースサインを送った。巨大テレビに映るのは、まるで祖父と孫が並んで座る、実に和やかな場面だった。

＊

階段が軋む。

暗闇の中であっても、戒言はそれが次郎五郎の上ってくる音だとわかった。またそれが、普段よりも重さを感じる音だとも。

「戒言、いるか」

次郎五郎が声をかける。

棟梁屋敷の屋根裏だ。カサカサと蠢く虫たちの気配ばかりの中、戒言は梁の前に仰向けになって寝転んでいた。

「どうした、寝ているのか？」

「寝ておらん。ずっと『金色姫』の話を考えていた」

「ほう、良ければ聞かせてくれ。ちょうど気になっていたところだ」

次郎五郎は横たわる戒言の近くに腰を下ろす。屋根の隙間から差し込む星明かりに二人の影が浮かぶ。

「金色姫は四つの試練を受ける。獅子、鷹、船、庭の四つ。これは新しい蚕が四度眠る様を表してる。何度死んでも、必ず息を吹き返す」

「良いな。霊験譚のようでもあるし、もしくは『菊慈童《きくじどう》』のような不老不死の話ともなるだろうな」

ふん、と戒言は呆れたように息を吐き、次郎五郎に背を向けた。

「それで、どうなる？」

「最後は、うつろ舟で海に出る。河勝公のように、遠く離れた土地へ行って、その地の神になる」

「うむ、実に良い。めでたい曲になりそうじゃ。これこそ祝言曲に相応しかろう」

次郎五郎が笑ってみせると、それに反し、戒言は怒りに満ちた様子で身を起こした。

「祝言曲だと？　誰のためのものだ」

「妾たちにとってのものだ」

「空言《そらごと》を申すな。あの朝倉とかいう守護代に献上するつもりだろう」

薄暗闇の中、戒言が次郎五郎に詰め寄った。

「多気の老人どもが噂しておったわ。お主、あの薄汚い男に色々と世話になっておるようだな」

「薄汚い男などと、戒言、そなたは」

「知っておるからな。あの男のために曲を作るとさえ、そう言ったのであろう！」

戒言が手を伸ばし、次郎五郎の襟元を摑む。手の感触だけで、それが仕立ての良い小袖だとわかる。

戒言の前では着ることのないもの。それが余計に彼女の癇に障った。

「お主は！」

声を張り上げ、戒言が次郎五郎を押し倒した。

「やめて」

馬乗りになったところで、下から弱々しい次郎五郎の声が聞こえてきた。あまりのことに戒言の体が強張《こわば》る。

「やめて、戒言。大事にしないといけないから」

次郎五郎の手は、彼女自身の腹に置かれていた。その意味を戒言は考えたくもない。

「大事な子なんだ。必ず産まないといけない」

遠くの空で雲が晴れたか、星明かりが再び屋根裏に差し込む。薄青の光に照らされた次郎五郎の顔は、恍惚と恐怖の色が入り混じっていた。

「誰の子だ」

戒言の問いかけに、次郎五郎は何も答えなかった。

＊

この一ヶ月あまり、優成は満ち足りていた。

敷との出会いを経て、自らの記憶が正しいものと確信できた。それに加えて春休みだ。中学校で嫌いなクラスメイトと顔を合わせることもない。

何にも増して、ヒメコとの語らいも続けられている。万博のおかげで、彼女に話す話のタネも数多く仕入れることができた。

「まぁ、機械がコマを回すのね」

「それだけじゃないよ、日本刀の上を滑らせるのさ。東芝パビリオンは他にもあってね」

今日もまた、優成は饗庭家の蔵を訪れていた。二人で駄菓子を食べ、能の稽古を済ませ、それから他愛ない話に笑い合う。

「あと、面白かったのはポストカプセルかな。専用のポストに手紙を投函すると、二〇〇一年の元日に届くんだ。未来の自分へ手紙を送るんだよ」

「なにそれ、とっても面白そうね」

クスクス、と壁の向こうから優しげな笑い声が聞こえる。この声を聞くほどに、優成はヒメコのことを愛しく思い、この時間が永遠に続けばいいとさえ思う。

「あと──」

だからこそ浮かれ気分になっていた。優成は言うべきでないことを、つい口にしてしまう。

「最近、敷さんって人に僕の夢のことを話したんだ」

「夢って、将来のこと？」

「ううん、前世の話だよ。僕が『金色姫』を作った、古い時代の能楽師だっていう話」

まぁ、と驚きの声があった。おどけた雰囲気だが、その奥に奇妙な響きが滲んでいた。

「もしかして、その人に『金色姫』の話をしたの？」

「ああ、ちょっとだけね。ただ、僕が稽古してるってのは言わなかった。もし見せてくれって言われたら、恥ずかしいし」

ヒメコからの返事はない。優成が不安げに蔵の下部を見れば、小さな穴から白い手が伸び、おいでおいで、と手招きしていた。

「ヒメコさん？」

また頭を撫でてくれるのかと、優成は淡い期待を抱いて身をかがめる。猫のようにヒメコの手に鼻先を近づけ、どこか粉っぽく、甘い香りを肺に溜める。

その瞬間、優成の襟元が力強く掴まれた。

「うぐっ」

ヒメコの白い手は筋張り、優成の首を強く締め上げる。そのまま小さな穴へ引きずり込まんと、なおも力がかけられていく。

「ヒメコさん！」

壁に頭部を押し当てられながら優成が叫ぶ。パラパラと古い漆喰の破片が剝がれ落ちていく。

「優ちゃん、ダメだよ。絶対にダメ。他の人に『金色姫』を教えたりしたら、絶対にいけないんだからね」

「待って、なんで」

「言うことを聞いて！」

優成は自身の襟を摑む手を見た。白く滑らかに見えていた手は、今は骨と皮ばかりの、まるでミイラじみた灰褐色のものに変わっていた。それが幻覚であることを願い、優成は瞼を強く閉じた。

「わ、わかった。わかりました！」

そう答えると、スッと首を締め付けていたものが離れた。次に優成が目を開けた時、ちょうど白い手が小さな穴の奥へと消えていくのが見えた。まるで白蛇が逃げる様のようだった。

「あの曲は、妾とお主だけの秘曲だからな」

穴の向こうからヒメコの声があった。しかし、その声が本当に彼女のものかどうか、優成には判断できなかった。

4

あの日から一週間ほど、優成はヒメコに会いに行くことはなかった。

ちょうど新学期が始まり、高校受験に向けての準備が忙しくなったから。優成はそうした言い訳を与えた。心のどこかでヒメコを恐ろしく感じ、近づきがたい思いもあったが、そうした感情は必死に押し殺していた。

今でも、彼女の白い手で摑まれた感触が残っている。

「ヒメコさん」

しかし、会わない時間が増えるほど、ヒメコに対する思いが強くなる。あの日の出来事は単なる幻覚か、大袈裟《おおげさ》な冗談だったのだと考えるようになった。

だから、優成は饗庭家の蔵まで来た。

「ヒメコさん、いる？」

いつもの夕暮れ、普段通りに駄菓子を携えて、優成は何ら変わっていないように振る舞う。

「この間はごめんなさい。ねぇ、ヒメコさん、返事をしてよ」

優成が蔵に向かって呼びかけると、その内側からガタガタと何かをどかす音がした。ヒメコが起き出したのだろうと思い、扉をノックするように漆喰壁を何度か叩いた。

「おや、誰かいるのかい？」

だが、返ってきた声はヒメコのものではなく、しゃがれた男性のものだった。

「その声、もしかして波多野君か？」

予想外の言葉に優成が驚き、体が硬直する。

ヒメコではない誰かが蔵の中にいる。咄嗟に逃げても良かったが、その相手が優成にとっても知らぬ相手ではなかったから、あえてその場に留まった。

「驚いたな」

やがて蔵の壁を巡るようにして、一人の老人が裏庭の方へと歩いてきた。

「敷さん、なんで」

優成が問えば、敷広道が白い眉を動かした。

「前に話した通り、豊楽村へ調査しにきたんだ。それで饗庭さんの親族に許可を頂いて蔵に入ってたんだよ。なんといっても、この村で一番古いのが、この饗庭さんのお宅だからね」

「そう、ですか」

「君の方こそ……、というのは失礼か。何も言ってなかった僕が悪いね。泥棒かと思って確かめに来たのかな」

そんなところです、と優成は笑って誤魔化す。いつか使うつもりだった言い訳が、ここに来て意味を持ってしまった。

「ところで、敷さん」

優成が蔵を見上げる。視線は漆喰壁でなく、その向こうにいるべき誰かに向けられている。

「蔵の中に、誰かいませんでしたか？」

「変なことを聞くね。朝から調べてたけど、僕以外は誰も入ってきていないよ」

「ですよね」

優成は再び笑って誤魔化す。

カラスが鳴き、赤黒い空に影を残して飛んでいく。

長卓に古い和綴じの本が並べられている。

＊

二人は今、饗庭家の座敷で蔵から出てきた古文書の類を整理している。頼まれた訳ではないが、優成が好奇心から敷の手伝いを申し出たものだ。

「家のものは自由に使っていいと言われたけどね、君の方が詳しいと思うから、いてくれて助かるよ」

「いえ、僕だって饗庭さんの家に入るのは子供の時以来ですよ」

そう語りつつ、優成は電灯に照らされた座敷を見回す。

欄間《らんま》にかかった賞状の額や、床の間の壺《つぼ》、飾り棚にある雑多な郷土玩具にも見覚えがある。それでもカレンダーは五年前のもので、あらゆる場所に埃が積もっているからには、やはり誰も住んでいなかったのだろう。

敷が古文書を調べる間、優成は一人で屋敷の内部を確かめた。電気と水道は今も使えたが、プロパンガスは交換してないらしく、コンロの火はつかなかった。隠れて誰かが暮らすことはできるだろうが、冬場は相当に厳しかっただろう。

ヒメコという人間がどうやって生きてきたのか、当然の疑問が今更になって湧いてきた。ずっと思考の隅に追いやってきたものが、ここに来て、足元を這う霧のように迫ってくる。

「波多野君」

敷の呼びかけに、ぼやけていた優成の思考が切り替わる。

「どうか、しましたか？」

「いや、ちょっと面白い発見があってね。饗庭家の昔の日記を読んでたんだが」

そう言って、敷は古文書の一つを指し示す。

「前に波多野君が言っていた『金色姫』だけど、この辺にそれらしき記述がある。ここだと両家能と呼ばれていて、饗庭家と波多野家、二つの家だけに伝わる能の秘曲があるようなんだ」

「波多野家、ってウチですか？」

「そうだろうね。君の家は饗庭さんのところと関係があったようだが、どうやら何百年も前からの付き合いらしいよ」

優成が何かを言おうとし、思わず喉を鳴らす。

古くから饗庭家と親しかったのは優成も知っていたが、それほどの長さだとは思っていなかった。また『金色姫』が確かに伝わっていたことも知れた。

だが、と。

「僕は、何も知らないので」

あの日、ヒメコから強く口止めされたことを思い出し、それ以上は何も言わずに優成は黙った。

「そうなのかい。でも中々に興味深い。饗庭家と波多野家は、能の秘曲を一子相伝ならぬ、二家相伝で教え合っていたそうだ。どちらかがシテ方を演じる時は、もう一方がワキ方を演じるらしい」

「なるほど」

優成が曖昧な返事をしたところで、敷が嬉しそうに笑った。

「これも面白い！　二つの家以外の者が秘曲を演じると、呪われてしまうとまで書かれている」

呪い、と優成が呟く。

「いやいや、心配しないで。こういうのは秘曲を外に漏らさないよう、あえて強い言葉で書かれているだけさ。それに君は波多野家の子なんだから、例の『金色姫』を習っていても問題ないだろう」

優成の不安などよそに、敷は自らの興味を満たすべく古い書物を紐解いていく。優成では意味もわからない、くずし字の文書をスラスラと読み、そこに記された過去を老人は次々と取り込んでいく。

「おお、この辺も面白いことが書かれているよ。代々の両家で、子供が生まれる時期が離れるなどした際は、特別な役割の人物が秘曲の伝承を担っていたみたいだ。古い日記に何度も同じ名前が出てくるから、きっとコレがそうなんだろう」

ひめこ、と聞き馴染みのある言葉が敷の口から漏れた。

「えっ」

「ほら、ここにも書いてある。ヒメコ、漢字だと秘された子で秘め子だ。日記だと、ヒメコが当主に秘曲を伝えたとある」

「待ってください、敷さん、ヒメコって何ですか？」

優成が長卓に身を乗り出す。敷は驚いたように身を引きながらも、落ち着いて古文書の一部を指で叩く。

「いや、僕も詳細はわからない。だが、ここに書いてある。これは文政年間のものだが、別の日記にも書いてあったよ。そっちは新しくて、大正の末頃から饗庭家にヒメコがいたらしい」

優成が目を細める。立《た》ち眩《くら》みの前兆にも似た、世界が遠ざかっていく感覚がある。

「きっと伝承が途絶えないように、他の家から迎えた養子を秘め子と表現したのかもね。呪われないよう、名前を書かなかったとか、そういう呪術的な考え方だ」

無言のまま額を押さえる優成に気づかず、敷はパラパラと書物をめくっていく。

「それにしても不思議だ。何百年か、何十年かに一度、この饗庭家にヒメコが現れるみたいだが、まるで不老不死の人間がいるみたいだ。言い方は悪いけど、憑き物や、妖怪を表現するのに似ている」

「それは……」

いよいよ耐えきれなくなった優成が立ち上がる。浅く息を吐き、ふらつく足を突っ張り、揺れる体を何とか支えた。

「波多野君、調子が悪かったのか。すまない、何も知らずに無理を言って手伝わせてしまった」

「いえ、僕は大丈夫です」

「今日はここまでにしよう。遅くまで付き合わせてしまって、本当に申し訳ない」

長卓の古文書類はそのままに、敷も立ち上がって優成の方へ近寄る。親切心から体を支えようとしてくるが、彼自身も足を悪くしているから、二人で壁に手をついて移動する。

「屋敷で休んでいくかい？　饗庭さんから寝泊まりに使っていいと言われている。僕も今日はここに泊まっていくが」

「いいえ、大丈夫です、僕は、本当に。大丈夫です」

屋敷を出る間際まで、優成はうわ言のように同じ言葉を繰り返していた。

＊

戒言は『金色姫』を完成させた。

しかし、もとより外に出すつもりのない秘曲だった。ゆえに二人の子と言い合った次郎五郎と戒言だったが、今となっては、それも虚《むな》しい約束となってしまった。

次郎五郎は身重《みおも》の忙しさを理由に、あれから戒言と話すことができずにいる。かたや戒言も彼女に寄り添うことなく、病と称して棟梁屋敷の屋根裏から外に出ることはなくなった。一方、二人の思惑など関係なく、宮増の座に属す者たちは申楽の技を求められ、方々の舞台へ招かれることが増えた。当代の宮増大夫も忙《せわ》しなく日々を送り、次郎五郎と戒言のことなど気にかけなかった。

まさしく宮増にとって繁栄の日々だった。

これも守護代である朝倉教景——今は孝景《たかかげ》と名乗る——が後ろ盾となり、管領斯波家や将軍家に近づけたことが大きい。観世家とも親しくし、小鼓方やワキ方となり、御所での演能さえ叶った。

「朝倉殿に感謝しなくてはな」

いつか、戒言の祖父である宮増大夫が語ったことだ。その場で宴席を囲む誰もが、自家の興隆を疑わず、芸の頂点に辿り着くことすら夢に見ていた。

だが栄華の花は枯れる。

平家の末路など、幾度も舞台で触れてきたはずだ。だが、自分たちに同じものが訪れるなど、まるで考えなかったのだろう。

「久方ぶりに京へ出仕したゆえ、こちらにも顔を出したが」

棟梁屋敷の広間に直垂姿の武士が座っている。

越前守護代、朝倉孝景の到着に宮増の者たちは戦慄し、同席しながらも距離を取って彼を囲んでいる。もっとも屋敷の外には孝景の手勢がいるから、囲まれているのは宮増の者たちの方だ。

「どうだ、次郎五郎。腹の子は無事に育っておるか？」

チラ、と孝景が後方に座す次郎五郎に視線をやった。彼女の脇にいた者たちが、目に見えぬ毒を避けるように身を反らした。

「朝倉様のご庇護あってこそ、こうして息災にやっております」

次郎五郎が大きくなった腹を撫でれば、孝景が歯を見せて笑った。

「それは何より。さて時に、今出川殿《いまでがわ》という方がいる。室町殿の弟御だが、これまで僧籍におられた。それが此度、還俗されて、次の将軍位を継ぐお立場となられてな。この意味がわかるか？」

孝景は獰悪《どうあく》な本性を隠しもせず、威嚇するように宮増の芸人たちを見回した。

「今までお世継ぎの話で揉めていたのだが、ひとまずの落とし所となった。となると、今度は外に作った子が邪魔になる。御台《みだい》様が承知せん子など、なおのことだ」

「なにを」

次郎五郎が、か細い声で先を尋ねた。

「戦乱に備えて城に逃げ道を掘ることがあるが、それが平時となれば、今度は悪用されぬよう埋めねばならん」

持って回った孝景の言葉に、この場の誰もが首を傾《かし》げている。ただ一人、顔を青ざめさせる次郎五郎を除いて。

「どうだ、次郎五郎。頷いてくれるか？」

孝景が労るような言葉を吐く。この時に至り、幾人かが次郎五郎の子が何者であるかを悟った。また同時に、宮増の栄華がどうしてもたらされていたか、その理由にも気づいた。

しばらく無言の間が続いたが、やがて次郎五郎が肩を震わせながら口を開く。

「妾の子は、どうなります？」

「こちらも鬼ではないからな、この場で腹を割くような真似はせぬ。流すための毒も用意してやっても良いが、あまり強い毒では汝《なんじ》の体にも害があろう」

飽くまでも優しげに、引っ越し先を提案するような調子で孝景が語りかける。

「いやです」

「うむ、薬はいやか。なら産んでもらって構わんが、ただ、それを生かしてはならん。自らの手で赤子をくびるのに気が引けるなら、文でも寄越すが良い。わしが人をやって――」

この時、一つの眼があった。

板張りの天井。その節穴から、爛々《らんらん》と光る眼が覗いている。屋根裏に潜む者が、問答する次郎五郎と孝景の姿を見据えていた。

「こちらで殺してやるから」

その言葉の後、上方から獣の唸り声のようなものが聞こえた。突き立てた爪が天井板を割り剝がし、屋根裏にいた者が落下してくる。

「許せるものか！」

黒髪を振り乱し、女が孝景に飛びかかる。

今まで屋根裏から様子を窺っていた戒言が、憎しみを込めて手を伸ばす。彼女は伸びたままの爪を孝景の首に食い込ませ、八重歯でもって鼻先でも食い千切《ちぎ》らんと大口を開ける。

「次郎五郎の体を勝手に使い！　勝手に殺すのか！」

「なんと、宮増は山猿でも飼《こ》うておるか！」

戒言に摑まれながらも、孝景は慌てることなく、その手で彼女を打ち据えた。拳を浴びた戒言は体勢を崩し、悲鳴を上げて後方へと転がっていく。

ようやく事態を把握した宮増の者たちが、鼻血を流す戒言に駆け寄って体を支える。一方、より先を見通した宮増大夫と次郎五郎の二人が土間の方へと進み出て、孝景に向かって平伏した。

「ご無礼をお許しくださいませ。あの者は長く病に伏せっており、ものの道理も弁《わきま》えられぬほどで」

「この通りにございます。どうか」

大夫が懇願し、次郎五郎が泣きながら頭を土につけている。その様を見た孝景は襟を直しつつ、カカ、と短く笑った。

「なに、山猿に引っかかれただけのこと。人であれば責を取らせるが、獣なら気に障ることもない」

孝景は首にできた浅い傷を撫でながら、戒言の方へ視線をやった。

山猿とまで呼ばれた戒言は、周囲の者たちに押さえつけられながら、なおも激しく足を振り、裾を乱して暴れている。目を血走らせ、血と涙に顔を汚して孝景を睨みつける。

しかし、何ら響くものもないのか、孝景は戒言から視線を外し、立ち上がりつつ溜め息を吐いた。

「では、話は通したぞ。次郎五郎、あとは汝に任せるが、もし産んだ子を生かしでもすれば、わかっておるな」

次郎五郎は何も言えず、再び頭を地面へ擦りつける。孝景は満足そうに笑い、背を向けて屋敷の外へ向かって歩いていく。

かくして騒動は終わり、あとには、すすり泣きの声だけが残った。

＊

波多野君、という声が聞こえた。

優成が目を覚ますと、眼前に敷の姿があった。暗闇の中、彼が持つ懐中電灯によって辺りが照らされている。

「敷さん、なんで」

「それはこっちのセリフだよ、波多野君」

敷が優成の肩を揺すり、なおも覚醒を促してくる。そこで不意に吹いた風に肌寒さを覚え、優成はようやく自分が屋外にいることに気づいた。

「僕は、何で、ここは……」

優成が左右を見回せば、ここが饗庭家の裏庭だとわかった。いつもヒメコと話している時と同じ状況だ。蔵の壁に背を預け、地べたに座り込んでいる。

まさかと思い、優成は壁の下にある穴に視線を落とす。しかし、そこに白い手があるはずもなく。

「本当に驚いたよ。僕は屋敷の方で寝ていたんだが、どうにも人の話し声がするものだから、こうして起き出してきてみれば」

心配そうに敷が声をかけてくる。だが、その視線はどこか不安げだった。

「僕は、家に帰って、それですぐに寝て……」

優成は何度も頭を振り、どうして自分が蔵の前にいるのかを思い出そうとする。しかし記憶には霞《かすみ》がかかり、何も思い出せない。

「波多野君」

敷が呼びかける。厳しさを含んだ声音に優成が身を固くする。

「驚かないで聞いて欲しいんだが、僕がここに来た時、君は何かと話していた」

ヒメコさん、と思わず口から出そうになる言葉を優成が飲み込む。

「離れていたから、僕も話の全てを聞いたわけじゃない。でも、君に語りかけていた何かは宮増の話をしていたよ。君が夢で見たという、君の前世についての話だった」

「どういう、意味ですか？」

「これは僕の想像だが、君は夢を見ていたんじゃない。この場所に取り憑いた何かに話を吹き込まれ、それを自分の経験だと思い込まされていたんじゃないか」

諭すような敷の言葉に、優成は短く息を吸った。

「あの時の君は、まるで牡丹燈籠《ぼたんどうろう》の怪談か、平家の怨霊と話す耳《みみ》なし芳一《ほういち》のようだったよ。この場にいないはずの何かと、とても親しげに話をしていた」

「僕は」

そう呟いたが、先に続くものはない。

気が遠くなる感覚があった。優成を囲む世界が、突如として冷たく硬質のものに見えてくる。

「あれは、僕の前世です」

薄いガラス板が割れていくような、儚げな声で優成が訴えた。

5

コトン、と烏龍茶《ウーロンちゃ》の缶入り飲料が置かれた。

「火が使えないからね。僕が持ち込んだものしかないけど」

今再び、饗庭家の座敷に敷と優成がいた。

茫然《ぼうぜん》自失としていた少年を心配し、敷が何とか落ち着かせようと家に上げたものだった。長卓には未だに古文書の山があり、それとは別に敷が持ち込んだノートが広げられている。おそらくは就寝前まで書き物をしていたのだろう。

優成は渡された缶のプルタブを剝がしつつ、柱に掛けられた古い時計を見た。針が正確であることを信じれば、今は深夜十二時で、先に帰宅してから五時間ほど経っている。

「本当に、心配したんだ」

何も答えない優成に対し、敷が大きく息を吐く。

「君は気づいてなかっただろう。遠くから見ても異様で、心ここにあらずといった具合だった。人間がそんな様になるのを見るのは、これで三度目だ。二度目は戦争で南方に行った時で、最初は――」

敷は過去を懐かしむように、どこか遠い目をした。

「そうだね、僕の昔の友人が、ちょうど今の君みたいになっていたよ。恋するようにも見えたが、やはり違うよ。まるで何かに取り憑かれているみたいで、いつも不安そうだった」

そういえば、と敷が続ける。いやな記憶を思い出したくないのか、あえて声を明るくしているようだった。

「その友人が、能楽の研究者の書生をしていたんだ。だから僕なんか、彼から何度も能の講義をされてね。それが巡り巡って、今じゃ僕が能の研究をしている。彼の跡を継ぐみたいにね」

「宮増は」

能の話となったところで、初めて優成が自分の意志で口を開いた。震える両手で烏龍茶の缶を握り、何とか意識を繋《つな》ぎ止めているようでもあった。

「宮増の、次郎五郎って人はいたんですか？　僕が夢で、いや、違うのか、あの人が……」

未だに混乱している優成に、敷は小さく頷いた。

「その人物は、歴史上に存在しているよ。宮増の名前は能楽の歴史で何度か出てくるけど、宮増次郎五郎は十五世紀の半ばに活躍していた。ちょうど応仁の乱が始まる直前くらいの人だ」

「どんな、人なんですか？」

「それほど記述は多くない。小鼓方として舞台に立っていたらしい。蜷川親元《にながわちかもと》という人物の日記によれば、仙洞御所《せんとうごしょ》で能を披露した帰り道で横死、つまり原因不明の死を遂げたとだけ書かれてる」

そうですか、と優成が冷たく吐き捨てる。

しかし、声の調子とは裏腹に優成は「ふふ」と短く笑った。視線を手元の缶に落とし、薄暗い表情を浮かべ、それでも何かに安堵したような笑い声があった。

「よかった、作り話じゃないんだ。なら、大丈夫です」

「波多野君？」

「僕の前世じゃなくても、それが、あの人の記憶だったのなら、僕は大丈夫です。僕にだけ教えてくれたなら」

優成の感情を敷は理解できない。

しかし、優成の中では整然とした理由がある。確かに、前世の記憶という特別な存在は失われた。敷が目撃したように、今までの夢も、全てはヒメコが語って聞かせてきたものだったのだろう。

それでも、ヒメコが秘密を話す相手は優成でなければいけなかったはずだ。あの話を伝えることが『金色姫』を伝承させるのに必要だったのかもしれない。

「まだ」

自分はヒメコに見捨てられたわけではない。むしろ、これからも必要とされるに違いない。

その実感だけが、今の優成を支えていた。

＊

屋敷に夜気が入り込む。

宮増の者たちは自らに累が及ばぬよう、早々に棟梁屋敷を出払い、付き合いのある他流の者たちを頼っていった。残った宮増大夫も神仏に祈らんと寺社を巡り、後には戒言と次郎五郎だけが残された。

大穴の空いた屋根裏に戒言が立つ。

「お主らは同じだ」

いずこかより、すすり泣きの声が聞こえる。それは次郎五郎のものか、それとも部屋で蠢く蚕たちのものか。

「お主らは、より大きなものに飼われておる。その者らのためだけに、糸を取られ、眠りの中で死んでいくのだな。ただ服を飾るためだけだというのに」

戒言は自らの服に爪を立てた。麻布を合わせただけの質素な服は、幼き頃に着ていたものを仕立て直したものだ。

「しかし、お主らは飼われなければ生きてもいけぬ、なんとも弱いものだ。まるで吾らと同じだな。力ある者に従い、好きに食わせてもらい、その代わりに死ねと言われれば死ぬしかない」

星明かりが屋根裏に差し込む。

白い手が伸び、戒言が蔟の一つにできた繭に触れる。丸々と膨れた様は、自然と次郎五郎の姿を思い出させた。だから、決して壊さぬよう、優しく、慈しむように撫でる。

「今日は別れを告げに来た」

ほんの少しでも力を込めれば、この繭は崩れ、中に詰まったものも無惨に散らばるだろう。それほどに蚕は弱く、儚い。

「お主らは死ね。最後の最後で、人に役立つことなく、ただ死ね。繭を破り、飛べぬ翅《はね》を震わせて、無様に落ちろ」

だが戒言は暗い欲求を退け、小さな繭から手を離した。

「やがて吾らも、同じようになる」

戒言は背を向け、屋根裏から下りていく。

そのまま戒言は棟梁屋敷を巡り、あらかじめ用意しておいた旅装に着替え、誰に見つかる間もなく旅支度を済ませた。

「次郎五郎」

そして、屋敷の裏手で泣く次郎五郎を見つけた。

「戒言、そなたは」

「逃げよう。もはや宮増などどうでもよい。お主と吾だけで伊勢へと逃げ、そのまま船で東国へ出よう。古の河勝公のように、うつろ舟で流れ流れて行くのだ」

八重歯を見せて笑う戒言に、次郎五郎はかつての出会いを思い起こしていた。泣くことしかできなかった彼女が、今の一瞬だけ、小さく微笑む。

戒言の白い手を、次郎五郎が摑んだ。

＊

敷が豊楽村を去ることになった。

ほんの二日だけの滞在だったが、その最中に優成の一件もあり、帰りは慌ただしいものになった。

「波多野君、何かあったら必ず連絡するんだよ」

そう言い残し、老人は優成に見送られてバスに乗った。

敷は最後まで少年のことを心配していたが、この場でどうにかする手立てもなかったのだろう。後ろ髪を引かれる思いのまま、村から出ることになった。

「さようなら、敷さん」

走り去るバスに向けて、優成が手を振っていた。

もしかすると、敷は準備を整え、すぐにでも戻ってくるつもりだったのかもしれない。だが結局、彼が優成と再会することはなく、また再び村を訪れることもなかった。

「ようやく帰ってくれた。これで会いに行けるかな」

優成は手を下ろし、薄く笑みを浮かべたまま振り返る。近くの駄菓子屋では、今日も子供たちが騒がしくしている。

夕暮れが近づいてきた。

遥かに見える筑波山の黒い影。空は茜色に染まり、立ち並ぶ民家に細かな陰影をつけていく。狭い路地は薄暗闇に覆われ、そこに消える者の姿を隠す。

「待ってて、ヒメコさん」

少年が一人、影を引きずって歩き始めた。

＊

灰色の空の下、浜辺に白波が打ち寄せる。

戒言は薪《まき》になるような木片をかき集め、荒れ果てた小屋へと戻ってきた。十二月の寒風は隙間風となって吹き込み、必死に焚《た》いた火を揺らし、横たわる次郎五郎の体を冷やしている。

次郎五郎が腹を抱え、苦しげに呻く。

「ああ、次郎五郎」

二人で大和の宮増を飛び出し、いよいよ伊勢まで辿り着いた矢先のことだった。ついに次郎五郎が産気づき、どうにか人気のない小屋を探して潜り込んだところだ。人を呼べれば良かったが、それで追手《おって》に勘付かれるのを二人とも恐れた。

「ああ！」

これで死なんとばかり、次郎五郎は声を張り上げ、筵《むしろ》の上で身をよじっている。戒言は瓶《かめ》に溜められていた真水を使い、小屋に放置されていた釜で湯を沸かす。とにかく体を冷やしてはならぬと、戒言は湯に浸した布で次郎五郎の顔を拭う。

「戒言、手を」

いよいよ生まれるのか、次郎五郎が戒言の体にもたれかかってくる。二人で壁際の柱を摑み、座産の体勢で時が来るのを待った。次郎五郎の股からは血が溢れ、下に敷いた袿《うちかけ》を赤黒く染めていく。

戒言はただ、彼女の手を握ることしかできない。痛みに耐え、声を押し殺し、次郎五郎が浅く息をする。突き立てられた爪が戒言の手に食い込み、じわじわと血が滲んでいく。戒言は怯えた表情を浮かべ、これまで祈ったこともなかった神仏に頼りすがった。

やがて次郎五郎が大きく息を吐いた時、不意にその力が抜けた。

「次郎五郎！」

「戒言、頼む」

そう請われ、戒言は身をかがめる。見れば、次郎五郎の股から臍《へそ》の緒が垂れ下がり、その先に赤黒い塊が繋がっている。戒言が手で血と粘膜を掻き分ければ、子猿のようなものが現れた。

戒言は帯から懐刀を抜くと、臍の緒を切り、片手で赤子を取り上げる。口と鼻が詰まらぬよう、丁寧に粘液を拭い、その胸に小さなものを抱く。最初は死んでいるかと思ったが、手に僅かな拍動を感じられる。

ふと、戒言は自身が手にする懐刀を見た。この刀で赤子の命を奪えば、一体どうなるだろう。この苦しみを終わらせ、二人で大和まで戻れるだろうか。最初から何もなかったと思い込み、昔のように振る舞えるとしたら。

アア、と。

戒言の胸の中で赤子が泣いた。塵芥《ちりあくた》に溢れた世に生まれ落ちた。その喜びと悲しみを精一杯に泣き叫んでいた。

「次郎五郎！」

余計な考えは捨てた。戒言は赤子を次郎五郎に向かって見せつける。脱力し、今も柱に身を預けている彼女が、それを見て微笑んだ。

「どうじゃ、ついておったか？」

「待て、初めに聞くことがそれか」

戒言は戯《ざ》れ言《ごと》だと思って笑ったが、それが意味するものに気づいて戦慄する。もし普通に産んで、それが男子であれば、何がどうあれ、必ず殺されていたのだ、と。

「良かったな、ついておった」

「そうか。では金色姫ではないな、金太郎じゃ」

今度こそ戯れ言だ。戒言と次郎五郎は顔を寄せ合い、その胸に抱いた赤子を共に撫でた。

二人が笑い、一人が泣いていた。

6

優成は蔵の漆喰壁を撫でた。

今まで自身の夢の出来事だと思っていた話を、今度こそヒメコの声によって語られているのを認識していた。

「それで、次郎五郎と戒言はどうなったの？」

もはや優成はヒメコの正体を問わない。

敷がいた時は姿を見せなかったヒメコは、今こうして、再び優成に語りかけてくれている。壁を隔てて見えない相手だが、それが人間であろうが、幽霊であろうが、優成にとってはどうでも良いことだった。

「ねぇ、ヒメコさん」

優成は視線を下げ、蔵の穴から伸びる手を見た。しかし、白い手は困ったように左右に振られた。

「この話は、これでおしまい」

「そうなの？」

「そう、戒言と次郎五郎と赤ちゃんの三人は、平和に暮らしましたとさ。めでたし、めでたし」

何かを誤魔化すような響きがある。不自然な物言いだ。そうでなくとも、歴史上の次郎五郎は横死したと敷は言っていたはず。優成はそれに気づいていたが、あえて口にはしなかった。

「それより優ちゃん、今も『金色姫』の稽古はしてる？」

「ちゃんとやってるよ。誰にも見られないように、一人でいる時にね」

そう告げれば、白い手が優成を招いてくる。優成は体を丸め、その手に頭を近づけさせた。

「いい子ね、優ちゃん」

ヒメコから撫でられ、優成は嬉しそうに息を吐く。

「今まで教えたのが『金色姫』の全てだからね。謡と舞い方。シテとワキの二つともできるよね」

「うん、いつでもできる。いつかヒメコさんと僕で、二人だけの舞台に立とうよ」

不意に白い手が離れた。優成が顔を上げれば、その手が穴の中に消えていくのが見えた。

「とてもいい夢。でもね、優ちゃんと会えるのは今日で最後なの」

「え？」

突然の宣告に優成の体が固まる。ぱら、と漆喰壁の一部が剝がれて落ちるのが、やけに遅く見えた。

「待って、どういうこと？　ねぇ、ヒメコさん」

「もともと長くはいられなかったから。優ちゃんは、もうきっと、わかってると思うけど、私は――こっちにいたらいけない人間だから」

いつまでも続くと思っていたものが終わる。

大人になるほどに繰り返し、鈍麻していく感情もあるが、今の優成にとっては受け入れがたいものだった。まるで全身の皮膚がズルリと脱げ落ちるような、形容しがたい痛みと喪失感がある。

「そんなの聞いてない」

「ごめんね、でも仕方ないの。もうすぐ今の私は消えて、うつろ舟に乗って別の人のところに行っちゃうから」

「知らない、そんな」

優成は悔しさを込め、蔵の漆喰壁を叩いた。パラパラと粒子が削れて落ちていく。

「今の私とはもう会えないけど、きっとまた、別の場所で会えるから」

「ヒメコさん！」

「だから、信じて待っててね」

その言葉を最後に、ヒメコの声が聞こえなくなった。それまで壁の向こうから感じられた、彼女の気配がフッと消えた。優成はどうにかできないかと身悶《みもだ》えし、咄嗟に蔵の入口側へと駆け出す。

「ヒメコさん、ヒメコさん！」

優成が蔵の戸に手をかける。分厚い観音扉を開き、次いで内部の引き戸を押しやる。鍵はかかっていない。敷が開けたままにしたのか、もとよりなかったのか。

「行かないで、もっと」

蔵の中は予想外に明るかった。ヒメコが使っていたであろう蠟燭の灯《あか》りが残っていた。また天井近くの格子窓からも、淡く光が差し込んでいる。照らされた塵埃《じんあい》が、海中のプランクトンのように舞う。

「ヒメコさん、どこ」

組み木のように重なる棚と箪笥《たんす》。書物の類と食器が雑に並べられ、下部には長持や甕《かめ》が据えられている。それらを左右に、蔵の奥に一際大きな物体が置かれていた。

優成は最初、その物体を巨大な繭だと思った。

青白い光に照らされた白い楕円形のものだ。バスタブか、もしくは小船をひっくり返したようにも見えるが、近くで確かめれば、それが白木で作られた唐櫃だとわかる。蓋は滑らかな弧をなし、どこか古の石棺に似ていた。

「そこにいるの？」

恐る恐る、優成が唐櫃へ近づく。

その蓋に手をかけ、中を確かめたい欲求に駆られる。しかし、その手を伸ばすより先に、優成は蓋の上に置かれていたものに気づく。

二通の手紙があった。

一つは古い封筒に入れられ、宛名として波多野優成の文字が書かれていた。もう一つはメモのようなもので、短冊状の紙に短くメッセージがしたためられている。

『この手紙を未来へ届けてください。前にあなたが話してくれた、面白いポストに入れて』

ヒメコからの頼み事だ。封筒を万博会場のポストへ入れ、十六年後に送ること。そして優成が大人になった時、改めて読んでもらいたいと、彼女は最後にそう願っていた。

「ヒメコさん、僕は」

優成は自分の無力さを知る。今ここで、託された封筒を開く意気地もなければ、閉ざされた唐櫃の蓋をどかす勇気もない。彼女の言うことに従い、示された方法をなぞって生きていくしかない。

「いつか、会えるよね」

寂しげな笑みを残し、優成は唐櫃に背を向ける。封筒を胸に抱えて、一歩ずつ、地面から足を引き剝がすようにして歩いていく。後は何も言わず、優成はこの場を後にする。

やがて観音扉が閉じられた。

だから、この先の出来事を少年は知らない。

今、白く細い手が唐櫃の影から伸び、のたうつ蛇のような動きで何かを探している。その指先が蠟燭立てに触れると、歓喜するように白い手が広げられた。

蠟燭は倒され、その火が床に積まれた古紙に燃え移った。

＊

赤子を抱え、戒言が浜辺に足跡をつけていく。

振り返れば、いくらか遅れて次郎五郎が歩いてくる。ろくに食べられず、冬空の下、休みすら取れない中での出産だった。彼女の顔は幽鬼のように白く、今にも倒れてしまうのではないかと思われた。

戒言が足を止め、思わず次郎五郎の方へと駆け出そうとする。

「来るな、先へ行け」

次郎五郎は気丈に笑い、近づいてくる戒言を制した。

「でも」

「ここで遅れてどうする。今さえ耐えれば、後は二人で楽に暮らせるだろう」

何か、言い様のない不安の影が戒言の足元に絡みつく。

それを幻だと切り捨て、再び戒言は前を向く。戒言が胸の子を抱き直す。寒くないよう、今まで使っていた笠《かさ》の垂れ絹で幾重にも包《くる》んである。静かに寝る赤子に微笑みかけた。薄暗い空の下、二人の人影が歩く。漣《さざなみ》の音だけが聞こえる。湿った砂に足跡がつけられ、また波にさらわれて消えていく。

やがて半刻も浜辺をさまよい歩いただろうか、ようやく目当てのものを戒言が見つけた。

「見ろ、次郎五郎。小船があったぞ」

浜辺に一艘の船が留められていた。近くの海女《あま》が使っていたものだろうが、この寒さでは漁に出る者もいないようだった。

戒言は船に駆け寄り、次郎五郎を手招いた。

「中もしっかりしている。これを借りて海に出よう」

「ああ、良かった」

戒言は次郎五郎に赤子を預け、先に船へと乗せた。今度は自分の番とばかりに、戒言が船を肩で押す。精一杯に力を込め、小船を波の上へと乗せようとする。

「妾も手伝う」

「いや、吾が一人でやる。お主は赤子を見ておれ」

足を突っ張り、砂を踏む。一歩、また一歩と船を押し出し、やがて冷たい海へと足をつける。波に押し返されるのを堪え、戒言が船を前へ前へと押す。いよいよ波が膝まで届き始めたところで、不意に小船が軽く感じられた。もう少しだと、戒言が全身の力を込める。

舳先《へさき》が勝手に動いた。小船は潮目の端に触れ、力をかけずとも流されていく。冷たい海に肩まで浸かりながら、戒言は船上の次郎五郎に微笑みかけた。

「戒言、こっちへ」

伸ばされた手を取り、戒言は傾いた船へと乗り込む。濡れた体を労るように、次郎五郎が髪を撫で、頬に触れてくる。

「良かった、本当に」

そう呟き、次郎五郎が赤子を託してくる。どうして濡れた自分の方へ子を寄越すのか、その疑問を口にしようとした時だ。

「あとは頼むぞ」

次郎五郎が力なく笑った。戒言から離れ、彼女は船より飛び降りる。

ざばん、と水音を立て、次郎五郎は海へと落ちた。

「次郎五郎！」

海はまだ足がつくほどだ。次郎五郎は体を波に揺らしながら、それでも真っ直ぐに立ち、船上の戒言を見た。

「戒言、妾は大和へ戻る。それで子は殺したと言う。やはり宮増を捨てられん」

「待て、ならば吾も！」

戒言が飛び降りようと船縁《ふなべり》に手をかける。しかし、次郎五郎はそれを手で制した。

「赤子を溺れさせるつもりか。そなたがおらねば、その子は死ぬぞ」

「おのれ、謀《はか》ったな！」

絶叫する戒言に対し、次郎五郎は優美な笑みを浮かべる。

もはや船は流れに乗り、どんどんと離れていく。今から手で波を掻いても戻ることはできない。もし赤子を捨て置き、戒言も冷たい海へ飛び込めば、今だけは次郎五郎に寄り添うこともできるだろう。

しかし、それは叶わない。

「戒言、その子に『金色姫』を教えよ。どちらも、妾たちの子だ」

船が波間を行く中、遠く、麗《うら》らかな次郎五郎の声だけが届いた。

戒言は赤子を抱き、揺れる船に身を横たえて唇を噛む。これより長い船旅が始まると思えば、涙の一滴すら無駄にできぬと思えた。

「ああ」

ふと身を起こし、戒言が陸地の方を見た。今や彼女の姿は小粒にも見えない。伊勢の山々が青い影となり、彼方の西方に金色の日が見えた。

「ああ、呪われよ、呪われよ」

船に揺られながら、戒言は都に向けて呪詛を吐く。あまりにも愚かな争いを続ける者たちへ、憎しみを込めて、幾度も怨《うら》みの言葉を重ねる。

戒言と名もなき子。二人を乗せて、船は東へ流れていく。

＊

優成が目を覚ました時、二つのことに気づいた。

まず自分が意味もわからずに泣いていること。夢の中で優成は、何か身を裂くほどに悲しい出来事に見舞われていた実感がある。しかし、その内容も思い出せず、ただ涙となって溢れ出ていた。

次に、カーテンの向こうに夕暮れのような明るさがあったこと。優成は身を起こし、窓際へ近づき、閉ざされたカーテンを引いた。

火の粉が空を舞っていた。

「あっ」

ようやく周囲の音が優成にも聞こえてきた。けたたましいサイレンの音が響き、近所の人々が路地へ出て大声で騒いでいた。消防団のポンプ車が人混みを掻き分け、村の南部に向かって走っていく。村で火事が起きていた。それも小さなものではない。何処かから出火した火は、近隣の家々へと燃え移り、瞬く間に大火災となった。筑波山から続く山の峰、その窪んだ裾野に作られた豊楽村だ。一度でも火事が起これば、渦巻く山風によって煽《あお》られ、まるで竈《かまど》のように火の勢いが強くなる。

優成が息を呑んだ時、部屋に両親が駆け込んできた。

その時、両親が何を言っていたのかを優成は理解できないでいた。ただ、火が近づく前に避難するというようなことを言っていた。何も持たずに逃げろとも言われたが、優成はほんの少しだけ時間をもらい、その一瞬で机に置いていた封筒を手に取った。

ヒメコから託された手紙をパジャマのポケットにねじ込み、優成は両親と共に家を出た。

村の通りに出た時、ようやく優成は事態を飲み込んだ。

すでに多くの人々が避難し、不安そうに赤く染まる空を見上げていた。次は自分の家が焼けてしまうのではないか、そうした不安を互いに共有している。あるいは消防団の者たちは努力してくれているが、その彼らだって、鎮火を諦め、人々の避難を優先させているようだった。隣町から消防車が来るまで、あと何分だろうか。その間に、きっと豊楽村は焼け落ち、何もかも無くなってしまう。

「マサ君、無事みたいだね」

声に振り返れば、駄菓子屋の若女将がいた。それまで優成の母親と話していたようだが、その流れで話しかけてくれたようだった。

「ええ、まぁ」

「これは随分と酷いことになりそうだけど、まぁ、不幸中の幸いかな。どうにも火元は山側みたいだからさ。神社の参道がある、昔からの家がある方だって」

何気ない若女将からの言葉に、優成は目を見開き、燃え盛る村の彼方を振り返った。

「饗庭さんの家があったけど、もう無人だしね。他の家も人が住んでないとこも多かったし。その間に避難もできたから、この感じなら家は燃えても無事って人が多いんじゃないかな」

若女将はそう言って、どこか気だるげに笑う。やけに説明的で、慣れたような話しぶり。どうやら不安がる村の子供たちのため、今のような話を何回も繰り返しているようだった。

「饗庭さんの、家は。あそこは」

しかし、優成の不安は拭いきれない。

饗庭の屋敷が焼けるということは、そこに残った多くの文書も焼けるということだ。そこにヒメコがいたという、確かな過去が消え去ってしまう。

彼女を知る者は、もはや自分一人となる。それが優成にとっては恐ろしかった。ヒメコのことを夢か幻覚の類だったと、いつか忘れてしまうのではないか。

「いや、僕は」

優成はポケットの外側から、そこに詰められた封筒を握りしめる。

「覚えてるから、僕は、この体で」

ああ、と周囲から悲鳴が上がった。

いよいよ火が燃え広がり、村の中ほどまで迫っていた。多くの民家が次々と火に包まれていく。その一つに、優成の家もあったが、今となってはどうでもいい。

壁のポスターも、学習机も、買ってもらったばかりのファミコンも、棚に詰め込まれたオカルト雑誌だって、何もかも燃えて無くなってしまうだろうが、それでも今の優成にとって大事なものは一つだけだ。

優成が手を伸ばす。それが能の所作だと気づく者はいない。誰にも見られないまま、彼は静かに舞っていた。

「またね、ヒメコさん」

少年は、炎に向けて『金色姫』を披露した。

鼠浄土・五

二〇〇一年が訪れた。

波多野優成は前年の九月に三十歳となった。在りし日の少年の面影はなく、暗い目で世間を憎々しげに見ながら、くたびれた体を無理矢理に動かして生きている。

いっそ一九九九年に世界が滅べば良かったのに。

事あるごとに優成はそう口にする。大学受験に失敗し、浪人生となった年も。あるいは就職先が見つからず、今日までフリーターとして過ごしてきた毎日の中でも。

豊楽村の実家はすでにない。火事で家財の一切を失い、母方の親戚を頼って一家で埼玉県に移住した。そうして愛着もないマンションで十年も過ごしたが、三年前に両親が相次いで亡くなった。父親がガンで、母親は事故で。

葬儀が連続したために、優成は仕方なく派遣先の会社を長く休み、そのせいで仕事は解雇された。

無人の自宅に帰ってきた時、今まで忙しさで麻痺していた感情が蘇《よみがえ》り、優成は堪えきれずにその場で嘔吐した。翌日の昼まで玄関で突っ伏したまま寝て、起きてすぐにマンションを解約することを決めた。

優成は今、同じ市内にアパートを借りて一人で暮らしている。

文字通りの天涯孤独。頼れる親戚も、悩みを打ち明ける友人もなく、必死に寂しさから目をそらし、日々を誤魔化している。

「いつかまた、ヒメコさんと会えるから」

少年の頃に抱いた感情が、日増しに強くなっていく。

ヒメコが現れさえすれば、全てから救われるはずだ。彼女は幽霊か、もしかすると宇宙人だったのかもしれない。とにかく人間以上の何かであることは確かで、その力によって、自分は今の苦しみから解放される。

最初はただの妄想に過ぎなかった。しかし、それを日に何度も反芻《はんすう》するうちに確信へと変わり、いつしか信仰となった。

「ヒメコさんからの手紙が来るから」

あの日、ヒメコから託された手紙。それを優成は、万博会場のポストへ投函した。それは十六年の時を経て、優成のもとへ届くはずだ。企画は立ち消えにもなっていないし、直前にも郵政省がアナウンスし、住所変更した者からの申告を受け付けていた。無論、優成も現在の住所を伝えてある。

「ようやく来てくれるから」

優成は今、大晦日《おおみそか》の夜から行っていた警備員のアルバイトを終え、自身が住むアパートへ向かっている。

新年の朝、優成は人々の流れに逆行して歩く。

誰も彼も、新しい時代の到来を喜んでいた。昨日と何も変わらない一日を、次の千年の始まりとして興奮している。その中で一人、優成だけが過去を向き、浮かれた様子の者たちを掻き分けていく。

「もうすぐ！」

優成がアパートの郵便受けを開く。

中には透明な袋があった。ポストカプセル郵便と印字され、袋の中には古い封筒が入っている。握りしめた時についた折れも、汗の染みも、僅かな煤《すす》の汚れも、十六年前と何も変わっていない。

郵便受けの中に手を伸ばした時、優成は不意に、敷広道から初めて手紙が来た日のことを思い出していた。誰かが自分にメッセージを送ってくれるのを心待ちにしていた、あの少年の日の記憶。

「きっと、何かが変わる」

そう信じ、優成は手紙を手に取った。

＊

波多野優成さんへ。

その書き出しも過去を思い起こさせる。達筆な文字は子供には読みづらかっただろうが、今の優成ならば問題なく読める。書き綴《つづ》られた無数の言葉たち。それを一音ずつ、ヒメコの声を思い出しながら読んでいく。

『君は今、この手紙をどこで読んでいますか？』

優成が顔を上げる。曇り空から雪がはらはらと落ちてくる。分厚いコートをまとった優成が、手紙を手に寂しげな公園を歩く。

つくば市にある科学万博記念公園だ。あの日、敷と眺めたジャンボトロンがあった場所でもある。とはいえ当時を偲《しの》ばせるものは何もなく、並木道と芝生の広場だけの空間となっている。

『十六年が経って、君は大人になっているでしょう。もしかしたら幸せな家庭を築いていて、私のことなんて忘れているかもしれません。だとしたら、この手紙は必要のないものです。すぐに捨ててしまって構いません』

そんなはずがない、と優成が手紙に答える。

大雪の日に、あえて出歩く者はいない。ただ一人、優成だけが雪の積もった公園を歩き、かつての万博の熱気を思い出していた。

『でも、もし君がこの手紙を最後まで読んでくれるのなら、どれほど嬉しいでしょうか。とはいえ、どこから何を説明すれば良いのか、今の私にはわかりません』

この公園に来る前に、優成は旧豊楽村にも足を運んでいた。

今はつくば市の一部になった村は、変わらない場所もあったが、ある部分では様変わりしていた。何軒かの民家や、若女将の駄菓子屋も、人の気配こそなかったが建物は残っていた。しかし、優成が住んでいた家は火事で焼けたこともあり、跡地には全く別の家が建っていた。

饗庭家の屋敷も同様で、敷地と門の一部こそ残っていたが、その内側は草むらとなっていた。あの蔵は跡形もなく消え、裏庭はただの空き地だった。

ヒメコと過ごした記憶は、優成の中にしか存在しない。

『導入として、過去について書きましょう。私が君に話した人たち、戒言と次郎五郎、そして二人の子供についての話です』

優成は、もう何十回も読み返した手紙に視線を落とす。

『戒言は次郎五郎の子供を抱え、うつろ舟で東に行きました。彼女は流れ着いた土地で心優しい夫婦に助けられ、幸せに暮らしました。これは金色姫の伝説で語られている通りです』

優成は肩に雪を積もらせ、その場に立ち尽くし、ただ何度も手紙を読む。

『戒言を助けてくれた夫婦が、今に残る饗庭家のご先祖様です。そして次郎五郎の子供は成長し、遠祖である秦河勝になぞらえて波多野を名乗るようになりました。つまりそれが、優ちゃんが生まれた波多野家に繋がっていきます』

次第に雪は強まっていく。優成は寒さに体を震わせ、公園のモニュメントに背を向ける。

『戒言は饗庭と波多野に、自分が作った能の秘曲を伝えました。それから五百年もの間、二つの家で一つの曲を守ってきました。それが私の知る全てです』

視界の隅をシャボン玉が飛んでいった。

優成が思わず振り返る。実際、それは単なる幻覚で、十六年前の万博会場で見た光景が今の現実と重なっただけだ。風に乗って舞う雪が見せた、ほんの一瞬のタイムスリップだ。

『ここまで書いておいて何ですが、君は私が何者なのか疑問に思うでしょう。でも、私自身も自分のことを正しく伝えられないのです』

目を閉じ、優成は周囲の音に耳を傾ける。

思い出に浸れば、あの少年の日がまざまざと瞼の裏で再生できる。春の陽気と、遊ぶ子供たちの声、空に飛んでいくカラフルな風船。もしヒメコと一緒に遊びに行けたらと、そう夢想し、様々なパビリオンを巡った。

『私は確かに、戒言という女性の心と記憶を引き継いでいます。だから転生したのだと言えれば格好がつくのですが、もしかすると本当は単なる幽霊で、饗庭家に生まれた女性に取り憑いているだけなのかもしれません』

遠くに彼女の声が聞こえる。

結局、何も変わらない。この地に来れば何かが起きると優成は思っていたが、何ら特別なことなどなく、勝手に膨らんだ期待だけが無惨にしぼんでいく。手紙を読むほどに、近くでヒメコを感じられた。それだけで十分に優成は救われている。高望みなどしてはいけない。

『ただ一つだけ、確かなことがあります』

ふと、雪の降る音に混じって別の音が感じられた。

耳をそばだてていなければ聞こえなかったであろう、小さく、儚げな音だった。優成が目を開ければ、芝生ばかりの公園は一面の雪景色となっていた。

『それは私が、どんな時代であれ、どんな立場であれ、愛しい子供たちを見守ってきたということ。五百年以上の間、私の精神は何度も生まれ変わり、金色姫と、波多野家の人々を守ってきました』

確かに音がする。鼓動か、あるいは耳鳴りのような、不確かで煩わしい音だ。優成は音の出どころを探し、雪の上を歩き、やがて黒茶色のベンチに辿り着く。

『だから、今の私も、あの子の子孫である優ちゃんのことを守りたいと強く思っています』

優成は最初、それを巨大な繭だと思った。

しかし違う。白い布にくるまれた赤ん坊が、冷たいベンチの上に放置されていた。頬を赤くし、弱々しく泣いている。今まで聞こえていたのは、この赤ん坊の声だった。

咄嗟のことに優成の心臓が跳ね上がる。

まず左右を見回し、親が近くにいないかを探った。だが、周囲にそれらしき人影はない。遮蔽物もない雪ばかりの公園で、隠れられるような建物はない。また近くに車道もあるが、そこに停車している車も確認できない。

「なんで」

どのような事態であれ、赤ん坊が大雪の日に放置されて助かる訳がない。あとで何らかの罪に問われるかもしれないが、今すぐ、この赤ん坊を暖かい場所まで連れていく必要がある。

そう覚悟を決め、優成が赤ん坊に手を伸ばす。

小さく弱々しい存在を抱き上げた時、優成の耳元に囁くような声が聞こえた。それはヒメコからの手紙の結びの一文でもあった。

『きっと今の私は消えているでしょう。でも、私は姿を変えて、必ず優ちゃんの前に現れます。時間が経って、それが優ちゃんの子供の代になるかもしれないけれど、私は絶対に君のことを助けます』

優成に抱かれた瞬間、赤ん坊は安心したように泣き止んだ。

『だから、その日を信じて、強く生きてください』

ああ、と優成が呻いた。

この日に至るまでの全ての事柄に、恣意《しい》的な意味が与えられていく。何一つ揃っていないパズルが、たまたま、ほんの一ピース埋まっただけで、運命だと感じてしまった。

「おかえりなさい、ヒメコさん」

白い雪が周囲を覆っていく。誰もいない孤独な場所を、一人、赤ん坊を抱えた男が歩いていく。

＊

赤ん坊は憧《あこ》と名付けられた。

戒言やヒメコの名に合わせ、最後に「コ」がついた名前にしようと優成は考えた。それで五十音を上から読み上げ、一秒後に決まったものだった。

「憧、君が大きくなるまでは僕が守るから」

優成は必死に赤ん坊の面倒を見た。

バイトは辞め、両親の遺産と少ない貯蓄を食いつぶし、部屋に引きこもって生活することにした。和室とキッチンだけの狭い空間だが、他に手立てもない。国民健康保険にも入れないと思い込んでいたから、とにかく病気と怪我《けが》を恐れたのだ。

優成は育児に関する本を買い込み、浪人生だった頃よりも必死に勉強した。必要なものは隣人に頼んで買ってきてもらった。

夜泣きもあるから、さすがにアパートの大家と隣人相手には話さざるを得ず、一週間かけて言い訳を考えた。結果的に、事情があって結婚できない相手の子であると信じてもらえた。今まで静かに暮らしていた分の信頼を、ここで使い切ることにした。

「大家さんがね、離乳食を作ってくれたんだ」

何も考えていないような顔で、憧が差し出したスプーンに口をつける。その様子を見守る優成の顔は、決して父親のものではなく、何かに怯える犯罪者のようだった。

優成も頭のどこかでは理解していた。

憧はヒメコの生まれ変わりなどではなく、大雪の日にあえて捨てられた子供で、自分はそれを拾ってきただけ。すぐにでも警察に届け、しかるべき場所に託すべきだった。

しかし、ヒメコかもしれないという幻想が判断を鈍らせた。

どれほど遅れても良いから、役所か警察に相談すれば良かったはずだ。それが忙しさで一ヶ月が経ち、さらに半年が過ぎると恐怖に身が竦んだ。今となっては赤ん坊を保護した善人ではなく、見知らぬ子を誘拐した悪人だ。それが切り替わる決定的なタイミングを、優成は見逃していた。

「パパって呼んでごらん、パパだよ」

優成は不安に苛まれながらも、何も知らない赤ん坊に微笑みかける。

いっそ誰かに告発され、この子が取り上げられればいいのに、とさえ願った。自分で罪を認めるほどの勇気はない。他人のせいで仕方なく引き離されて、ようやく優成も諦めがつく。

しかし、周囲の者たちが二人の親子関係の異様さに気づくことはなく、何年もの月日が流れた。

「パパ、ランドセル！」

狭いアパートの一室で、憧がランドセルを背負ってはしゃいでいた。来週から彼女は地区内の小学校へ通うことになっている。

「うん、憧も小学生になるよ」

「楽しみなんだ！」

無邪気に笑う憧を見て、優成も今ばかりは小さく安心できた。

出生届もなく、これまで憧は無戸籍で過ごしてきた。保育園はともかく、義務教育である小学校には行かせる必要がある。悩んだ末、優成が役所に相談したところ、話は教育委員会に行き、戸籍とは関係なく居住実態だけで就学できるとわかった。また国民健康保険も同様の条件で入れると知った。優成としては、自分の罪が明らかになるのと引き換えに、憧にまともな人生を歩ませるつもりだった。

しかし世間の目というのは、優成の予想以上に冷淡らしく、わざわざ彼らの人生に介入してくるようなことはなかった。もしくは正常性バイアスだろう。表面上は仲睦まじく暮らす父娘が、まさか他人の赤ん坊を勝手に拾って育てたものだとは考えもしなかったのだ。

また一方、憧が成長するにつれ、優成の人生も変わっていった。

「パパは仕事に行ってくるよ。学童が終わったら、大家さんのところで待たせてもらいなさい」

あれほど荒《すさ》んだ生活を送っていた優成だが、憧が小学校に通い始めた頃に保険会社の正社員として採用された。同世代が就職に苦労する中、運良く、安定した居場所を作ることができた。

稼ぎが多いとは言えないが、贅沢《ぜいたく》をせず、優成自身が様々なものを我慢すればいい。それだけで憧には、一般家庭の子供と同じくらいの生活をさせられる。

洋服も、ゲームも、新品の学習机も、アイドルのCDも、MDプレイヤーも、彼女が欲しいとねだったものの大半は買い与えた。自宅は狭いままで子供部屋は与えられなかったが、かつて優成が両親から贈られたものを一つずつ、憧にも贈っていった。

それらに加えて一つ、彼女に贈るべきものがあった。

「お勉強をしよう。パパから教えるものがある」

憧が十歳の誕生日を迎えた日のこと。二人きりのパーティーの最後で、優成はそう切り出した。

「これはパパが子供の頃、ヒメコさんに教わったんだ」

自身の生活が上向きになった頃から、優成は憧がヒメコの生まれ変わりだったのだと改めて意識していた。それまで忘れていたが、あの手紙に記されていた通り、憧と出会った日から優成の人生は変わったからだ。

彼女に守られていると、優成は強く信じていた。

憧は気づいていないが、彼女の魂の奥底にはヒメコがいて、それが目に見えぬ加護を与えてくれている。普通の子供に見えるのは、ヒメコの魂が目覚めていないから。

だから、あの曲を伝えることができれば、きっとヒメコの精神が目覚めてくれる。優成は自らの妄想を現実に持ち込んでいた。

「能に『金色姫』という曲があるんだ」

「こんじきひめ?」

バースデーケーキを頬張りながら、憧はその言葉を繰り返した。

＊

気持ち悪い。

そう吐き捨てて、憧は家を出ていった。十六歳となった彼女に、どうして高校へ行けないのかを伝える運びとなり、優成は何の覚悟もなく全てを打ち明けた。

「そうか」

十六年ぶりに一人きりになった部屋で、優成は何かを諦めたように呟いた。

「君は、ヒメコさんじゃなかった」

十歳の誕生日から少しずつ、優成は憧に『金色姫』を伝え始めた。その過程でヒメコの魂が現れてくれるのを信じて待っていた。しかし、いくら謡や舞が上手くなっても、憧の精神に変化が現れることはなかった。

次第に全てが間違っていたのではないか、という恐怖が優成を支配するようになった。憧に向ける視線が冷たくなり、何かを問われても逃げるように答えをはぐらかした。

憧が中学に上がった頃には、二人の間に埋めがたい溝ができていた。彼女自身が、周囲の〝普通〟と自分を比べるようになっていた。優成が父親に相応しくないと考えたのか、悪しざまに罵ることも増えた。

「君は僕の本当の子供じゃない。拾ってきた子だ」

その一言で、様々なものを終わらせることができたはずだ。

親子喧嘩とも呼べない、一方的な非難を憧から何度も向けられる。そのたびに優成は、ここで真実を告げ、歪《ゆが》んだ親子関係を解消してしまおうと考えた。

それでも、最後の一線として言葉を飲み込んできた。

「なんで私だけ、こんな不幸な目に遭うの？」

何度目かの言い争いで、憧がそんな一言を放った。

今までは子供じみた癇癪《かんしゃく》だと割り切っていた優成だったが、不意に憧が哀れに思えた。ヒメコならば、そんな情けないことを言うはずがない。だから、やはり憧はヒメコではない。

ならば彼女を解放してあげよう。

「君は――」

そうして優成は全てを憧に告げた。

覚悟ではなく、あらゆる責任から逃れ、諦め、不安から目をそらしたいという思いでの告白だ。

「気持ち悪い」

それが、優成の人生に突きつけられた答えだった。

＊

洗面所の鏡を前に、優成は老いた自分の顔を撫でた。

「僕の人生は、なんだったんだ」

憧を拾ってから二十年。ヒメコと出会ってからは三十六年。もう人生の折り返し地点は過ぎ去り、今から何かが変わるとも思えなかった。

「君が元気にやっているなら、別にいい」

近くに置いたスマートフォンに通知が入る。ＳＮＳ上でフォロー中の相手が新しいダンス動画を投稿したらしい。ごく狭い界隈で人気の「キャイコ」という人物だった。

「君はヒメコさんじゃなかった、けど」

数年前に家を出ていった憧は、それから東京で暮らすようになっていたらしい。友人や恋人の家に転がり込み、自堕落な生活を続けていたようだ。二回ほど警察に補導され、その連絡が来て、ようやく行方を知ることができた。警察を誤魔化すためなのか、一時的に家に戻ることもあったが、一週間も居着くことはなく、十九歳になってからは一度も会っていない。

「それでも君には『金色姫』があるから」

優成がスマートフォンでダンス動画を視聴する。

画面の向こう、新宿歌舞伎町のトー横で踊っている「キャイコ」こそ、他ならぬ憧だった。

ふと優成は胸に手をやる。心臓を悪くしているのではない。ガンが見つかったのは大腸の方だ。

「今さら、何かを言えるわけじゃないけど」

自らの死期を前に、優成は憧に会いに行くことにした。そこで何を話すかもわからないし、赦《ゆる》してもらえるとも思っていない。ただ自身の不安を紛らわせるために、憧と会っておきたかっただけだ。

「僕は、君に会いに行くよ」

優成は夜の新宿駅に降り立つ。

世間に広まる「外出自粛」の標語など無視し、自分本位の弱さから来る衝動に身を任せ、優成は歌舞伎町へ向かって歩き出す。

その足元を、小さなネズミが走っていった。

金色姫

1

日影マコトの中には何も詰まっていない。
四、五歳の頃、家に人体模型のパズルがあった。そこそこ写実的な作りで、幼い子供に与えるには不適切だったかもしれないが、
「どうせパズルで遊ぶなら勉強になった方が良い」

という判断で、父親が自信満々に買ってきたものだった。

実際、幼い頃の日影は分解された人間をグロテスクとも思わず、粛々と臓器のパーツを組み上げ、何度もパズルを完成させた。しかし、日影が気に入っていたのは、人体模型が人間らしい姿を取り戻す瞬間ではなく、全てのパーツが取り除かれ、それが空っぽになる時だった。

改めて思えば、ごく一時期だけ偏執的な好みを持つという、子供ならば多くが経験することだった。

しかし一方で、この時に抱いた感情が、今の日影を形作っていることも間違いない。

とはいえ、このエピソードを語れば、他人から不気味に思われることは理解している。

だから日影は、テレビやラジオで幼少期のことを聞かれた際には「人体模型のパズルが好きだった」という部分までしか明かさない。そのまま話の流れを、教育熱心すぎる父親の話題へスライドさせられるように。

「中身はない方が良い」

あるいは、父親の言葉も幼い日影に強く刻まれていた。

能楽師だった父に付き従い、日影も子方として初めて舞台に立つことになった。演目は『鞍馬《くらま》天狗』で、日影は牛若丸を演じることになっていた。

鏡の間で二人。父親は床几《しょうぎ》に腰掛け、日影はその横に立つ。巨大な鏡を前に、山伏《やまぶし》の装束をまとった父親が精神集中しつつ、まるで独り言のように息子へ語りかけてきた。

「主役だからと、自分の色を出す必要はない。能の役というのは、演じるものではなく、最初から存在するものを自分の中に入れるだけだ。だから、余計な中身はない方が良い」

それ以上は父親も無言となり、また日影も聞き返すことなく、静かに出番を待った。

中身がなくて良い、という考え方が腑《ふ》に落ちた。

以来、日影は能楽師として活躍していく。彼自身の考え方が、能という舞台に合致した。才能があると言われてきたが、それは自身の腕ではなく、どのような難しい役も内に入れられる空虚さを指しての褒め言葉だと思ってきた。

対人関係も問題ない。むしろ順調だった。

何もないから、場面ごとに必要な感情を取り出し、面をつけるように上から覆えば良い。他人が欲している感情を向けるだけで、日影は人格者のように扱われた。

別に自分は善人ではない、と日影は日に何度も確かめる。

悪事を働かなかったのは、単に父親の名誉を傷つけたくなかったから。また周囲の人間たちが日影に「善くあれかし」と願っていたから、それを映し出してきただけだ。

「もし環境が違っていたなら、結構な犯罪者になっていたはずだよ」

いつかのタイミングで、日影はそう友人に語ったこともある。

そうして日影は、自分が空虚であることを意識しながら、いつの間にか四十代を迎えていた。すると、ようやく人間らしい焦りに行き当たった。

つまり、自分の人生は何のためにあったのか、という疑問。

恵まれた者の悩みだというのは日影も自覚している。より辛い境遇にいる人間からすれば、苦労もなく生きてきた人間の甘えた考えだと。そうでなくても、空っぽであるはずの日影が、人間らしい悩みを抱いてはいけない。悲しむことも、苦しむこともあってはいけない。もし人間らしい感情があったなら、今まで空虚な人間として生きてきた自分が嘘になる。

幼い頃に抱いた感情が、今になって呪いとして効果を持ってきた。

「僕は何のために」

朝に目覚めるたび、最初の呼吸で必ずむせる。何か漠然とした、薄暗い煙のようなものが脳を覆っていく。目に見えない無数の悪鬼にしがみつかれ、足取りは日々重くなる。

「僕は」

今日もまた、日影は能楽師として舞台に立つ。

幼い頃、父と並んだ鏡の間に今は一人。鏡に向き合い、自分を消し、役を降ろす。シテ方としての役目。分厚い能装束に身を包み、手にした能面を顔に近づける。

ふと、面の手触りに何かを思い出しそうになる。

「あれは、そうだ」

演目は『殺生石《せっしょうせき》』で、使う面は増女《ぞうおんな》。若い女性を表し、同時に女神と神霊を象徴するもの。

「懐かしい」

女神の面に、日影は大学生の頃を思い起こしていた。

使うなら、きっと増女の面だと推理した、あの秘曲のこと。歴史系のサークルに入り、研究発表のネタにしようとしただけの、ほんの些細な動機で知ったもの。自分の手で、誰も知らない能曲を世に知らしめたかった。それで日影マコトの名前が後世に残れば良いと考えた。単純な名誉欲と承認欲求。

「なんのことはない。あの頃から僕は、空っぽでいたくなかっただけだ」

日影が手慣れた動きで面をつける。

「どこにいる、金色姫――」

ようやく湧いた自身の感情を、日影は再び虚無へと落とした。

＊

その日、日影はワークショップに講師として参加した。

品川区にある能楽堂で、一般向けに開かれた能楽体験だった。これまで何十回と行われており、喜多流の者が持ち回りで講師を任されてきたものだ。日影もその一人として、喜んで役目を引き受けた。

かくして登場した日影に、ワークショップの参加者たちは一様に驚き、盛大な拍手を送ってくる。

メディア露出の多い日影だ。特に今年は大河ドラマ『光圀の記』に出演し、一層の注目を集めているところでもある。また現在もドラマは撮影中で、終盤の能楽監修で現場に入ることも多い。今回の講師は、まさに忙しい日々の合間を縫っての登壇だった。

「だから、能の舞台に音楽は欠かせないんですね」

日影は能舞台の前に立ち、客席に座る数名の男女に向けて解説を加えていく。今回はシテ方とワキ方、狂言方、そして囃子方の担う役目と、それぞれの役籍について話すことになっている。

「皆さんの中には、実際に能を見たこともある人もいれば、まだ見たことないよ、って人もいると思います。ただ、見たことある人ならわかると思いますが、とにかく舞台中の音楽って凄いんです」

自身を見つめる人々の反応を窺いながら、日影は適切な言葉を選んで置いていく。心からの言葉ではなく、人々が聞きたいと思っている言葉を選び、パズルのように配置していくだけの作業だ。

「笛、小鼓と大鼓、それから太鼓のアンサンブルです。これがジャズのセッションみたいに、どんどんと音の厚みを増して舞台を盛り上げていく。それでクライマックスに近づくと、聞いてる側はもう、一種のトランス状態になってなっちゃう」

やけに外来語の多い説明は日影にとっては普段通りで、これも一種のアイデンティティになっている。そう望まれているのを知って、あえて使う場面も多い。

「でもですよ、客席から聞いていてもヤバいくらいの音ですから、これが演者側になるともっと凄い。すぐ真後ろから迫るように聞こえてくるんです。だから音楽でトランス状態にさせるのは、お客さんというよりも演者のためかもしれません」

中身のない言葉をペラペラと並べていく。日影自身が、それを誰よりも自覚しながら。

「なんてことを言うと、演者ばっかりズルいって思いますよね。そうです、演者はズルいのです。こんなに楽しいことはない。だから能の世界は、昔からアマチュアで参加する人が多い文化なんです。古くからある能役者の家系とかは関係なく、ちょっとやってみようから始めて、今や何度も舞台に立っている達人もいます」

まるで大衆を扇動するアジテーターだ。メディアに長く触れてきたせいで、こうした手法を身に着けてしまった。

「さて、というわけで皆さんにも能楽の体験をしてもらいたいと思います。囃子方はないのですが、それでも雰囲気は十分に伝わるはずですよ」

キザったらしい笑みで話を締める。時間はきっちり三十分。

ワークショップの前半はこれで終了。後半からは別の講師が登場し、参加者は実際に能面を手に取り、あるいは能舞台に立って簡単な所作を学ぶことになる。自身の仕事を終えた日影は、参加者からの拍手を受けて退場する。微笑みを絶やさず、日影は最後まで彼らに手を振っていた。

すると、客席から一人の女性が立ち上がった。

まだ二十代の半ばだろう、若い女性だった。彼女は小走りで日影の方へ近づいてくる。舞台下で準備をしていた係員が事態に気づき、慌てた様子で女性を止めに入る。

「あの、質疑応答がなかったので！」

女性の言葉を受け、日影が足を止める。当然の権利だと思い、その女性に向き直り、同時に後ろから近づく係員を制止した。

「失礼。時間きっかりに終わらせるつもりで、余裕を取ってませんでしたね。何か聞きたいことが？」

日影が女性を見る。全体では落ち着いた雰囲気の女性だが、いきなり声をかけてきただけの理由もあるのだろう、その不安げな目に必死さが滲んでいた。

「あの」

そこで女性が言葉に詰まる。後に続くものを日影は想像し、どのような問いかけであれ即座に答えられるよう準備する。たとえば「恋人がいるんですか」というものであっても。

女性が息を整え、真っ直ぐに日影を見る。

「あの『金色姫』って何ですか？」

不意の質問に驚いたが、日影はすぐに「ああ」と肯《がえん》じた。

「もしかして『光圀の記』を見た？　そうだよね、意味不明な部分だったし。あれは――ドラマのために作られたオリジナルだよ。能の現行曲に『金色姫』っていうのはないんだ」

最初から決められていたかのように、日影はスラスラと返答する。事実、雑誌のインタビューか何かで似た質問をされた記憶がある。しかし、答えを聞いた女性は訝しげに眉を寄せた。まるで納得いっていないようで、おずおずと「でも」と口にする。

「私は――『金色姫』を知ってます」

次に言葉を失ったのは、日影の方だった。

2

その女性は波多野憧という名だった。

数日前、ワークショップで話しかけてきた彼女に対し、日影は笑みを絶やさずに「詳細は調べて、後で教えます」とだけ言い渡した。実際は、突如として『『金色姫』を知っている」と言われ、日影は動揺していた。まず自身の聞き間違いを疑い、次にどうして女性が知っているのかを疑問に思った。

楽屋に戻ってすぐ、日影は参加者の名簿を確認し、女性の名前と連絡先を把握した。一も二もなく、登録されていたメールアドレスに宛てて、日影は「詳しく話を聞かせて欲しい」という旨のメールを送った。

翌日、波多野から返信があった。自身の知る『金色姫』について、日影が何か知っていたら教えてもらいたい、という内容だった。

「それで、なんですけど」

さらに二日の後、日影は波多野と話す機会を設けた。かくして二人が顔を合わせると、まずは彼女が困ったように笑った。ＰＣの画面越しに、だったが。

「こういうのって、どこかの喫茶店で話すものだと思ってました。でも別に、リモートで話せばいいだけですよね」

荻窪《おぎくぼ》にある自宅で、モニターを前に日影も笑った。取材などで見せる微笑みよりも冷たいものだったが、これが彼の本来の表情だった。

「ごめんね。ちょっと書き物仕事が残ってたから」

そう言って日影が視線を落とす。仕事机には、翌週に撮影予定の『光圀の記』の台本があった。能楽の場面があるから、日影が監修を任されていたものだ。

「あと、これでも変な噂にならないよう気をつけててね。年下の女性を連れ回すのって、最近はどうにも厳しく見られるから」

「いえいえ、私もこっちの方が気楽です」

応じる波多野も、仕事か何かでリモート通話に慣れているのだろう。背景は無地の壁で、どこかの会議室を借りているようだった。

「先に言っておくと、この通話も録画しておくよ。変な意味じゃなくて、もしかすると資料になるかもしれないから、ってことで」

「はい、大丈夫です」

「ありがとう。謝礼を出すのも変だけど、次にワークショップに来てくれたら、お土産《みやげ》でお菓子くらいは用意するから。コーヒー代だと思って受け取って」

画面の向こうで波多野が丁寧に頭を下げる。日影は自分が緊張していることを自覚した。この日まで、彼女に何をどう聞くべきか考え続けたが、未だに答えは出ていない。

「波多野さんは、どこで『金色姫』を知ったの？」

よって、素直に疑問をぶつけることにした。

「先に予防線を張っておくと、別に『光圀の記』で知って、それをネタに僕と話そうとした、ってのはナシで。自分で言うと自意識過剰でキモいけど」

「大丈夫です。違います」

画面の向こうで波多野が微笑む。面と向かって否定されると、それはそれで日影にも苦い気持ちが湧く。気を取り直し、改めて彼女の表情を窺えば、その視線は真っ直ぐに前を向き、単なる興味本位で話しかけてきたという気配はない。

「じゃあ、波多野さんは」

「私が『金色姫』を知っているのは――」

同じタイミングで二人が口を開く。小さく笑ってから、日影が彼女に先を言うよう促す。いくらか穏やかな雰囲気となったところで、波多野が改めて前を向く。

「私は、父から『金色姫』を教わりました」

そう、静かな声があった。

波多野からの答えを聞き、不意に湧き上がる感情があった。それを必死に押さえつけ、日影は誤魔化すようにコーヒーに口をつける。

「父はそれを、他の誰にも教えてはいけない秘曲だと言ってました」

「秘曲『金色姫』か」

もしかしたら、と考えてきたことでもあった。おぼろげな記憶だったが、彼女の名字に覚えがあった。それをどこで知ったのかを、日影は何度も考えてきた。大学生の頃、最初に『金色姫』と出会った資料に書かれていたはずだ。能の秘曲を伝承されている土地と、それを受け継ぐ二つの家の名前が。

「こっちから聞くけど、波多野さんのお父さんは茨城県の出身かな。豊楽村の生まれだったりする？」

「えっと、どうでしょう。あんまり出身地の話はしてくれなくて。でも、つくば市の近くとだけ」

「なら正解だと思う。旧筑波郡の豊楽村、今のつくば市の一部には『金色姫』っていう曲が残っていた、って話があるんだ。僕が昔に読んだ資料だと、その土地の波多野家が伝えてるともあった」

日影は自分が興奮しているのに気付いた。

大学生の時は、それこそ積極的に『金色姫』を追ってきたが、一向に手がかりも得られない状況でもあった。もどかしい思いを抱えるのに耐えられず、能楽師として独り立ちしてからは頭の隅に追いやっていた。

それが今、ふとした契機で手元に落ちてきた。

「波多野さんは、それをお父さんから教わったんだね」

一言ずつ、確かめるように日影が尋ねる。

信じられないという気持ちの方が強い。まだ自分が、とても手の込んだドッキリに巻き込まれているとすら思っている。

「ちょっと踏み込んだことを聞くけど、波多野さんが教わったのは『金色姫』の謡かい？　シテ方とワキ方があると思うけど」

「謡と舞です。シテとワキの両方を教わりました」

またも正解だった。かつて読んだ資料にも、二つの家が『金色姫』を伝承し、シテ方とワキ方を二つとも覚えるとあったはずだ。

「じゃあ、少しだけ謡を聞かせてもらえる？」

日影の問いかけに、画面の向こうの波多野が悩む素振りをみせた。

「秘曲なので、その、父が決して他人に見せるな、って。今まで見せたのも、たった一人だけで」

「それはそうか。じゃあ、意味が通らなくてもいいから、謡の節がわかるような言葉だけでも」

「それなら『高砂』にあるのと同じ文言の部分で」

小さく咳払いをしてから、波多野は姿勢を正す。顎を引き、喉を太くさせて「この浦舟に」と一言のみだけ披露してくれた。

「すいません、本職である日影さんの前で、こんな」

「いえ、大したものだ。わかりました」

ほんの一言でも伝わるものはある。腹式呼吸による発声はしっかりとしていて、謡の調子も正しかった。

波多野は『金色姫』を教わっている。

まだ『高砂』のみを練習し、回りくどい形で日影に接触してきたファンという可能性はある。しかし、それは考えるだけ無駄だ、と切り捨てる。

日影にとって『金色姫』は特別だ。

人生の中で唯一、人間らしい欲求を向けることのできた対象で、空虚な自分に意味を与えてくれる存在だ。ほんの少しでも近づけるなら、どれだけ騙されても構わない、とさえ思っている。

「じゃあ」

と、日影はコーヒーを手に尋ねる。

「波多野さんに『金色姫』を教えた、お父さんっていう人について聞いていいかい？」

ここで波多野が口ごもる。視線をさまよわせ、落ち着かない様子で自らの髪に触れた。やがて意を決したように息を吸い込む。

「その話をする前に、私の聞きたいことに答えてくれませんか？」

「ああ、いくらでも。こちらが『金色姫』を聞いているんだから、その代わりに僕が答えられることなら——」

「結城鳩とは、話しましたか？」

やや食い気味に波多野が尋ねてくる。

しかし、この場面で問われるとは思ってもいなかったものだ。日影は最初、その人物が誰だったかを数秒だけ考える。

「結城鳩って、僕が出た『光圀の記』で左近局やってる人？」

日影が確かめると、波多野は目を閉じて頷く。

「いや、出番がかぶってないから、特に関わりはないかな。挨拶くらいはしたけど」

「そうですか」

落胆したように波多野が俯《うつむ》く。この時、日影は波多野が結城のファンなのだと思った。共演とも言えない間柄だが、日影が同じ現場にいたのを知り、ここぞとばかりに聞いてきたのだと、そう考えた。

だが、事態は思わぬ方へ動く。

「結城鳩は、多分、私の友達です」

「そうなの？」

「はい。その彼女が、私が『金色姫』を見せた、たった一人の相手です」

「なんだって」

日影が息を呑む。

撮影現場で居合わせた結城のことは覚えている。しかし、彼女と能楽について何かを話すような場面はなかった。その彼女が『金色姫』を知っていた。知った上で、ドラマに登場する『金色姫』の話題を無視していた。その奇妙な事実が、日影の胸をざわつかせる。

「ごめんなさい。私が能楽のワークショップに参加したのも、最初から日影さんに会って、この話をするためだったんです。もちろん『金色姫』についても聞きたい、っていう理由もあったんですが」

それで、と未だに思考を整理できていない日影に向けて、さらに波多野が言葉を重ねていく。

「結城鳩は、主演の鷹村さんを殺すかもしれません」

あまりに突拍子もない言葉だった。落ち着こうとコーヒーを含んだ日影が、その意味を理解したところで、思わず咳《せ》き込《こ》む。

「待った、いきなり何を」

「冗談とかではなくて、とても大事な話なんです。日影さんを信じて話します」

画面越しに波多野が頭を下げてくる。再び顔を上げた時、彼女の悲壮な表情があった。あまりに鬼気迫る様子だ。だから笑って流そうとした日影も頭を振り、溜め息を漏らしつつ、話を最後まで聞くことにした。

「わかった、ちゃんと聞くよ。話して」

「ありがとうございます。でも、どこから話したらいいか」

そう言って儚げに微笑んだ後、波多野はふと思いついたように手元でPCを操作する。ややあってリモート通話のチャット欄に、彼女からURLが送られてきた。

「それ、何年か前の週刊誌の記事なんですが」

日影がURLをクリックすれば、普段から使っているブラウザにネット記事が表示された。内容といえば、俳優の鷹村義雲が自身のマネージャーを殴ったというもので、当時は結構な話題となったものだった。もちろん、鷹村と共演した日影が知らないはずもない。

「これって、鷹村さんの記事だよね。殴った瞬間の写真って言われてるやつ」

「その写真の、右端を見てください」

波多野の言葉に従い、日影がウェブページに表示されている写真を注視する。新宿の路上にマスクをつけた鷹村がおり、その前で女性が尻もちをついている写真だ。明け方に撮られたものらしく周囲に人影はない。しかし波多野の言う通り、右端には小さく、年若い二人の人物が写っていた。

「そこに写っているのが、私と彼女、結城鳩です」

日影が頷く。写真を拡大して確かめれば、キャリーケースを引くツインテールの少女こそ波多野であるとわかる。ならば、その隣にいるTシャツの人物が結城なのだろう。

「確かに、言われてみればって感じだけど、これが何で？」

「この写真が撮られる直前、私たちは鷹村さんと少しだけ会話したんです。一方的に絡まれたっていうのが正しいんですけど。でも、その時、私と彼女は犯罪行為の真っ最中でした」

犯罪、と日影が小さく呟く。波多野の言わんとすることが未だに摑めなかった。

「万が一、鷹村さんが当時のことを思い出したら、きっと私は逮捕されると思います。この写真も証拠になります。だから、彼女は鷹村さんに近づいて――」

「ちょっと、ちょっと待った。一体何を」

「結城鳩は、私のために鷹村さんを殺すつもりです」

ひたすらに意味不明な妄想を披露されている。まずは一般的な感覚で、日影はそう判断した。一方で、全てが事実だとしたら、という考えもある。

興味をひかれたのは、無論、後者の考え方だった。

「波多野さん、君は犯罪って言ったけど、一体何を？　それは僕に言えることかい」

モニターの向こうにいる波多野は、ゆっくりと、どこか機械じみた動きで頷く。

「その写真に写っています。私が引いてるキャリーケースの中には――死体が入ってます」

凛《りん》とした視線で、彼女は日影を見つめてくる。

「私は、自分の父親を殺しました」

それは、あまりにも清々《すがすが》しい殺人の告白だった。

3

日影は時間をかけ、波多野と話すことにした。

すると波多野の言う犯罪行為の輪郭が露わとなり、また同時に彼女の半生と、抱えてきたものについても理解できるようになってきた。

「私は、いわゆる無戸籍児でした。赤ん坊の頃に捨てられた私を、父が拾って育ててくれました。でも、世間から隠すように育てて、出生届を出すようなことはしませんでした」

二度目のリモート通話で、波多野は重々しく自身の出生について語った。

本当の両親も知らず、十五歳まで父親と二人きりで暮らしていたこと。日頃から違和感を抱いていたところに、父親から真実を告げられ、驚きと悲しみから家を飛び出したこと。居場所のないまま新宿に辿り着き、当時、社会問題となっていたトー横キッズとして生活していたこと。

「そして、迎えに来た父親を、私は殺しました」

どれほどの葛藤があったのか、それは日影にもわからない。

無戸籍であったために高校にも通えず、普通の人なら享受できる、ごく当たり前の生活すら送れない。あまりにも不安定で、あやふやだった彼女の人生。

「悔しくて堪《たま》らなかったんだと思います。荒《すさ》んだ生活をしてる私を見て、あの人は何も言いませんでした。その時、本当の父親なら叱ってくれるのに、って思って。だからやっぱり、この人は父親じゃないんだ、って」

涙は見せず、無表情のままに、それでも彼女は視線だけで悲しみを表現していた。まるで能面に影が落ち、心情を表すように。

「父親を殺した後、一緒に死体の処理を手伝ってくれたのが彼女です。結城鳩、その時はジローって名乗ってて、私のSNS上のフォロワーでした」

「その程度の関係だったの」

PCのモニター越しに語る波多野に向け、日影も慣れた様子で話しかける。

「そうです。その日に初めて会っただけの人で、友達でも何でもなかった。でも、その時の私たちは、お互いが一番大事な友達のように思ってて」

「一緒に、死体を捨てた」

「はい。父親の死体をキャリーケースに入れて、二人で真鶴まで行って、そこで海へ捨てました」

真鶴、と日影が小さく繰り返す。

二人の少女が死体を海に捨てる光景を、不思議と容易に想像できた。何か映画で似たようなシーンでも見たのだろう、と日影は自分を納得させる。

「そんな感じで、私は殺人と死体遺棄をしでかしたんです」

あたかも子供の頃にしでかした悪事を思い起こすような、罪悪感と、少しの誇らしさを込めた言葉だった。

「それから一年半くらい、彼女は私に付き添ってくれました。自分たちのしたことを忘れて、普通の友達として、ト一横で一緒に過ごしてて」

「でも、ずっとじゃなかった」

「はい。ある時から、もしも父親を殺したことがバレたらって、私は不安で眠れなくなって。おかしいですよね。それまで犯罪なんて怖くなくて、自分なんかいつ死んでもいいって思ってたのに、その原因だった人を殺したら、今度は普通の人みたいに怯えることができたんです」

波多野は寂しげに笑い、自らの髪に手をやった。不安になった際の癖らしかった。

「怯える私に、彼女が言ってくれました。自分がなんとかするから、もう安心していいよ、って。その言葉を最後に、彼女は私の前から姿を消しました」

「その後は、どうなったの？」

「一年くらい経って、久しぶりに彼女から連絡が来たんです。でも、近況報告とか、そういうのじゃなくて、小さなネットニュースを貼ってきて」

波多野がそう言うと、以前と同じように、リモート通話のチャット欄にＵＲＬが貼られた。日影がウェブページを確認すると、三年前の小さなネット記事が表示される。

「ラブホテルの経営者が刺された、ね」

「その人が経営していたラブホテルっていうのが、私が父を殺害した現場です。父の遺体を捨てに行く朝も、オーナーだというおじさんに怪しまれて……。その時の人が本当に被害者なのかは知りませんけど、彼女はそれを見せてきて、一つ安心できたね、って」

「つまり、君はその事件を起こしたのが彼女だと思っているってこと？」

波多野が力なく頷く一方、日影は冷静に思考する。

真実はわからない。しかし、推理できるものはある。結城鳩は波多野のために動いている。父親の死体を一緒に処理したことから始まり、その行為が露見しないよう、さらなる犯罪を重ねている。

少なくとも、波多野はそう考えている。

「なるほど、だから鷹村さんが狙われてるって話になるのか。過去の犯罪を隠すため、彼を口封じするつもりで結城鳩が近づいてるって？」

「そういう、ことです」

波多野には不安があるのだろう。

自分のために友人が犯罪に手を染め、また自分のためだけに関係ない人間が傷つく。波多野が善人だからこそ、その行いに心を痛めている。苦しみから解放されたことで、新しい苦しみが生まれた。

「君の方から結城鳩、いや、ジローだっけ？　その子には連絡は取れないの？　危険なことは止めてくれ、って」

「さっきの記事を伝えてきた後、彼女のアカウントが削除されちゃって。私たち、そのSNSでしか連絡取ってなくて、他は何も……」

「なるほど、実に現代的だ」

連絡する手段がない。そして警察を頼ることもできない。不安の中、件の人物が結城鳩と名乗ってテレビに映っていた。しかし、無理に近づけば、再び逃げるか、もっと酷い結果になるかもしれない。

だから、遠回りして日影に近づいてきた。

「こんな話、信じてもらえないかもしれませんけど」

「いや、僕は」

そこまで言ってから、ふと日影は口を閉ざす。聞こえの良い言葉を吐くことはできたが、あえて何も言わずに済ませた。波多野憧という女性が、今まで誰にも相談できなかったこと。それを日影に打ち明けたのは、ただ一つ、二人が『金色姫』という秘曲によって結ばれていたからだ。

その偶然を面白く思い、日影は笑った。

「僕は、君の言葉を信じないことにするよ」

「え、なんで」

「だって、犯罪行為を打ち明けられたら、僕は素直に警察へ通報しないといけない。この録画だって証拠になる」

あっ、と波多野が口を開く。

そこまで考えが及んでいなかったのか、今まで整然と自身の罪を話してきた波多野が、途端に困ったように眉をひそめる。何かを言おうと、ひたすらに唇の形だけを変えていく。

「でも、結城鳩のことは確かめる。鷹村さんも近くで見張っておくよ。撮影現場で、どれだけ一緒になれるかはわからないけど」

「はい、十分です。それでも」

波多野が深く息を吐く。対する日影は目を細め、くつくつと声に出して笑った。

「それに、僕にとっても君が逮捕されると困るんだ。結城鳩とは別の理由でね」

「なんで、ですか？」

「だって君は『金色姫』を知っている、この世でただ一人の人間なんだからね。せめて僕に教えてから捕まって欲しいかな、って」

たちの悪い冗談だったが、それが、かえって波多野を安心させたらしい。彼女は日影の言葉を受け、心底おかしそうに笑った。

「驚きました。日影さんって、思いの外にワガママなんですね」

ああ、と日影が応じる。

「どうやら僕は、ワガママらしい」

愛想笑いではない、感情を込めた笑い声を出すのは、果たして何年ぶりか。

4

波多野の不安は的中した。

日影が能楽監修で入っていた『光圀の記』の現場で、ある事件が起こった。主演の鷹村が撮影現場近くの森で、首吊り自殺を図ったのだ。奇《く》しくも、前々から鷹村に気を配っていた日影が事態に気づき、手遅れになる前に助け出すことができた。

数ヶ月ほど前から、鷹村は精神的に不安定な状態が続いていた。現場の人間は、一種のノイローゼの結果だったと結論づけ、鷹村のカウンセリングを優先して撮影は中断となった。

何より、結城鳩は事件直後から姿を消していた。

「彼女の言う通り、か」

鷹村を助けた際、日影は森の奥へ消えていく結城の姿を見た。直前に鷹村と結城が一緒にいるのも見ていた。ただし、その日の撮影に彼女の出番はない。ならば何故。

日影は様々な可能性を考え、ようやく波多野の訴えていたことが事実だったのだ、と確信した。

「結城鳩、彼女こそ『金色姫』だよ」

古びたアパートの一室で、大量のゴミ袋を掻き分けながら、日影が背後に向けて呟いた。声に応じて、キッチン側に積まれた段ボール箱の陰から、波多野がひょっこりと顔を覗かせる。

「どういう意味ですか？」

「昔、僕が『金色姫』を調べたら、呪われた曲だって表現されていた。それを伝える家の人間以外が演じると、死んでしまうとすら言われていたらしい」

「だから、ドラマで『金色姫』を演じようとした鷹村さんも殺されるところだった、って話ですか。まるで呪いみたいに」

返答しながら、波多野は次々と段ボール箱を開いていく。中に入っていた小学校の教科書を取り出し、懐かしそうに中身をめくっていく。

「それにしても、日影さん、ようやく会ってくれましたね」

「今回ばかりは、現地で体を動かさないといけないからね」

日影は机の上に溢れる請求書の類に目を通す。それらの宛名には「波多野優成」と記されていた。

二人は今、埼玉県にあるアパートにいる。１Ｋの狭い部屋だ。ここは波多野の父親が暮らしていた場所、つまり彼女が十五歳まで過ごしていた家でもある。

「今も部屋があるのは驚きだね。ゴミ屋敷だけど」

「世間的には、父は失踪してるだけなので。何年か前に、私がまとめて家賃を払いに来たら、大家さんが私のこと覚えてくれてて。赤ちゃんの頃におむつも替えたんだよ、なんて」

「厚意で部屋を残してもらってる、って感じか。まぁ、僕としては助かってるよ」

この日、あえて現地で落ち合うことにした理由は二つ。

一つは結城の件を報告し、今後の相談をするため。なるべく人目につかない場所で、録画などの記録も残さずに話したかった。

そして、もう一つは日影の個人的な要望だ。すなわち、波多野の父親が何か『金色姫』にまつわる記録を残していないか、それを確かめるつもりだった。

「そっちは何か見つかったかい？」

書類を確認し終えた日影が振り返る。波多野は微笑み、手にした犬のぬいぐるみを振る。幼い頃、クレーンゲームで父親に取ってもらった思い出の品とのこと。

「このぬいぐるみもそうですけど、父は私が喜ぶだろうって思って、色んなものを買ってくれました。でも、どこかチグハグなんですよ。友達がｉＰｏｄを持ってて、私もそれが欲しいって言ったら、時代遅れのＭＤプレーヤーを買ってきたり」

「父親なんて、そんなものだよ」

日影はふと懐かしい気持ちになる。幼い頃に父親が買ってくれた、あの人体模型のパズルのことを思い出していた。子供の欲しがるものを理解せず、親が別のものを買ってきたという、実にありふれた経験だ。

そういう意味でなら、波多野たちも至って普通の親子だったのかもしれない。

「今さらですけど」

一旦、作業の手を止めて休憩を取ることにした。二人で小さなテーブルを挟み、和菓子屋で購入した大福を口にする。アパートの大家への手土産を選ぶ際、一緒に買ってきたものだった。

「さっき日影さん、大家さんに私の婚約者だって言ってましたよね」

「言ったよ。素直に殺人事件の容疑者と一緒に、その証拠集めをします、って言った方がよかった?」

「それは、面倒なことになりますねぇ」

ごくり、と波多野がペットボトルの緑茶で大福を流し込む。

「男女が二人で行動すると、どうしても恋人か何かと思われるからね。説明できる関係でもないし、変に誤魔化すと余計に詮索される。僕みたいな立場は特にね」

「だったら、最初から婚約者にしちゃえって感じですか?」

「そうだね。嫌なら止めるよ。そんな気持ちは微塵もないし」

「別に、どっちでもいいですけど」

やや投げやりな波多野からの返事に、日影は愉快そうに微笑む。

「じゃあ決まりだ。これからも人に何か聞かれたら、婚約者だって紹介させてもらうよ」

「言わなきゃ良かったたな」

げぇ、と波多野が舌を出した。

「なんか、素《す》が出てきた?」

「気のせいですよ」

波多野が笑ったところで作業再開となった。換気のために窓を開け、十二月の冷気を招き入れる。相変わらず波多野は積まれた段ボール箱を開け、父親が残した書籍の類を探っている。かたや日影は机や棚を漁り、古い手紙や家族関係に関わるものがないかを探る。

古い書類を出し入れする中で、ふと日影が気づいた。部屋は物に溢れていて、波多野の父親の荒んだ暮らしぶりが伝わってくるが、机の周りだけはきっちりと整理されている。

「なぁ、波多野さん。君は前にここに来たって言ってたけど、その時に部屋の掃除もしたの？」

「はい。全部は無理でしたけど、溜まってたゴミなんかは捨てて、なんとか歩けるくらいにはしました。その時は一緒にＮＰＯ団体の人も来てたので」

「ＮＰＯ団体？」

日影が聞き返すと、部屋の反対側から波多野の笑い声が聞こえた。

「前に話した、私に戸籍がないっていうヤツです。だから、そういう人を助ける団体の方にお世話になってて。就籍……、戸籍を作るための活動をしてるところです」

「そうだったのか」

「ですです。といっても、そういう団体があるって知ったのも最近のことで。民法改正があって、母親が離婚した後に生まれた子供が戸籍を作れるって形になって、ちょっとだけ話題になって」

どこか嬉しそうに波多野が語ってくる。

話によれば、きっかけは些細なものだったという。当時、二十三歳だった彼女は、新宿のコンセプトカフェでバイトをしており、そこに来た客が離婚調停中で、子供の戸籍についての話題が出たらしい。

「詳しく聞いてみたら、そういうＮＰＯ団体があるよって教えてくれたんです。あの頃の私ってバカだったんで、戸籍がない人は、一生ずっと戸籍がないままだと思い込んでて」

「そういう話は聞くね。手を差し伸べるべき相手に、その情報が伝わってない、みたいな」

「まぁ、民法改正で変わったのって母親がいる場合だったので、どっちもいない私のケースだと結局、やることは変わってなかったみたいです」

波多野は話しながら、段ボール箱をパタパタと閉じていく。目当てのものは見つからなかったのか、片付けを一区切りさせるつもりらしかった。

「まず、行方不明になった父親の生活実態を確かめるって話になりました。それでＮＰＯ団体の人と一緒に、久々にこの家に来たんです。でも、やっちゃったなぁ、って気分でした。だって、行方不明になってる父親を殺したの、私なんですから」

後悔を滲ませつつ、波多野は言葉を重ねていく。

「次に、家庭裁判所で就籍の許可をもらう手続きを始めました。でも、ここでも父親の存在が問題になっちゃって」

「なるほどね。行方不明とはいえ、これまで一緒にいた父親がいるなら、出廷させて色々と聞く必要があるってことか」

日影もまた、彼女の境遇について思いを馳せる。

今の自分を作った原因を取り除いたら、今度はそのせいで手詰まりとなる。まるで仏教説話のようで、それこそ能の演目にでもなりそうな話だと、日影は無責任にも思った。

ビリ、と粘着テープが切られる音がする。見れば、波多野が段ボール箱の最後の一つに封をしていた。これで再び過去は閉じられ、誰にも見られることなくしまわれる。

「あと一年待ったら」

ふと波多野が呟いた。

「行方不明の父親が死亡扱いになります。そしたら、きっと家庭裁判所の手続きも進んで、私は戸籍を作れると思います。ようやく、普通の人になれるんです」

「なら、その道を選んでもいいんじゃないの」

日影が提案するが、彼女は首を横に振ってみせる。

「待ってたら、きっと、大事な友達が誰かを殺します。それで私の罪がなかったことになっても、私は耐えられないと思います」

ふぅ、と息を吐いて波多野が立ち上がる。

「私は普通の人になりたいから、普通の人として、ちゃんと罪を認めます」

波多野は爽やかに宣言すると、そのままキッチンに向かい、特徴的なジェスチャーを示す。

「あの、タバコ、いいですか？」

唐突な要望に日影が目を見開く。女性だから吸うのが意外、という話ではなく、その仕草に妙なおかしさを感じたからだ。

「あ、やっぱり失礼ですよね。能楽師の人って、そういうの気をつけてるんだったら」

「いや、いいよ。気にしないで、本当に。僕は吸わないけど、身近で吸ってる人いっぱいいるから」

じゃあ、と、波多野は換気扇を回し、手近な場所に置いていたハンドバッグからピアニッシモとライターを取り出す。どうやら、最初からタイミングを見て吸うつもりだったようだ。

タバコを咥え、薄く煙を吐き出す彼女の姿を見て、日影は不意に懐かしさを覚えた。古い友人の姿が彼女と重なる。ただし、その人物は、対面の相手が能楽師だろうと遠慮せず、目の前でチェーンスモークに勤しんでいたが。

ふと、日影が「あ」と驚きの声を出す。波多野もビクリと反応し、タバコの灰がシンクへ落ちた。

「あれ、やっぱマズかったですか？」

「いや、違う。思い出したというか、思いついたんだ。波多野さん、確か君たちが死体を捨てたのって、神奈川県の真鶴だったよね。それって、季節はいつぐらい？」

「えっと、五月だったはずです」

日影が頷く。アパートを調べて新たな発見はなかったが、何より重要な手がかりに行き当たった。

「結城鳩の行方はわからないけど、彼女が狙いそうな相手には心当たりがある。その人の近くで警戒していれば、もしかすると結城鳩を捕まえられるかもしれない」

日影は立ち上がり、波多野に向けて微笑みかける。

「ようやく『金色姫』に手が届く」

5

で、と怒気を込めた声が上がった。

「二人して私を監視してたと」

船戸創が呆れたような視線を向けてくる。対面に座る日影は三角巾で吊るしていない方の腕で頬を掻き、波多野は包帯の巻かれていない方の手で自らの髪に触れる。

「いやぁ、説明し辛くてね」

日影が呑気に笑うと、船戸から舌打ちが漏れた。

事後協議の場は、病院内に併設されているカフェだった。日影の呼びかけで集合し、未だに収拾しきれていない事態について話し合うことにした。

「最初に聞くけど」

そう切り出した船戸の表情は険しい。長い付き合いの日影は、彼女が何を言い出すか理解し、思わず苦笑いを浮かべる。

「二人が婚約者だっていうアレ、嘘だったの？」

怒り心頭の船戸に対し、日影は飄々《ひょうひょう》と視線をそらし、波多野がにこやかにピースサインを作る。

「もちろん」

「嘘でーす」

ぐっ、と船戸が喉を鳴らした。

「ごめんね、船ちゃん。そこが一番説明し辛かった。だって僕が、恋人でもない年下の女性と一緒に何かしてるなんて知ったら、絶対に探ってくるでしょ」

「探るに決まってるっしょ。そんな、面白いこと」

ようやく船戸は笑い、手元のコーヒーを口に運ぶ。

「わかったよ。じゃあ、二人は善意で私を守ってくれた、ってわけだ。なら、私が謝るべきだ。波多野さんに怪我させちゃった」

「いえ、そんな」

波多野は気丈に振る舞い、包帯で覆われた手を示してみせる。

「私は、ただジローちゃん……、曽我さんのことを止めたかっただけなので」

三人が無言となる。全員が同じ光景を思い返していた。

三日前、船戸は担当編集者である曽我に襲われた。日影の予想通り、結城鳩は名前と立場を変え、船戸に近づいて、その命を狙っていた。

間一髪、現場に駆けつけた日影と波多野によって曽我の凶行は防がれた。波多野の登場は予想外だったのか、すぐに彼女も大人しくなり、通報を受けてやってきた警察によって逮捕された。

「今は勾留中らしいけど、何も喋ってないんじゃないかな。そんな気がするよ」

事件をまとめるように日影が呟き、三角巾で吊るした左腕を少しだけ持ち上げる。

「ま、僕も一歩間違えれば死んでたけどね。今にして思えば、僕も狙われていたんだろう。船ちゃんと接触する機会が急に増えたから、もしかしたら僕も秘密を知ってるんじゃないか、って疑われた」

「私も驚いたよ。狙われた理由がさ、波多野さんが、その、過去に犯した罪を隠すためだって」

船戸が言葉をぼかして語る。

事件の後、日影は船戸に事の次第を説明していた。波多野が病院で治療を受けている間、二人は待合室で話し合い、そこで彼女が父親を殺したことについても語った。

「今は、その辺の善悪は措《お》いとく。まずは曽我さんのことについて話そう。つまり彼女が結城鳩で、同時に、波多野さんの友達で、私が狙われてたのは六年前に書いた短編小説のせいだった、って、そういう結論？」

「まぁ、確証はなかったけどね」

日影の言葉を受け、船戸が自身のスマートフォンを取り出して操作していく。そのまま画面にとある写真を表示させ、二人へと見せる。それは明け方の海へ漕ぎ出す小船を写した一枚で、船戸が『宝船』という短編小説を書くきっかけになったものだ。

「この写真に写ってるのが、波多野さんと曽我さんだった」

「はい、私たちが真鶴に行った時のものだと思います。ジローちゃん……、彼女はその時、自分たちが旅館のベランダにいた誰かから見られていた、って気づいてました」

日影はコーヒーに口をつけてから、わざとらしく片眉を上げた。

「きっと最初は、旅館にいた人物を特定しようとしたんじゃないかな。すると船ちゃんが真鶴に旅行してたのがわかった。SNSで報告してたよね、旅館の写真もアップしてさ」

解説された船戸は、うげ、と嫌そうな声を出した。

「そこから『宝船』を読んでみたら、まさしく自分たちのことが書かれてるときた。僕も読んだことあるけど、あんなにリアルなら、ねえ」

「私も、後からですけど、その小説を読みました。舞台は違ってましたけど、作中の行動や、あと心理描写って言うんですか、それが海に出た時の私たちの気持ちと同じで。だから、彼女も小説を読んでいたら、すぐ自分たちのことだ、って気づくんじゃないかと」

ふぅん、と船戸が鼻を鳴らす。

「描写が真に迫ってた、っていうなら、小説家として誇らしいけどね。ま、そんな状況だったなんて私も知らなかったし。いやだ、いやだ、無責任な作者サマだ」

冗談めかして船戸は笑ったが、すぐに肩を落とし、苦しげに息を吐いた。

「なんだろうな、まだ信じらんないや。曽我さんが結城鳩で、しかも私の命を狙ってたとか、ありえねぇ、って感じ」

「僕も最初は信じられなかったよ。曽我さんの経歴を調べるまではね」

どこか感心したように、日影が苦笑しつつ呟いた。

「船ちゃんに仕事を持ってきた出版社には、確かに曽我って女性がいた。だけど、その人は病気で休職中だったんだ」

「赤の他人になりすましてた、って訳か。まぁ、私は初対面だったし、全く疑っていなかったよ」

「近くで見てて、結城鳩だって思ったりはしなかったの?」

日影の問いに船戸が首を横に振る。

「わかんないんだよね。私も『光圀の記』の現場を見学したことあったけど、結城鳩には会ってないし。テレビの中の女優としか見てなかった。背丈は同じくらいだけど、顔は違うし、体型だって」

「顔は整形で、体つきは増量したんだと思います。ジローちゃんなら、それくらいのことをします」

「そっか。近くにいた波多野さんが言うなら、きっとそうなんだろうね」

うんうん、と船戸は一人で何度も頷いている。

「私の担当やりたかった、って言ってくれたのも、そういうことだったわけか」

船戸は疲れたように両手で顔を覆い、様々な感情を「ショックだ」という一言でまとめた。

「ていうか、警察になんて説明すりゃいいのよ。私が狙われたのは、こちらの波多野さんが犯した罪を知られまいと、口封じされかけたからです、ってか？」

「おい、何笑ってんだ。そもそも、マコトはどうして彼女に協力してんだよ。隠蔽してるって意味なら、曽我さんと同じだろ」

「はは、確かに説明が難しいね」

確かに、と日影が膝を打つ。一方、波多野は観念したように頭を下げた。

「ご迷惑をおかけしました。日影さんに黙っててもらったのは、彼女を止めるために必要だったからで、もう大丈夫です。私はちゃんと、父親を殺したことを認めます」

「そっか、じゃあ私と一緒に警察に説明して」

二人が納得しかけたところで、日影が「いやぁ」と言葉を濁す。

「船ちゃん、もう少し待ってもいいんじゃない？」

「なんで」

「だって、波多野さんって『金色姫』を知ってるんだよ」

は、と船戸が息を吐く。驚愕の表情が波多野に向けられると、彼女は恥ずかしそうに頷いた。

「いやぁ、もしかして大事なこと言い忘れてた？」

日影は笑いながら、以前に自分が波多野から聞いた話を船戸にも聞かせた。また自身が確かめた経歴や、実際に能の謡ができていることも教える。

「マジかぁ」

一通りの話を聞き終えると、船戸は腕を組んで唸り始めた。

「よし、波多野さんは自首してもいいけど、その前に私に『金色姫』を教えて。それが交換条件ね」

大真面目に告げる船戸に対し、波多野も最初は意味がわからないといった様子だった。それが数秒もすれば、クスクスという笑い声が漏れ聞こえてくる。

「なんだか、船戸さんと日影さんって似てますね」

笑いながらの波多野の言葉に、二人が顔を見合わせる。

「でしょお」

「どこが」

口を揃えて不揃いな言葉が飛び出たところで、三人が三人とも、愉快そうに笑った。

「いや、なんか笑えてきたわ。もう何年も前にさ、私らが『金色姫』に興味持って、それでドラマに使ったから、波多野さんが声をかける相手にマコトを選んだってんでしょ。その結果、私は無事に生きてるわけで。一体、どんな偶然だよ、って」

船戸が感慨深げに苦笑する。それを見た日影は、神妙そうに微笑んでから、静かに目を閉じた。

「因果《いんが》の花を知ること窮《きわ》めなるべし。一切みな因果なり」

不意の言葉に、船戸が「なんて」と反応する。

「世阿弥の言葉だよ。芸道の話だから、ちゃんと練習をすれば良い結果になる、って意味だけど、僕はこの言葉が好きなんだ。全ての事柄は、遠い昔に誰かが何かをしたことで始まっていて、それが今になって現れるんだ」

話しつつ、日影は右手につけた腕時計で時間を確認していた。良い頃合いだったのか、そこで席から立ち上がる。

「それじゃ、因果の花を見に行こうか」

意味不明な言葉を残し、日影はカフェを出ていくつもりなのか、片手でコーヒーカップを持って運んでいく。残された二人も彼の背を追い、席から立ち上がった。

「ちょっとマコト、なんかあるの？　検査のために来たんじゃ」

「私もそう思ってましたけど」

カフェを出て、日影を先頭に一行が病院内を歩いていく。

「いや、会いたい人がいるから来たんだ。そろそろ面会できる時間になったからね」

訳知り顔の日影は、勝手に受付で手続きを済ませていく。取り残された波多野と船戸は視線を交わし、お互いに面会する人物に心当たりがないことを確かめた。

「その人は、とある事件の被害者だ。ネットで記事を読んだら、知ってる名前が書いてあったから、すぐに調べて連絡を取った。でもね、これも波多野さんに教わるまで知らない事件だったよ」

廊下を歩きつつ、日影は振り返って波多野に話を振った。

「え、それって、ラブホテルの経営者の人が刺されたっていう」

「そう、刺されたんだ。でも、別に死んじゃいない。意識不明の重体だったけどね」

やがて三人は一つの病室の前に立った。

「刺された時、彼は池に落ちて溺れた。そのせいで低酸素脳症となり、今もリハビリの最中らしい」

「彼って？」

船戸からの質問には答えず、日影は病室の扉をノックする。すると部屋から、かすれた男性の声で返事があった。

「お邪魔するよ」

遠慮なく入っていく日影に続き、二人も病室に入っていく。日差しを感じられる個室はホテルのような作りで、今もベッドに寝ている人物は、ただ休んでいるように見えた。

「この間ぶりだね」

日影が声をかけると、ベッドの中年男性が寝たままに微笑む。痩せ衰え、髪も剃られて弱々しかったが、目玉だけが爛々と輝いていた。そのアンバランスさは、まるで即身仏か、あるいは高僧のようにも見える。

「こ、こんにちは、日影先輩」

ベッドの人物が返事をした。すると不意に船戸に閃くものがあった。まるで知らない人物だと思っていた彼に、在りし日の面影を見つけた。

「もしかして、師藤君？」

その声に反応し、ベッド上の彼が目を見開いた。最初は驚き、次に懐かしそうな笑みを浮かべ、最後には仁王像のような憤怒の表情を作った。

「真由、先輩」

「はは……、久しぶり」

男性の正体に思い至った船戸が、ばつの悪そうな笑みを浮かべる。三人の関係を知らない波多野だけが、不思議そうに成り行きを見守っていた。

男性の名は師藤正伍。日影にとっては大学時代の後輩であり、同時に船戸が一時期だけ交際していた男性だ。そして、波多野が父親を殺害した現場となったラブホテル、そのオーナーでもある。

「どうだい、まさに因果の花だろう？」

怒りと気まずさ、そして戸惑いが病室に渦巻いている。色とりどりの感情に囲まれたせいか、普段は虚無感ばかりの日影にも、にわかに満ちていくものがある。

「さて、これで役者は揃ったようだ」

一人、日影だけが悠々と事態を楽しんでいた。

6

いよいよ彼女と対峙《たいじ》する時が来た。

事件を総括し、波多野が自分の罪と向き合う。そのためには、彼女と共犯関係にあった曽我と話し合う必要がある。これまでの総仕上げとして、日影は波多野と連れ立って原宿警察署を訪れていた。

「ここにある女子留置場に、今も彼女は勾留されてる。罪は認めているんだと思うけど、動機については何も語ってないだろう」

朝早くから警察署に赴き、日影が先導して面会予約を取り付けた。今は二人、受付のソファに腰掛け、留置管理課の職員が来るのを待っている。

「今日、波多野さんは、ようやく彼女と面と向かって話ができる。今まで伝えられなかった、とても単純なことを伝えることができる」

はい、と波多野が頷く。

「もう、私のために危険なことはしなくていいよ、って。私は、自分の罪を認めるから、それを隠すために誰かを傷つけなくていい、って」

決意を秘めた波多野の表情に、日影も力強く頷く。今日まで偶然を重ねて同行してきたが、その役目も、ついに終わりを迎える。

「昨日、師藤君とも話して、彼女の経歴はほぼ埋まった」

日影たちは病院で師藤と面会し、その場で新たな事実を知った。

師藤がマユと名乗る女性と知り合い、彼女によってナイフで刺されたこと。救助された後にも、後遺症で記憶障害となって入院し、警察にも詳細な話をできなかったこと。

船戸がスマートフォンを使って結城鳩の画像を見せれば、師藤は「彼女がマユだ」と返答してきた。

「真由先輩の書いた、ドラマを見てれば、すぐに気付けたな」

師藤はそう言って笑ったが、大河ドラマが放映されていた時期は、彼自身も記憶障害に悩まされていた頃だ。今ほどに冷静に判断できなかっただろう。

「防ぐことはできなかったけど、師藤さんが無事で良かったです。いえ、無事ではないんですけど、その、殺人よりは、って意味で」

昨日の話し合いを思い出しているのか、波多野が何かを慈しむような視線で手元を見ていた。

「先に注意しておくと、面会時間は短いよ。あまり多くは話せない。師藤君から聞いた話も、どこまで確認できるかわからない」

「はい、注意します」

「あと今回の容疑について、つまり曽我さんが船ちゃんを襲ったことに関する話はしない方がいい。

君が怪我をしたのも、善意の第三者として助けに入った結果、ってことで」

日影が小声で注意点を列挙すると、波多野は一つずつ、しっかりと頷いていく。

「過去のことを話すにしても、暗号みたいな会話をすると面会中止になる。飽くまで自然に、思い出話みたいに話すといいよ」

「日影さん、なんだか手慣れてますね」

「昔、ヤンキーの友達が多かったんだよね。喧嘩して留置場に入った彼らの話し相手になったりしてたよ」

冗談とも、本気ともつかない日影の言葉に、波多野は愛想笑いを返す。その後、表情を引き締め、緊張したように息を吐く。

「本当のことを言うと、あの子と何を話せばいいのか、今もわかりません」

「そうなんだ。実は僕もだよ」

「あんなに立派に舞台に立ってるのに」

クス、と波多野が笑う。

「舞台はいつでも緊張するよ。特に能はね、入念なリハーサルはしないんだ。申し合わせっていう、予行演習を一回やるだけ。稽古を積むのも自分一人でだよ」

「そうなんですか？」

「ま、難しい曲は、さすがに集まって話し合うけどね。それでも、本番は一度きりだ。その日の体調も、客席の空気も、舞台に出るまで誰もわからない。集まった全員が、即興で合わせて、ひたすら研《けん》鑽《さん》してきた芸で臨む」

日影は、能舞台に立つ時の自分を思い起こす。

視界は能面で限られ、空気を感じる肌も能装束に覆われている。曖昧な光の中、囃子方の音を浴び、時に客席へ意識を傾け、また閉ざす。自らの体を一種のレコーダーとして扱い、体に記録された動きと声を再生していく。

即興劇のようであり、最初から全てが定められているようでもある。自らの意思で動いたつもりのものは、より大きな何かによって動かされている。必要と信じて学んできた一切は、いつか必要となる場面に行き当たる。

それが因果の花ならば。

「大丈夫、きっと波多野さんが話す言葉が何であれ、彼女にとって必要な何かだよ」

日影が勇気づけるつもりの言葉を口にしたところで、ちょうど留置管理課の職員が現れた。二人は面会室に案内され、職員の後に続いて署内を移動する。

能舞台に繋がる橋掛かりを歩くように、二人は粛々と白い廊下を進んでいく。

*

まさに能舞台だ、と日影は思った。

巨大なアクリル板で白い部屋は二つに分けられている。能曲では現世に生きるワキが、亡霊であるシテの話を聞く場面が多い。だから、この透明な板は、此岸《しがん》と彼岸《ひがん》の象徴だ。

職員に促されてパイプ椅子に座っていると、向かいの空間に二人の人物が現れる。シテは曽我、あるいは結城鳩。後見として会話を記録する担当官。ならば対面する波多野がワキで、日影はワキツレとなる。

静々と歩き、曽我が着席する。服装は鼠色のスウェット。下ろした黒髪と、薄ら笑いの表情に、奇妙な魅力があった。

「お久しぶりです、日影さん」

「久しぶりって言うなら、君のことは結城さんって呼んだ方がいいかな」

「お好きにどうぞ。名前は、色々とあるので」

どこか挑発的な物言いに、日影は次に言うべき言葉に迷う。どう話を切り出せば、この態度を崩せるのかと考えてしまった。

しかし、日影が悩む必要はなかった。

「じゃ、私はジローちゃんって呼ぶね」

朗らかに宣言する波多野に、対面の彼女が目を丸くする。

あえて視線を向けないようにしていた相手から、懐かしい名前で呼ばれた。それだけで彼女の作り笑いは消え、あどけない笑顔を浮かべてみせた。

「キャイコ」

「久しぶり、元気してた？」

「うん、私は。それでキャイコ、ごめんね。その腕」

申し訳なさそうに顔を伏せる彼女に、波多野は包帯に覆われた手を振ってみせた。

「全然問題なーし。大した傷じゃなかった、って」

「キャイコは、変わらないね」

「いやいや、これでも大人になってるから。ってか、ジローちゃんは変わりすぎでしょ。顔いじった？」

「韓国でね、整形旅行で何回も行った」

なんとも稚気溢れるやり取りに、日影が小さく吹き出す。波多野は彼女と向き合い、好き勝手に喋っている。緊張していたのが嘘のようだ。

「いいなぁ、海外旅行。私も行きたいんだけど、ほら、パスポート作れないし」

それまでと声の調子は変えずに、波多野は真剣な表情で彼女に語りかける。

「私ね、今、戸籍を作るために色々とやってる」

「うん、知ってるよ。遠くから見守ってたから。だから、あと一年も待ってたら——」

「ダメだよ」

波多野が否定の言葉を吐けば、アクリル板の向こうの彼女が苦しそうに唇を結ぶ。

「私は、ちゃんと向き合うから。だから、ジローちゃんも」

「今までしてきたこと、ちゃんと言えって？」

うん、と波多野が頷く。対する彼女は押し黙り、互いに何も言えなくなっていた。

面会時間は限られている。二人に任せようと思っていた日影だったが、時間を惜しんで、あえて割って入ることにした。

「話を変えよう。事実確認だ」

彼女にとっても望むところだったのか、波多野から視線を外し、日影の方へと顔を向ける。

「まず君は、歌舞伎町で波多野さんと出会った。その時はジローと名乗っていた。そうだね？」

「はい。変な名前ですよね」

「僕は別に何とも思わないけどね。で、次に君は六本木の『シルク』でラウンジ嬢のマユとして働いていた。これは関係者にも確かめた」

「そうです。凄いですね、まるで探偵みたい」

時間稼ぎでもするつもりなのか、日影の言葉を茶化し、彼女は楽しげに微笑んでいる。それに乗ってはいけない、と日影は自身を戒め、本題に手をつける。

「君は師藤君を狙った。師藤正伍だ。これは何で？」

「さぁ、どうしてだったかな」

「わかった、次に行こう。君は今度は結城鳩と名乗って芸能界に入った。師藤君と同じく『シルク』の常連だった丸木さんを頼って、大河ドラマ『光圀の記』に出演し、僕とはそこで出会っている」

「それも認めます。ラウンジ嬢の頃から並行して劇団に入ってて、結城鳩の名前を使ったのは、そっちが最初です」

手応えを感じない受け答えだ。まるで自分に付与した設定をなぞって話しているようで、どこに真実があるかもわからない。

「君は、鷹村さんに近づき、その自殺を教唆《きょうさ》した」

「どうでしょう。あの頃は私も精神的に参ってたので。失踪したのも、役者が辛くなったからです」

「それで、今度は顔を変え、まるで別人として生きることにしたって言うんだろう。君は曽我を名乗って船戸創の担当編集者となった。もっとも、本当の曽我さんじゃないみたいだけど」

はい、と彼女が嬉しそうに微笑む。

「船戸先生の作品に憧れたんです。私が『光圀の記』にキャスティングされて、こんな物語を書いたのはどんな人なんだろう、って興味が湧いて。それで、私も先生のお手伝いしたいな、って思って」

「本人に聞かせてあげたいね。泣いて喜ぶか、嘘吐くんじゃねぇ、って怒るか、ま、どっちかだよ」

そこで日影は間を置いてから、彼女を強く睨んだ。

「君は、波多野さんのために三人を狙った。それは認めるかい」

「私は、あるものを守るために、それに近づいた人たちを狙ったんです」

あるもの、と彼女は言う。この期《ご》に及んでなお、明言を避け、波多野を庇っているようだった。

「だが師藤君は、無事ではないけど命はある。鷹村さんだって、不調だけれど生きている。船ちゃんと僕に関しては問題なく、こうして君が捕まる結果になった。結局、君のやってきたことは全て失敗したんだよ」

日影が指摘すると、彼女は詰まらないといったふうに口を尖らせる。

「昔なら」

ふぅ、と彼女が息を吐いた。

「もっと簡単に人が死んだ。随分と平和になった。だから読み違えた、ってのが私の感想ですね」

いくらか不思議な物言いだったが、日影がそこに言及するより先に、隣の波多野が口を開いていた。

「ジローちゃん」

優しげな呼びかけに、彼女がゆっくりと視線を向ける。波多野の顔を見たのか、驚いたように目を見開き、小さく身を震わせた。

「私のために、ありがとうね」

波多野は泣いていた。しかし、声は明るく、表情は笑みを湛えている。それでも泣いているのだと伝わってくる。日影でさえ理解できる感情を、向こうにいる彼女が理解できないはずはない。

「ずっと、私のことを見守ってくれてて、本当にありがとう。でも、私はやっぱり」

「待って、キャイコ」

「あはは、大丈夫、さすがに今は言わないから」

波多野が笑う。対する彼女は安心したように脱力し、椅子の背もたれに体を預けた。

「冗談キツすぎ。いや、冗談じゃないんだよね」

「うん、色々と片付いたら全部話すつもり。ただ、すぐじゃない。約束したからね。この日影さんと、船戸さんに『金色姫』を見せてから、って」

　一度は安堵したはずの彼女が、再び身を乗り出し、アクリル板に顔を近づける。

「本当に、見せるの？」

「うん。だって私が捕まったら、もう何年先に見せられるかわからないし」

「そっか、そう。ああ、私が止められるはずもない」

　彼女は腰を浮かしたまま寂しげに笑った。その様子に日影は疑問を抱く。どうして彼女が『金色姫』に執着するのか、という。

「ここが、きっと終わりの場所だった。いや、もしかしたら最初から終わってて、だから、ようやく巡ってきた」

　意味不明な言葉を並べながら、彼女が泣き笑いの表情を作った。

「ねぇ、キャイコ。今まで聞きにくかったことがあったんだけど、最後に答えてくれないかな」

「うん、いいよ」

「君とお父さんは、血の繋がった親子なの？」

　問いかけがある。絞り出された声に悲痛さが滲む。

　波多野は、彼女からの言葉を飲み込み、ゆっくりと首を横に振る。様々な感情を視線に込め、真っ直ぐに彼女を見る。

「違うよ。私は拾われただけ」

「ああ、なら終わってたんだね。もう、あの人の子はいないんだ。もはや、この世で守るべきものはない。私は――」

まさちゃん、と聞き馴染みのない名前が呼ばれた。

この場にいる誰もが、彼女が発した言葉の意味を理解できないでいる。波多野も、日影も、記録を取るべき担当官も。空虚な場にあって、彼女だけが「はは」と力なく笑っていた。

だん、と衝撃があった。

「お前は！」

彼女はアクリル板に手をついていた。歯を剝き出しにし、憎悪の表情で波多野を睨んでいる。今にも透明な板を突き破り、襲いかかってきそうな気配すらある。

「私がどんな思いでいたかも知らない！　なんのために、お前を守ろうとしていたか！」

面会室に絶叫が響く。担当官が立ち上がり、後ろから彼女を取り押さえようとする。後ろに引きずられながら、なおも彼女は髪を振り乱し、ひたすらに波多野へ敵意を向けていた。

「私が守ろうとしたのは波多野の血だけだ！　お前じゃない！　どこへなりとも行け、いくらでも『金色姫』を伝えろ！」

日影が身構える一方、波多野は椅子に腰掛けたまま微動だにせず、叫び続ける彼女の姿を見ていた。

やがて面会室に数人の職員が駆けつけ、意味不明な言葉を撒き散らす彼女を拘束する。四方から伸びてきた手で体を引かれ、まるで地獄に落ちていくように、彼女は白い部屋から退去させられた。

舞台は無音となった。

日影はかけるべき言葉を見つけられず、静かに微笑む波多野の横顔を見ていた。

「行きましょう」

やがて波多野が立ち上がる。ワキ方が舞台を去る時のような、静かで、乱れのない動きだった。

「彼女とは、もう会えない気がします」

波多野が背を向ける。その表情は日影からは見えず、また見てはいけないと思った。

「きっと今のが最後でした。最後に、優しくしないでくれた。だから、優しい終わり方です」

白い部屋の扉が開き、波多野は廊下側へ出ていく。日影も何も言わず、その背を追って部屋を後にした。

金属の扉が閉じられる。

余韻というには、冷たく、物悲しい響きがあった。

7

金色姫は、四度死に、四度蘇る。

世に初めて『金色姫』の曲を成したのは、戒言という名の女性だった。申楽を生業《なりわい》とする大和宮増の一座に生まれ、大夫の孫として不自由なく育ち、蚕を育てて暮らしていた。

ある時、親族である伊勢宮増の次郎五郎と出会い、恋仲となった。次郎五郎は大和に住し、その申楽の技を磨き、時には足利将軍家にも招かれて芸を披露した。

しかし、戦乱は近づく。

戒言が次郎五郎との子として『金色姫』を書いた。一方、次郎五郎の元には一人の赤子が生まれた。だが、この子の誕生は喜ばしいものではなく、宮増は自らの地位を守るために次郎五郎を追放した。

戒言は次郎五郎に同道したが、最後には赤子を託され、東国へ連れていくよう頼まれた。

次郎五郎は詫びるつもりで宮増へ戻り、かたや戒言は常陸国豊浦の地に流れ着く。戒言は世を儚みつつも、次郎五郎の子と『金色姫』を大事に守り育てることを誓った。

戒言は豊浦の長者である饗庭家に身を寄せ、また次郎五郎の子は年長じて、波多野の家を興した。以来、饗庭と波多野の二家が『金色姫』を伝えるようになった。

幾年も次郎五郎の子を見守ってきた戒言だが、やがて年老いて死ぬ。これが一度目の死。


次に戒言は、饗庭家の娘として蘇った。

娘は波多野家の行く末を見守りつつ、豊浦の地を出て西国へと向かった。次郎五郎と別れた地である伊勢と、戒言が生きてきた大和を巡るつもりだった。初めは懐かしさから出た思いだったが、やがて次郎五郎を追放した宮増への憎しみが溢れてきた。

「何よりも宮増の者は許せん。ならば、土地でも何でも、好きにできる身分が欲しい。武家の娘にでもなるのが都合よかろう」

戒言の生まれ変わりたる娘は、伊勢へ向かう道中、尾張国に隠れ住むことにした。同地の武家である杉原家の者に成り代わり、名を寧々《ねね》と変えた。

すると、時期を同じくして心惹かれる男が現れた。小身ながら、どこか金色の輝きを感じさせる男だった。

何より『金色姫』の加護を信じ、寧々は男に嫁ぐ。男は木下藤吉郎《きのしたとうきちろう》を名乗り、また後に羽柴秀吉《はしばひでよし》を名乗ることになる。

恋仲ではないが、夫となった秀吉とは仲睦まじく過ごすことができた。寧々の力添えもあってか、秀吉は出世し、やがては天下を統一して豊臣という氏を賜るほどになった。

寧々も北政所の名を得て、ようやく天下を好きに差配できる立場となった。ちょうど秀吉が能を好むよう仕向け、また守るべき流派を決めるよう促した。無論、そこに宮増の名はない。もとより廃《すた》れていたのもあったが、結果として、この案によって数少ない宮増の者たちは消えた。

「次郎五郎を見捨てた者たちだ。お前たちには何も残してやらん。あの曲は私たちだけのものだ」

一人の女性の執念によって、この世から宮増は途絶えた。もはや戒言が残した記録の一切は消え、世に『金色姫』を伝えるのは常陸国豊浦の二家のみとなった。

「ああ、ようやくなくせた」

そして二度目の死が訪れた。


次もまた、戒言の魂は饗庭家の娘として蘇った。

今度は京へと赴いた。前世である北政所が、晩年に過ごした土地でもあったから馴染みもある。何より、前世でやり残した仕事があった。

公卿《くぎょう》である近衛家が、秀吉の時代に『金色姫』について記録を残していた。娘は村上家の娘に成り代わり、吉子と名乗った。吉子は近衛家に近づくため、その娘である泰姫に侍女として仕えた。人知れず、吉子は近衛家に残っていた『金色姫』の記録を消した。それで役目は終えたが、泰姫の婚礼にも付き従い、共に江戸に上ることにした。

吉子は左近局として、泰姫と、その夫となった徳川光圀に仕え続けた。いつ去っても良いと思っていたが、光圀が次の水戸藩主であり、どうせ後に生地である常陸国に戻るなら、今すぐに帰ることもない、と考えた。

「本当は、泰姫様を見守るつもりでした」

泰姫は若く、清らかで、何より夫である光圀を愛していた。その姿を見て、左近局は心を和らげた。

ひとえに次郎五郎を思っていた、まだ戒言と名乗っていた頃の自分を思い出していた。

「泰姫様が亡くなられた後も長く仕えたのは、私と別れた次郎五郎がどのような思いでいたのか、光圀様を通して感じてみたかったからです」

病によって妻を失った光圀は、その後も新たに妻を迎えることなく、年老いた時まで泰姫のことを思っていた。光圀の姿は左近局の胸を打ち、その後も長く水戸藩に仕える理由となった。

一方、左近局が水戸藩の奥向きを任されるようになったことで、期せずして『金色姫』を守ることもできた。時の将軍である徳川綱吉は能を愛好し、各地の能役者に稀曲を探させることが多くあった。その手は、名前だけ伝わっていた『金色姫』にも及んだが、左近局は光圀の立場を利用することで巧妙に隠すことができた。

この時期ほど満たされていた時はなかっただろう。三度目にして初めて、安堵の中で死を迎えることができた。


時は流れ、幕府は滅び、江戸の地は東京と名前を変えていた。今度も饗庭家に生まれた娘は、両親より名付けられたキヌの名で生きることにした。

「ようやくわかったが、饗庭家の娘が私の魂を持って生まれてくる時は、どこかで『金色姫』が世に出ようとする時なのだ。私はそれを防ぐために、必要な時代に生まれ変わっている」

キヌは東京へと出て、様変わりした街を観察しながら、身の振り方を考える。江戸の頃より、接する情報が膨大に増えていた。ひとまず、新しい時代の能について知ろうと考えたところで、吉田東伍なる人物の名を知った。

どうやら吉田は世阿弥の秘伝書を発見し、今の世に公表した人物らしい。また元となった書物は、財閥を興した安田家にあったという。

ならばと考えたキヌは、安田家に女中として仕えることにした。

何度も安田家の書庫を調べ、さらに吉田の書生だという師藤臣太郎の手も借りて、水戸徳川家が残した『金色姫』について記した書物を見つけた。名前のみが伝わっている程度だったが、これが世間に公表されるのは困る。

「しかし、手抜かりでした。書物を盗み出そうとしたのを咎められ、家から追い出される始末。いっそ屋敷に火でもかけてやろうかと考え、その時を待っていました」

やはり定めというものはある。

キヌが時機を窺っていると、はからずも巨大な地震が起こった。何もかもが崩れ、人々は混乱していた。安田家の屋敷も火災に襲われた。やがて書庫が燃え尽きていくのを見て、キヌは心より喜んだ。

「私の役目も、これで終わり」

その後、キヌは故郷である豊浦の地へ帰った。その頃は豊楽村と名を変え、養蚕業に縁ある土地として、いくらか賑わっていた。かつて戒言が持ち込んだ『金色姫』は、能曲ではなく、金色姫伝説として世に伝わっていた。

「違う話として伝わるのは面白く見ていました。私にとって大事な子は『金色姫』で、世に広まった伝説の方は孫のようなもの。私は能曲である『金色姫』さえ守れれば良かったのです」

キヌは饗庭家に戻り、波多野家を見守ることで余生を過ごした。その子にも『金色姫』を伝えた。

「でも戦争が起きると、私が『金色姫』を教えた波多野の子は戦地へ行って、そこで亡くなってしまいました」

饗庭家の暗い蔵で、キヌは怯えながら暮らすようになった。もし何か不幸があって、波多野の血が途絶え、また『金色姫』も失われてしまったら。

自分は何のために、四度もの生を送ってきたのか。

「饗庭の人間も屋敷を去ることになりました。私は一人、蔵の中に閉じこもって、押し寄せる不安に涙しながら、それでも波多野家を見守ろうと誓いました」

やがて戦後となり、世間が豊かになっていくのを、キヌは蔵の中から見ていた。

数十年ほど経ったところで、キヌに話しかけてくる者が現れた。波多野優成という少年で、他ならぬ波多野家の一人息子だった。

「せめて、あの子には無事に過ごしてもらい、同時に『金色姫』を守り伝えてもらいたかった。私はもう、次に目覚めることはないから、彼に役目を託すつもりだった」

予期した通り、キヌの体には衰えが見えた。

蚕は四度眠り、四度起きる。その後に繭を作り、次に目覚めた時には飛ぶこともできず、ただ死ぬためだけの白い蛾《が》となる。

「いつまでも見守っていたい。でも、それは叶わない。私がこの世から消えても、あの子には幸せになってもらいたい。私は『金色姫』を託して、うつろ舟で流れていく」

優成と別れる時、キヌは自分が戒言であった頃のことを思い出していた。次郎五郎の手を離した時、託された子を守っていこうと誓ったはずだ。

そして、彼女は四度目の眠りについた。

次に戒言の魂が目覚めた時、これで最後だ、と思った。

物心もつく年頃まで前世の記憶もなく生きてきた娘は、ある時、ふと戒言の感情と、今まで重ねてきた前世を思い出した。もはや饗庭の名は継いでいなかったが、曽祖母が饗庭の人間であったと知った。

記憶を取り戻してすぐ、波多野家の子、優成のことを思った。もう大人になっているだろうが、どうしても近くで見守り、その一生を守ってやらなければと思った。

「でも、今の時代は色んなものに溢れていて、一人の人間を探すのは本当に難しかった。豊楽村もなくなって、饗庭家も散り散りになって、波多野家だって別の土地へ移住してた」

それでも『金色姫』は残っている。優成に伝えたから、どこかで生きていてくれると、そう希望が持てた。

「不安だったけど、信じてもいた。今までの前世で、僕は必要な時に必要なものに巡り会えてたから。きっと最後には、辿り着く場所で出会うことができる。因果の花だよ」

期待した通り、偶然の出会いは訪れる。

何気なくSNSを見ていると、世間で小さく話題になった動画が流れてきた。いわゆるダンス動画で、一人の少女が歌舞伎町の広場で踊っている。すると、画面の後方から中年男性が現れ、少女に走って近づいてくるという映像だった。

必死の表情で少女に突進してくる男性。周囲にいる若者たちが騒ぎ、また馬鹿笑いをする。SNSのコメント欄も盛り上がり、ストーカーおやじと題されて、心配と嘲笑の声が溢れた。

しかし、この世で一人だけ、別の感想を抱く少女がいた。

「ああ、あの子だ」

動画に映っていた中年男性に、かつての少年の面影を見た。姿形ではなく、奥底にある魂のようなものを見て、その男性が波多野優成だと確信した。

「僕が、君を助けないと」

優成に会いたかった。波多野家の子孫である彼と会い、ちゃんと『金色姫』を伝えているか確かめたかった。だから、まずは動画に映っていた少女に接触しよう。彼女の近くにいれば、また優成が現れるかもしれないから。

いても立ってもいられず、少女は歌舞伎町へ向かうことにした。

「きっと、もう最後だから」

この後に起こった出来事を、改めて書くこともない。

長く伝えてきた『金色姫』も、もはや次代には残らないかもしれない。それでも最後の時まで、愛しい我が子と、愛しい人の子孫の、その行く末を見守りたかった。

金色姫は、これで終わるのだ。

8

一通の手紙が届いた。

そこには、ある女性の一生、いや五度にわたる人生の物語が書かれていた。幾百年前に『金色姫』が生まれた時から始まり、令和に繋がるまでの個人史。

彼女は戒言であり、北政所であり、左近局であり、キヌであって、またジローで、マユで、結城鳩で、曽我だった。いくつもの面を付け替え、それぞれの役を下ろし、あらゆる時代と場所で演じてきた。

ただ『金色姫』と、次郎五郎の子孫を守るために。

「留置場の人も困っただろうね。こんな手紙をチェックすることになって。事件に関係する部分は何も書かれてないから、まぁ、小説のアイデアでも送ったんだろうって思ったかな」

日影は隣に立つ波多野に声をかけた。

靖国《やすくに》通りの広い横断歩道で、二人で信号が変わるのを待っている。行き交う車のライトと、賑やかな街の明かりは今が夜であることを忘れさせる。

「彼女は、教えてくれたんです」

波多野は白い息を吐きながら、手にした封筒を掲げてみせる。

「あの時、最後に私へ伝えてくれた言葉の意味を。守りたかったのは波多野の血だけで、だから、お前の為に罪を犯したわけじゃないぞ、って」

そのまま封筒をハンドバッグにしまい、波多野は寒そうに手をこすり合わせる。もう包帯も取れ、僅かな痕も残っていない。

「気遣いの達人だ」

信号が青となり、二人は歩き出す。

二月の歌舞伎町だ。前日からの雪は小康状態となったが、未だに路面は凍結しているし、中央通りの左右に薄汚れた雪山が作られていた。外国人観光客が滑り、それを見た大学生が笑い、酔っ払いが空き缶を雪山に突き刺している。

「これだけ寒いと、ネズミもいませんね」

「どうせ温かい屋内に隠れてるよ。この辺のネズミはしぶといからね」

通りを真っ直ぐに歩き、二人が東宝ビルの前まで来ると、見知った人物が手を振ってくる。コートを着た女性と、車椅子に座る男性だ。

「やぁ、船ちゃん、それと師藤君も。お疲れ様」

日影が声をかけると、船戸が顔をしかめ、師藤は痩せ細った手を上げた。

「もっと早く来いよ。こっちは師藤君を連れてくるのに苦労したんだぞ。車椅子が滑って危険だし」

「ま、真由先輩が俺のために辛い思いをしてくれると、なんだか、嬉しく感じますね」

「黙れ、はっ倒すぞ」

二人のやり取りに、波多野がクスクスと笑う。日影にとっては懐かしくも感じられ、微笑みつつも、かすかな寂しさも覚えた。

「なんだか、感慨深いよ。色んな形で『金色姫』に振り回された僕らが、こうして集まるなんて」

「なら、いっそ鷹村さんも呼べば？」

「まさか。あんな大御所に、僕が声なんて掛けられないよ。ただまぁ、意外と近くにいるかもね」

日影は答えながら歩き出す。彼に付き従い、三人も同様に移動していく。東宝ビルの正面から西へ。

「そういう巡り合わせかもしれない。因果の花さ」

小さく振り返って日影が笑う。船戸は師藤の車椅子を押しながら、呆れたように息を吐いた。

雪がちらつく悪天だったが、この街に静けさはない。音と光に溢れ、大勢の人間が、各々の意思で交わっていく。波多野は歩を早め、日影に並んだかと思えば、さらに先頭を進む。何度も通い慣れた道を、嬉しそうに歩いていく。

「それで、僕らはようやく『金色姫』を見ることができる。でも、本当にここで良かったのかい？」

「はい」

先を行く波多野が、誰よりも先にそこへ辿り着く。

「ここが、いいんです」

東宝ビルの横。旧コマ劇場前広場、あるいはシネシティ広場。かつてトー横と呼ばれ、多くの少年少女がたむろしていた空間。今は封鎖され、立ち入る人もなくなった広場だ。通る人もなく、前日からの雪は積もったままになっている。

足跡一つない、真っ白な雪に覆われた舞台。

「ここが、ジローちゃんと初めて会った場所なので」

波多野は、ゆっくりと過去を噛みしめる。享楽と不安の日々。この狭い空間は、彼女の不安定な人生において、大事な居場所となったはずだ。

今は雪に隠された思い出たちに、波多野は微笑みかける。

「私はここで、皆さんに、私が知ってる『金色姫』を披露します」

波多野は荷物を日影に託すと、そのまま前へと進み出て、広場を封鎖するチェーンを勝手に外し始めた。ごく当然といった動きに、周囲の人間たちが訝しむ様子はない。

「これ、怒られない？」

「怒られたら、撤収で」

様子を見守る三人の大人たちが、悪戯をしでかす大学生のように笑った。

「そうだね。きっと、何とかなるんだろう。わざわざ場所を指定して僕たちを呼んだんだ。波多野さんだけが、何か知ってるんじゃないかな」

やがて波多野が作業を終え、雪の広場に入っていく。

「よっ、と」

波多野が最初の一歩を踏み出した時、にわかに周囲が騒がしくなった。しかし、広場に侵入した彼女に対するものではない。人々は驚きの声を上げ、どういうわけか歌舞伎町一番街の方へ駆け出していく。

「ああ、なるほど」

人々が注目する先を、日影は視線で追った。すると人だかりの中に異様なものを見た。

異様な風体の人間がいる。

ゆっくりと、広場に向かって歩いていく。周囲の人々は輪となって、その人物を取り囲み、四方からスマートフォンのカメラを向けている。しかし、まるで別世界を生きる者のように、その人物は一歩ずつ、凍った地面の上を進む。

「いよいよ『金色姫』が始まるらしい」

金色の能装束が翻り、優美な女面が前を向く。

＊

左右には電飾の眩しいビル。橋掛かりとなった劇場通り。

雪舞台で一人の女性が待つ。雑音と人々の話し声を囃子として、滑るように歩いてくる者がいる。

薄い翅《はね》のように揺れる袖は金地菊花胡蝶模様の長絹。下に着る紅地の縫箔には金銀糸で彩られた紗《さ》綾形霞文《やがたかすみもん》。足元を白大口の袴に隠し、寒風に黒垂《くろたれ》の髪をなびかせ、金色の天冠がゲームセンターから漏れた光に輝く。

面は増女。女神を象徴する柔和な笑み。

音が消える。

女神が雪舞台へと辿り着いた。足跡をつけず、摺《す》り足《あし》で雪を掻き、女性と向かい合う。

静寂がある。聞こえてくるはずの雑音は薄れ、周囲の電飾も消え、雪舞台を囲む人々は暗闇に姿を隠す。

「むかし天竺に、きゅうちゅう国あり。みかどに霖夷《りんい》大王がおわし、また、娘がひとりおわす。まぶしきゆえに、名を金色姫と申す」

言葉がある。節をつけず、語りによって物語の背景を説明していく。女性が語るのは、金色姫が継母に嫌われ、幾度も殺されそうになり、最後はうつろ舟に乗せられて東の海へ流されたというもの。

「その浦舟で子を流し、その浦舟で子を流し、東の海にも送らん」

次に歌があり、声に応じて女神が背を向ける。

女神こそシテの金色姫であり、彼女を送ったワキの女性は継母だった。ワキは男性の僧侶の役が多いが、この『金色姫』では継母という女性が務めていた。

それも、ただ女性だから珍しいのではない。

継母は今、肩を震わせ、さめざめと泣いていた。彼女は、何度も娘を殺そうとした罪によって、今は地獄に落ちているという。

ワキは現世にいる者が務めるが、この物語では死者である継母が救いを求めてさまよう姿が演じられる。

「今や寒氷地獄に身を落とした。吹きすさぶ悪風に、私の白い肌も裂け、その血も凍《い》てつき、血花の咲くようだ」

継母が嘆き、風雪の中をさまよい歩く。暗闇に舞う白い雪の一つ一つが、刃物のように突き刺さり、その体を傷つけていく。

ふと音が聞こえてきた。笛と鼓が奏でられる。幻の音だろうか。しかし、何かの到来を予期させる、厳かで幽《かす》かな音が聞こえている。

雪舞台に金色の光が灯る。

継母は暗闇から抜け出そうと、その光を追う。やがて雪をまとって舞う女神を見つけ、必死にその手を伸ばす。

「金色姫、ああ、金色姫」

光を放っていたのは金色姫だった。地獄に落ちた継母を救うため、彼女は生まれ持った光を輝かせて地獄まで来た。

「母様、私は海を渡り、常世《とこよ》の国にて生まれ変わりました。私を殺そうとした母様を、憎しみすら抱く母様を、それでも助けに参りました」

「金色姫、早く私を救いなさい」

「母様、その前に、どうかお答えください。どうして私を幾度も殺そうとしたのですか」

「そんなこと、決まっているだろう。お前は私の実の子ではないからだ。大王の御子だからといって、私が産んでもいないお前を、どうして大事に思えるだろう」

継母が答えると、金色姫は手を伸ばした。すると、冷たい雪が辺りを覆い、金色姫の光も失せ、その姿は薄れていった。地獄に暗闇が訪れ、再び継母はさまよい歩く。

金色姫は変わらず、雪舞台の中心で舞を披露している。しかし、目を覆って歩く継母は、その姿を見つけることができないでいる。

「頼む、頼む。金色姫、もう一度現れておくれ。苦しいのだ」

継母の呻きに応え、またも金色姫が光を伴って現れる。

「母様、どうして私を殺そうとしたのですか」

「お前が憎かったからだ。美しく輝くお前に照らされれば、自らの浅ましさばかりが影となる」

継母は二度目の答えも間違え、またも地獄の暗闇に閉じ込められた。

後悔しながらも、継母は怨嗟《えんさ》の声を上げ、身を震わせて金色姫の名を呼び続ける。吹く風と雪の激しさ。歯を打ち鳴らし、肩を掻き抱く。溢れた涙は氷柱《つらら》となり、頬の皮が張り裂けていく。

笛の音が高らかに鳴った。

「金色姫よ、金色姫」

弱った声に応え、三度、暗闇に光が灯った。

「母様、どうかお答えください」

「何も知らん、過ぎたことだ。今や憎い気持ちすら消え失せた。ただ私を助けろ、お前に親子の情があるならば」

金色姫は残念そうに目を伏せ、継母を暗闇に突き落とす。

叫ぶほどに唇は破れ、喉の奥に冷気が入り込む。皮膚は薄氷の剝がれるように音を立てて裂け落ちる。露わになった肉を掻き、痛みの中に僅かな暖を求める。

いよいよ頬の肉は削《そ》げ落ち、白い骨に雪が染み込む。逃げ場のない痛みに身をのたうてば、氷雪に張り付いた肉と皮が剝がれていく。

「ああ、わかったぞ。金色姫め、私が四度も殺そうとしたことを恨んでおるのだ。だから、私に死の痛苦を四度は与えようというのだ。それに耐えたところで、金色姫は最後に高笑いし、私を捨て置くつもりなのだ」

雪に身を横たえ、継母が悪態を吐く。

その時、またも金色の光が辺りを照らした。

「母様」

「もう良い、金色姫。お前の思うところなど、とうに承知だ。次こそは助かるやもと望みを抱かせてから、それを目の前で取り上げ、苦しむ私を見て楽しんでいるのだな」

ついに問いかけも終わり、地獄から逃れる術《すべ》はなくなった。継母は悔みつつも、もはや何の期待もせず、ただ寒氷地獄で震える方が良いと考えるようになった。

しかし、金色姫ははらはらと涙を流す。

こぼれ落ちた温かな涙が、今一瞬だけ継母を癒やした。

「今の母様の気持ちこそ、私が抱いてきたものにございます。幾度となく殺されそうになっても、なお王宮へ戻ったのは、次こそは母様に憐れんでもらえるはずだと、儚い望みを持ったがゆえです」

「何を言う、私がそのような」

「子は、親より与えられる情のみを恃《たの》んで生きるものにございます。いくら憎まれようと、いつかは母様より情けをかけてもらえると、そう信じておりました」

金色姫の心情を表すように、笛と鼓の音が重なっていく。

光に照らされた雪は溶け、いつしか吹雪《ふぶき》も止んだ。一面の雪舞台に暗闇の生まれる場所はなく、ただ継母のみが背を向け、自らの影と向き合った。

「金色姫、いくら恃みにしたところで、私からの情はない。お前は血の繋がらない子だ」

継母が告げると、金色姫からの光が絶たれた。

笛と太鼓の音は消え、また細かな雪さえも降り止んだ。辺りは全くの闇となり、継母は孤独の中で立ち尽くした。

「血の繋がらない子だ」

仄《ほの》かな光があった。闇の彼方で、小さな光が揺れている。

金色姫が舞う。

雪の上を滑り、扇を振り、足踏みをする。

継母は動くことなく、その場で光を追った。さまよう光は辺りの雪を溶かし、温かな風を起こす。

大きく一歩、金色姫が雪を踏んだ。

笛と鼓の音が聞こえてきた。暗闇に鮮やかな光が明滅し始める。

「血の繋がらずとも、金色姫、お前は我が子だった。しかし、私は親の役目を果たせない。ならば、何をすれば良い」

明滅を繰り返す光は、周囲のビルから放たれた電光看板のものだ。囃子は人々のざわめき。雪舞台を囲む者たちが、各々でスマートフォンをかざしている。

「金色姫よ」

継母からの最後の問いに、金色姫が振り返る。

「ただ、見ていてくだされば」

ざくり、ざくり、と金色姫が雪を踏む。

その姿を眺め、継母は合掌した。祈りを込め、光に向かって腰を折り、去りゆく金色姫を見送った。

今は地獄から逃れられずとも、導く光を見失うことのないよう、金色姫は継母のために舞った。雪舞台を飛び、やがて大掛かりへと至り、そこで二度、大きく足を踏み鳴らす。

物語の終わりを告げる留拍子《とめびょうし》だった。

＊

これで『金色姫』は終わった。

シネシティ広場を囲む観衆たちは、今までの舞台が何かのイベントだと勘違いし、盛大な拍手を送ってくる。継母の役を演じきった波多野は、放心状態で立ち尽くしていた。

日影はふと、金色姫が去っていった方を確かめた。しかし、すでに劇場通りは人で溢れ、もはや姿を垣間見ることもできなかった。

「マコト」

船戸から声があった。見れば広場に向かって駆け出している。日影も振り向けば、雪の上に波多野が倒れていた。

「波多野さん！」

二人で波多野のもとに駆けつけ、その体を抱き起こした。頬は白く、唇は青くなっている。全身の筋肉を使っての発声だ。コートの内で汗をかき、それが冷えてきたのだ。また役に入り込み、ひたすらに全身で雪を浴びていたせいでもある。

「波多野さん、本当に無茶をする。こんな雪の日に」

「はは、だって『金色姫』の舞台に都合が良かったんで。きっと、彼女も雪が降るのを待ってたんです。だから、今日なら会えるって信じてました」

震えたまま強がる波多野に、日影も思わず苦笑する。まさに能らしい即興劇だが、さすがに出演者同士が何の取り決めもせず、それぞれ勝手に舞台に立つのは前代未聞だろう。

波多野の体を支え、日影たちは広場から出る。車椅子に座る師藤が、心配そうに三人を見ていた。

「日影さん、あの、彼女は」

「見失ったよ。もう、こっちに来ることはないと思う」

「そうですか」

と、そう呟く波多野の顔は明るかった。多くを語らずとも、その感情が日影に伝わってくる。

「ちょっと」

車椅子の師藤が手を振っていた。波多野を日影に任せ、先に船戸が彼のもとへと近づく。雪で滑ることのないよう、手助けするつもりらしかった。

「俺、スマホで、色々と見てたんだけど」

「何してんの。せっかくなんだから『金色姫』の方を見なよ」

船戸に小突かれながらも、師藤は自身のスマホを示した。

「いや、SNSでさ、今やった能の感想とか、上がってないか調べてたんだけど。そしたら、これが流れてきて。俺は、詳しく知らないけど、話は聞いたし」

船戸が師藤からスマホを受け取り、画面に示された内容を確かめる。直後に「あっ」と声を漏らし、今度は日影たちに師藤のスマホを手渡してくる。

「それってさ、例の事件のヤツだったりする？」

日影と波多野が顔を寄せ、スマホの画面に表示されたものを見る。ニュースサイトが伝える速報記事のようだった。

「ああ、そうか」

まず日影が呟く。続けて、波多野は目を丸くした後、深く、白い息を吐いた。

『身元不明の男性の遺体が入ったスーツケースが見つかる』

記事の見出しに短くつけられた文章。添付された写真は海岸を写しており、神奈川県真鶴町というキャプションがついていた。

ああ、という呻き声があった。

日影が波多野の方を向けば、彼女は両手で口元を押さえ、感極まった様子で涙を流していた。

「ようやく、うつろ舟が流れ着きました」

万感の思いを込めた言葉だった。

静かに降り始めた雪が、歌舞伎町を覆っていく。

9

真鶴の海岸に日影がいる。

夜と朝の境目だ。東の空は仄かに白み、紺鼠《こんねず》色の空には名残の月が浮かんでいる。打ち寄せる波は磯《いそ》の岩に飛沫《しぶき》を上げ、無数の泡となって消えていく。

「あの時、君はもう留置場にいなかったそうだね」

日影は、姿の見えない何者かに向けて語りかける。

「僕らへ手紙を送ってきたのを最後に、誰にも見つからずに姿を消し、あの雪の日に金色姫として現れた」

大波があった。風が磯の香りを届ける。

「君については、色々な想像ができるよ。あの手紙に書かれたことが、全て真実だとしても、僕はそれを信じられる。でも一方で、こうも思う。あの手紙に書かれていたことは、単なる空想と、船ちゃんの小説と、大河ドラマの内容を継《つ》ぎ接《は》ぎにして作っただけの物語だった」

ほんの数分で空は明けていく。

夜は薄れ、朝日に照らされた雲に陰影が生まれる。

「君は饗庭家の親戚の家に生まれた、ごく普通の人間だった。それが何かの拍子に曽祖母の日記を見つけた。キヌという女性の日記だ。そこで君は『金色姫』を知り、同時に波多野家のことを知った。そして曽祖母の意志を継いだ君は、波多野家を見守ることにした」

ポン、と鼓の音が鳴る。

あるいは、岩の隙間に届いた波が響かせた音だっただろうか。日影にとっては、どちらが現実であろうと構わなかった。

「こんなものは皆が納得したいだけの、現実という名前の物語だ。僕にとっては、夢幻のあわいにいる方が、よっぽど性に合う」

鼓の音が続き、笛と太鼓の音が重なる。

薄衣の袖が翻る。

能装束と面をつけた何者かが、日影の真横に立った。

「そういえば、あの日に演じた『金色姫』は、色んな人たちが動画で撮ってたらしい。海外にも届いて、ちょっとした話題になってたよ。何百年もの間、秘曲として隠されてきた曲が、今は世界中に広まっている」

囃子の音が響く中、能装束をまとった人物が歩き出す。磯の岩場を飛び跳ね、長絹の袖を振って、悠々と舞っていく。

「思い返せば、あの『金色姫』は不思議な曲だった。そもそも、シテとワキの役割が普通の曲とは正反対だ」

彼方へ向かって進んでいく者がいる。磯波を踏み、力強い一歩で海に降り立つ。

「通常、ワキは生者であり、亡霊たるシテの悩みや未練を聞き届け、成仏に導くようなものが多い。

だが『金色姫』で救われるのは、ワキであり、死者である継母の方だ」

日影が考えていたのは、世阿弥が確立した夢幻能との違いだった。現世の人間が幽玄の世界に語りかける形式。しかし、あの『金色姫』は、宮増が得意とした劇能の要素とも違う、一場限りの、奇妙な形式で演じられていた。

「まるで、何かのメッセージを込めたようにも思える」

日影が海岸を見下ろした。

この場所に打ち上げられたキャリーケースは、地元の人間によって発見され、すぐに警察へと届けられたという。

「波多野憧は警察へ出頭したよ。どんな気持ちかは僕にもわからないけど、これで彼女は一人の人間として扱われる。不安定で、あやふやだった人生に居場所ができたんだ」

遠く、波間の果てを目指して歩く者がいる。無言のままに、波の上を滑るように進む。

「幾百年もかけて、あの秘曲を守ってきたことに意味があるんだろうか。そう、僕も最初は疑問だったよ。でもね、やっぱり因果の花は咲くものだ」

笛の音が、ひときわ高く聞こえた。

「あの秘曲を守り伝えたからこそ、彼女は救われたんだ」

長い時を経て、ただ一人の人間を救う。そのためだけに『金色姫』はあったのか。それこそが因果なのか。もはや答えを求めることはない。日影は、それ以上は何も言わずに、朝日に照らされる海へ背を向ける。

金色の水面を渡っていく者が、大きく二度、波を踏んだ。

附

空港の搭乗待合室で、一人の女性がソファに座っている。

その女性は、キャイコと呼ばれた過去もあれば、波多野瞳と名乗ったこともある。だが、今となっては特別な名前は必要ない。彼女は物語の登場人物ではなく、誰でもない一人の人間になったのだから。

女性が顔を上げた。

高く開放的な天井。一面の窓ガラスからは陽光が差し込み、その向こうの発着場ではジェット機がコマ送りじみた速度で動いている。耳を傾ければ、あちこちで楽しげに話し合う声が聞こえてくる。あるいは視線を動かせば、これから始まる旅に思いを馳せる人々の姿がある。

しかし、その女性だけは先に続く道行きではなく、今日に至るまでの軌跡を思っていた。

「パパ、私ね、普通に生きてるよ」

女性は呟きながら、ソファの横に置いた犬のぬいぐるみを撫でる。

それは、かつて父親がクレーンゲームで取ってくれたものだ。別に宝物でもなく、特別な思い入れもない。ただ、何も疑わず、普通の少女として過ごしていた時の象徴として、今さらになって実家から持ち出してきた。

「色んな人のおかげ。普通に生きられるように手伝ってくれた人たちと、私を助けようとしてくれた人たちと、あと親友と、それから雪の日に私を拾ってくれたパパがいたから、普通に生きてる」

穏やかな表情で、女性は犬のぬいぐるみを手に取った。

自らが犯した罪を女性は知っている。確かに、法の裁きを受け、今まで長い時間をかけてきた。しかし清算しきれないものはある。

だからこそ、女性は普通に生きることを選んだ。普通の人間であり続けることが、償いになると考えた。思えば、生まれ落ちた直後には死ぬ運命にあったのが、今もこうして生きている。それは女性の父親が、あの一時だけは、間違いなく彼女のために人生を捧げてくれたから。

「パパは私を愛してなかったけど、でも、愛してくれてたよね」

全ては、たった一人の女性から始まったはずだ。

遥かな過去から紡がれてきた因縁の糸は、多くの者を絡め取り、時に苦しみも与えていった。しかし、その終端は今、彼女へと結ばれた。

寒々しく薄暗い地獄にいた女性は、自身へ伸ばされた糸を頼りに外へと出ることができた。行き先は極楽浄土ではないが、今までいた場所より、よほどに暖かく、また明るかったはずだ。

「だから、行ってくるね」

女性はソファから立ち上がる。肩がけのカバンの中には、自分の名が記された真新しいパスポートが入っている。

「ねぇ」

ふと、背後から女性に声をかける者がいた。相手の気配を感じ、女性は嬉しそうに振り返る。

「わ、老《ふ》けたねぇ」

投げかけられた言葉に女性は微笑む。何十年も会っていない相手だったが、つい昨日に別れたような気安さがあった。

「そっちは変わんないね」

「見たか、アンチエイジング」

昔と何も変わらない、他愛ない、少女らしいやり取りがあった。二人して笑い、意味もない言葉を重ねる内に、自然と瑞々しい感情を取り戻していく。

時は移ろい、お互いに、もう何十年と歳を重ねてきたはずだ。だが、今ばかりは出会った頃と同じ姿を幻視できた。かたや古着屋で買ったバンドTシャツを着た少年のような女性と、薄桃色のフリルブラウスに身を包んだ少女。その二人。

「じゃ、行こっか」

そして、女性は差し出された手を握る。

〈了〉

本書は書き下ろしです。この作品はフィクションで、
実在する個人、団体とは一切関係ありません。

装画　いとうあつき
装幀　西村弘美

柴田勝家

1987年、東京都生まれ。作家。2014年「ニルヤの島」で第２回ハヤカワSFコンテスト大賞を受賞しデビュー。2018年「雲南省スー族におけるVR技術の使用例」で第49回星雲賞日本短篇部門を受賞。2021年、「アメリカン・ブッダ」で第52回星雲賞日本短篇部門を受賞。主な著作に『ヒト夜の永い夢』、『走馬灯のセトリは考えておいて』『カタリゴト 帝都宵闇伝奇譚』などがある。

秘曲金色姫《ひきょくこんじきひめ》

2025年３月25日　初版発行

著　者　柴田《しばた》 勝家《かついえ》

発行者　安 部 順 一

発行所　中央公論新社

〒100-8152　東京都千代田区大手町1-7-1
電話　販売 03-5299-1730　編集 03-5299-1740
URL https://www.chuko.co.jp/

ＤＴＰ　ハンズ・ミケ
印　刷　ＴＯＰＰＡＮクロレ
製　本　大口製本印刷

Published by CHUOKORON-SHINSHA, INC.
Printed in Japan　ISBN978-4-12-005900-1 C0093

定価はカバーに表示してあります。落丁本・乱丁本はお手数ですが小社販売部宛お送り下さい。送料小社負担にてお取り替えいたします。